유쾌하게
인생을 즐기는
53가지

유쾌하게
인생을 즐기는
53가지

초판 1쇄 발행 2019년 12월 25일 Ⅰ **초판 2쇄 발행** 2021년 4월 20일
지은이 박창수 Ⅰ **펴낸이** 오광수 외 1인 Ⅰ **펴낸곳** 새론북스
주소 서울특별시 용산구 한강대로 76길 11-12 5층 501호
전화 02)3275-1339 Ⅰ **팩스** 02)3275-1340
출판등록 제2016-000037호
e-mail jinsungok@empas.com
ISBN 978-89-93536-58-4 03810

인생의 절반쯤 왔을 때 한번은 꼭 해야 할 것들!!!

유쾌하게 인생을 즐기는 53가지

박창수 지음

인생 후반전
버킷리스트

After 50! 다시 청춘이다!
인생 2막을 즐기며 사는 53가지

새론북스

'Who am I?'

"노인의 탐욕이란 나그네길이 얼마 남지 않았는데도 노잣돈을 더 마련하려는 것처럼 어리석은 일이 아닌가?"

'노년에 관하여'를 쓴 고대 로마의 정치가이자 작가였던 키케로가 남긴 말이다. 기원전 56년 이후 키케로는 정치에서 물러난 후 은둔생활을 하며 글 쓰는 일로 외로움을 달랜 것으로 전해진다.

천 년 전에도 지금도 서양에서도 동양에서도 사람은 태어나 성장하고 일하며 살다가 늙고 그리고 세상과 이별한다. 마찬가지로 '노블레스 오블리주(noblesse oblige)'라는 거창해 보이는 이름으로의 실천이 아닐지라도 이웃과 나누고 없는 이들에게 베풀고 도덕적으로 모범적인 삶을 살다 간 사람들이 있는가 하면 자신의 욕망을 채우기 위해 수단과 방법을 가리지 않았거나 삶을 마감한 후 후세들에게조차 좋은 소리 듣지 못하는 인생을 산 사람들도 있다.

우리나라 사람들이 하는 흔한 말 중 '저 사람 환갑 넘었어도 아직 철이 안 들었네'라는 말이 있다. 나이 60이 넘도록 자성과 자각 없이 어른 소리를 듣지 못하는 언행을 보여주는 사람들을 향한 안타까움이다. 그들에게는 노년기에 접어들었음에도 불구하고 키케로의 말처럼 내려놓지 못한 탐욕, 즉 돈, 자식, 명예에 대한 지나친 욕심이 넘친다는 얘기이고 사회의 어른으로서 모범이 되지 못하는 삶을 살고 있음을 의미한다.

학교를 마치고 사회에 나온 후로 강의와 글로 매스미디어 분야 활동을 하면서 일찌감치 30대 중반부터 시니어 잡지 창간을 구상하기도 했었다. 40대에 들어서는 '인생 2막'이나 '시니어 인생'이라는 테마로 책을 쓰기도 하고 시니어 전문 방송프로그램에도 참여했다. 글쓰기, 방송, 강의, 잡지 등의 분야에서 나름 왕성하게 활동한다는 것에 보람을 느끼며 달려왔다. 인생의 절반을 넘겼다고 생각하던 어느 날 내 삶을 뒤돌아보며 거울 앞의 나를 들여다보니 'Who am I?'라는 의문이 던져졌다.

'나이 오십 넘어 나는 정말 어른이 돼 있는 건가?'

'인생 후반전을 위해 무엇을 준비했고 어떤 사람으로 살아갈 것인가?'

2년 전엔 내 삶에 대한 반추를 통해 '살아가는 동안 한번은 꼭 해야 할 것들(버킷리스트 bucket list)'이라는 제목의 책을 펴내면서 노년기 삶은 욕심은 벗어던지고 오직 자신을 위해 알차게 의미 있게 만들어가야 한다는 메시지를 전했다.

이번 책에서는 다시 한번 노년의 삶을 코앞에 둔 나 자신에 대한 성찰을 빌미로 노년의 삶을 준비하거나 살아감에 있어서 우리가 반드시 깨닫고 실천해야 할 것들을 생각해 보는 시간을 가졌다.

노년의 삶은 학력, 명예, 돈, 직업, 자식에 대한 욕심으로부터 벗어나야 한다는 것을, 남은 생은 나 스스로 디자인하여 펼쳐나가야 한다는 것을 말하고자 했다. 나도 독자들도 지금 우리 시대를 함께 살아가는 노년기 삶의 동반자이자 언젠가는 노년의 삶을 맞이해야 할 사람들이기에.

2019. 12 박창수

차 례

첫 번째 이야기 대충 그렇게 흘려보낸 것들

네 번째 이야기 **4070 시니어들 지금 그들은?**

대충 그렇게 흘러보낸 것들

" 그땐

왜 그랬을까?

왜 그렇게 생각했을까?

알면서도 준비하지 못한 일들

뭐든 내 주장만 옳다고 믿었던 것들

아직 시간이 많다고 생각했다.

아이들이 성장하여 이십대가 되고

직장에서 위에 남은 사람이 몇 안돼 갈 즈음

그제서야 알았다.

어느새 내 나이가 오십대이고 낼모레면 환갑?

아이들 결혼시키고 어찌하다 보니 칠순이 눈앞이네.

조금만 더 일찍 나를 되돌아보고,

노년기 밑그림을 그렸어야 할 걸.

늦은 때란 없다.

지금 이 순간부터 인생 2막을 새롭게 펼쳐보자. "

울면서 왔으면 웃으면서 가야지

'메멘토 모리(Memento mori)'!

옛날 로마에서 원정에서 승리를 거둔 한 장군이 시가행진을 하고 있었다. 그는 노예를 시켜 행렬 뒤에서 큰 소리로 이 다섯 글자를 외치게 했다. '죽음을 기억하라'고. 이 말 속에는 깊은 뜻이 담겨 있다. 단지 죽는다는 의미를 뛰어 넘어 전쟁에서 승리했다고 너무 우쭐대지 말고 너도 언젠가는 죽으니 겸손하게 행동하라는 메시지였다.

미국 남서부 지역에 거주해온 아메리카 원주민으로 인디언 부족 중 하나인 나바호족에게도 비슷한 이야기가 전해 내려온다. 그들은 '네가 세상에 태어날 때 너는 울었지만, 세상은 기뻐했으니, 네가 죽을 때 세상은 울어도, 너는 기뻐할 수 있도록 그런 삶을 살아라.'는 말을 한다.

아기는 태어날 때 울어도 그 가족이나 주변 사람들은 새 생명의 탄생을 웃음으로 축하하지만 죽을 때는 나는 웃고, 주변 사람들이 다 슬퍼해야지 이게 반대라면 문제가 있는 것이다. 나는 이만큼 잘 살았으니 웃으며 떠날 수 있어야 하고, 오히려 보내는 이들은 존경과 사랑의 마음으로 울게 할 수 있는 그런 삶을 살아야 한다.

일 뿐만 아니다. 일상적인 사람들과의 만남은 물론이고 사랑도 그렇다. 문을 열고 들어온 후 닫지 않으면, 화장실에 다녀오면서 물을 내리지 않으면 우리는 말한다. 시작도 중요하지만 끝맺음은 더 중요하다고. 저마다의 인생도 마찬가지다. 태어나서 자라고 청년이 되어 사회활동을 하고 중장년을 거쳐 열심히 살다 보면 노년기를 맞이한다. 흔히 말년에 고생이 없어야 하고, 험한 일을 겪지 말아야 인생을 잘 살았다고들 한다.

평균수명이 계속해서 늘어나고, 고령사회를 향해 치닫고 있지만, 누구나 거부할 수 없는 것이 한 가지가 있다. 언젠가는 우리 모두 이 세상과 작별을 해야 한다. 내 삶에 후회나 미련, 또는 다른 이들에 대한 미안함 없이 편안한 마음으로 마지막을 맞이하는 것은 정말 좋은 일이다. 후세들에게 존경받고 아름다운 삶의 주인공으로 남으면 더 좋겠지만 적어도 "그 인간 잘 죽었어."라는 험한 말을 들어서야 되겠는가.

'메멘토 모리(Memento mori)'. '너도 반드시 죽는다는 것을 기억하라'는 이 말에 많은 사람들이 '메멘토 모리', 즉 '나도 죽는다'는 것을 인지하는 순간 오늘의 삶속에서 긴장을 하고, 자신의 삶을 다시 생각해 보는 계기가 된다. 여기에는 몇 가지 그럴 만한 이유가 있다.

현대인들은 너 나 할 것 없이 나름 바쁘게 살아간다. 일을 많이 하며 열정적인 우리나라 사람들은 더욱 그렇다. 특히 30대 40대에는 어떻게 살았는지 모를 정도로 앞만 보고 달려온 이들이 적지 않다. 이런 환경에서 '메멘토 모리'는 남의 일이다. 50대, 60대가 되면 달라진다. 인생의 절반을 넘었다는 생각과 함께, '노년기', '죽음' 같은 언어를 떠올리게 되는데 안타까운 일은 그때뿐이라는 것이다. 가령 가족이나 주변의 가까운 사람이 세상을 떠날 때 '메멘토 모리'를 떠올리게 되지만, 얼마 지나지 않아 곧 잊어버린다. 지나치게 현실에만 급급해 하는 삶을 살아가는 사람일수록 더 그렇다. 한 번쯤은 매우 진지하게 '메멘토 모리'의 깊은 의미를 되새겨 보아야 한다. 누구든 죽음 앞에서 초연해지기란 쉽지 않다.

오래 전 아이가 유치원 다닐 때였다. 제 엄마한테 죽음이 무엇인가를 물었나 보다. 사람은 누구나 나이가 들면 다 죽으며 한 줌의 흙으로 남게 된다고 했더니 갑자기 아이가 울더란다. 그 후로도 아이는 '죽음'이라는 말이 나올 때마다 "나 죽는 거 싫어, 무서워."라고 말하는 것을 들은 적이 있다. 아이라서 그랬을까? 아니다. 평생 교회나 절에 가본 적이 없는 사람들이 60이 넘어서 어느 날 갑자기 종교를 택하곤 한다. 누군가 말하기를 노년의 외로움과 고독, 노쇠해져가는 육체, 그리고 그림자처럼 조금씩 다가올 죽음 앞에서 두렵기 때문이란다. 고개가 끄덕여지는 말이다.

우리는 누구나 죽음이란 언어 앞에서 결코 흐뭇해질 수는 없다. 세상과의 작별로 유에서 무로 돌아가는데 그게 즐거운 일은 아니 잖은가. 다만 노년기에 접어들면서 인간은 죽는다는 사실을 이해하고 받아들이려고 할 뿐이다. 또 생로병사(生老病死)라는 불변의 법칙 앞에서 가족은 물론이고 많은 이들에게 피해주지 않고 흉한 모습 보이지 않고, 뭔가 의미있게 또 병들지 않고 건강하게 남은 인생을 살아야겠다는 자각을 하게 된다.

'나는 남은 인생을 어떻게 살 것인가?'에 대한 답을 스스로 찾아보는 고민이 있어야 한다. 중장년층은 물론이고 노년기로 접어들수록 '나는 정말 잘 살았는가?', '앞으로 내가 무엇을 하며 어떻게 인생 2막의 시간을 보낼 것인가?'에 대한 생각을 진지하게 해야 한다. 아쉽게도 이것을 놓치고 가는 이들이 적지 않다. 나이 듦과 죽음에 대한 자각과 자기성찰이 없기 때문이다. 여전히 젊은 날처럼 현실에 급급해 하거나 내일 무엇을 더 채워야겠다는 욕심의 그릇을 비우지 못한 게 분명하다.

'한 번 왔다 가는 인생'이라는 말을 한다. 한 번 소풍처럼 다녀가는 우리네 삶이지만 후세들에게 '소중한 분이 떠나셨다'라는 말을 들으면 정말 후회 없는 인생을 산 게 아니겠는가? 어느 철학자가 했던 말이 기억난다. 사람들은 '불행하다' '불행하다' 말하는데, 99개 불행이 있어도 그중 하나는 반드시 길(吉)하고 기쁜 일이 있단다. 그러니 막막한 상황에 처할지라도 한 점의 빛만 있다면 슬퍼 말고 실망하지 말라고. 한 줄기 빛 그 속에서 우리의 열정과 희망이 다시 일어서고 인생은 꽃을 피우며 열매를 맺을 것이다. 그것은 이어지는 다음 세대에 실한 씨앗으로 전해지고 그 다음 세대는 다시 꽃을 피우는 아름다운 인류의 역사가 이어질 테니까.

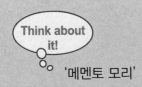

'메멘토 모리'

I 나도 언젠가는 죽는다

인간은 불사조가 아니다. '우리는 언젠가는 죽는다'는 것을 다 알고 있다. 그러면서도 정작 자신의 죽음에 대한 준비는 전혀 하지 않는다. 아예 생각하지 않으려는 사람들도 있다. 또 죽음을 두려워하는 이들이 많다. 이 때문에 종교에 의지하는 이들도 있다. 차라리 두려움을 떨치기 위해 종교에라도 의지하는 것은 다행이다. 죽음을 인정하고 받아들일 때 삶의 자세가 달라지게 된다.

I 어른답게 살고 있는가?

언젠가는 세상과 작별한다는 생각이 확고하게 있으면 내 욕심을 버리고 나를 낮추는 삶, 그리고 모범이 되는 하루하루를 살게 될 것이다. 이게 바로 어른답게 살아가는 것이다. 타인을 헐뜯고, 돈에 집착하고, 나만 행복하기 위해 불법을 자행하는 일은 노년일수록 멀리 해야 한다.

I 어떤 이름으로 기억되고 싶은가?

나바호족들이 강조하는 삶의 중심을 잡아주는 그 명언처럼, 삶을 잘 마무리하는 사람이 되어야 한다. 내가 떠날 때 나는 열심히 아름답게 잘 살아서 웃으며 떠나고, 나를 보내주는 남은 이들은 내가 떠나는 것을 아쉬워하고 슬퍼할 수 있도록 해야 한다. 이렇게 되기 위해서는 어른으로서의 모범이 되는 것은 물론이고, 후세들이 존경할 만한 그 뭔가를 남기고 떠날 수 있어야 하지 않을까. 이를테면 '저분은 어려운 사람들에게 늘 베풀고 나누고 살았는데, 저분이 떠나시니 진정으로 마음이 아프다' 이런 말을 듣자.

┃어쩌다 환갑, 머뭇거리다 칠순

'노년은 도둑처럼 슬그머니 갑자기 온다'.

소설가 현기영이 그의 나이 75세에 펴낸 산문집 '소설가는 늙지 않는다'에서 한 얘기다. 자신도 모르는 사이 나이 듦에 대한 이 한 줄의 글이 역시 소설가답다는 생각도 들었지만 무엇보다도 많은 사람들이 '이거 내 얘기네' 하고 공감을 하기에 적절한 표현이 아닐까 싶다는 생각을 했다.

나이 50줄을 지나고 있는 사람들은 어쩌다 내일 모레면 환갑이라면서 자신도 모르는 사이에 나이 들었음을 깨닫게 된다. 직장에서 은퇴를 한 후 이젠 좀 쉬면서 앞으로 어떻게 살 것인지 천천히 생각 좀 해보겠다고 한 60대들은 칠순을 눈앞에 둔 시점에서 시간이 이렇게 빨리 흘러갈 줄은 몰랐다면서 머뭇거리며 보낸 10여 년을 마치 도둑이 훔쳐간 것처럼 아까워하고 아쉬워한다.

쉰둘이었을 때였던가. 여름이 지나고 초가을이 찾아올 무렵 치통이 심하게 왔다. 진통제를 사 먹고 넘길까 생각했다가 양치질을 한 후 우연히 거울 속에서 어금니를 본 순간 치과를 가야겠다는 마음을 먹었다. 절반은 아니었지만 검은 색을 띤 부분이 선명하게 보였다. 게다가 20대 후반 무렵 충치 치료를 받고 아말감 납땜을 한 치아 또한 절반은 떨어져 나간 상태였다. 물론 이 사실은 오래전부터 조금씩 뭔가 떨어져 나가고 있다는 것을 알면서도 큰 통증이 없어서 그냥 지나온 터였다.

치과를 찾아갔다. 이제 서른 살을 갓 넘겼을 듯 싶은 젊은 의사의 말은 나를 잔뜩 겁먹게 만들었다.

"아버님! 치아 상태가 많이 안 좋아요. 일단 두 개는 빼셔야 되고요. 신경치료 받아야 할 것도 두세 개나 됩니다."

"네? 두 개나요?"

"그냥 내버려두면 옆의 치아들까지 못 쓰게 되거든요. 이미 두 개가 그렇게 되었어요. 신경치료를 받고 임플란트를 하시든 브릿지를 하시든 해야 할 것 같아요. 그런데 아버님 같은 경우엔 브릿지가 낫겠어요. 어차피 옆의 치아들 중 충치가 있으니까요."

브릿지는 빠진 치아를 그대로 만들어서 양 옆의 치아에 거는 형태가 되므로 하나를 빼면 세 개를 해야 하는 식이다. 그때 그 병원 기준에서는 금으로 할 경우 180만 원이다. 그러니 두 개를 빼면 360만 원이 아닌가. 비용도 만만찮았지만 그날 내내 나를 우울하게 만든 것은 돈이 아니었다. 유년시절 부모님의 모습을 떠올렸다. 늦둥이로 태어난 나는 중학교 다니던 시절 겨울방학 때만 되면 당신들의 5일장 동반 외출을 자주 보곤 했다. 딩징 급한 물건을 사야 하거나 자식들 학비 마련을 위해 곡물을 내다 팔아야 하는 일이 아니면 장에 가지 않던 당신들은 꼭 한겨울만 되면 그렇게 5일장에 동행했다. 다녀와서는 누가 먼저랄 것 없이 넋두리를 늘어놓았다.

"하여간 이놈의 이는 돈 덩어리여. 오복 중 하나라는데 워째 이까지 이 모양인 줄 몰라."

"그러니께. 봄에만 했어도 옆의 이는 멀쩡했을 건디, 그냥 내박쳐 둬서 돈이 배로 들어가잖여."

그때 나는 치과 치료나 그 비용에 대해 큰 관심이 없었다. 치아 치료비용 때문에 걱정을 하시는구나 정도로 들었을 뿐 그 걱정에 동조하는 마음도 자고 일어나면 내 기억 속에서 지우개로 지운 듯 사라졌다. 그런데 오십대에 들어서면서부터는 내가 어느새 그때의 부모님 나이가 되었다는 자각을 하게 되고 그 순간 나이 듦에 대한 억울함보다는 '그래 나도 나이가 드는구나'라는 인정과 함께 왠지 모를 쓸쓸함을 느끼게 됐다. 가끔씩 누님들의 전화를 받을 때마다 내 안의 그 기분은 고조된다.

"너 적은 나이가 아니다. 네 몸 네가 챙겨. 아무도 챙겨주지 않는다. 아프면 너만 서러운 거야. 건강 관리 잘 해."

나도 몸 여기저기 고장이 날 때가 왔으니 마냥 청춘인 양 몸을 혹사시키지 말고 관리를 하라는 말이다. 40대 후반 이후로는 해가 갈수록 신체적으로 느끼는 컨디션이 확실히 몇 년 전과는 다르다는 것을 스스로 느꼈다. 이는 나뿐만이 아니라 주변의 친구나 지인들도 마찬가지다. 동병상련의 동조감을 통한 위안을 느끼기도 전에 먼저 병원신세 지지 않으려면 나 스스로가 챙기는 수밖에 없다는 결론을 얻게 됐다. 운동이라곤 딱히 잘하는 것이 없는데다 스포츠에는 관심조차 없는 사람이다 보니 내가 택한 것은 걷기 운동이다. 이미 10여 년 전부터 해왔지만 늘 지금보다는 조금 더 시간을 늘려야 한다는 강박관념에 사로잡히곤 한다.

'나이는 숫자에 불과하다'는 말이 유행어처럼 통하는 시대이긴 하지만 지금이 백세시대이든 앞으로 이백세시대가 오든 분명한 것은 우리는 시간의 흐름 속에 나무처럼 나이테를 늘려나가고 있고 언젠가 제 수명을 다하면 떠나야 한다는 것이다. 수명이 오래된 고목나무는 해가 갈수록 한 가지 한 가지 기능을 다한 가지들과 작별을 해야 하고 봄이 와도 잎이 돋아나지 않는 가지들이 늘어나듯이 우리의 육신은 영원하지 않다. 이 자연스러운 생의 주기를 알면서도 우리는 나이 들어가는 지금 이 시간들을 잊고 살아간다. 현실에 바쁘다는 이유로 나는 아직 젊고 건강하다는 스스로의 최면으로.

건강하게 알차게 멋지게 또 이왕이면 오랫동안 인생을 살다 가고 싶은 것은 모든 이들의 생의 욕망이고 바람이다. 그렇다고 나는 늙지 않을 것이라고 호령하거나 왜 내가 늙어가야 하냐며 몸 부림칠 필요까지는 없다. 나이와 늙음에 대해 스스로 받아들이고 자각을 할 때 우리는 앞으로의 십 년 또 그다음 십 년이 다가오기 전에 무엇을 해야 할 것인가를 생각하고 또 준비하게 될 것이다.

인생 2막의 준비는 이처럼 '어느새 내 나이가' 하면서 놀라워하거나 고민을 하기 이전에 '나는 곧 60대니까'라는 현신 인정을 동한 나만의 구체적인 노년기 인생 프로젝트를 실행으로 옮기는 것이다.

| "은퇴하고 난 다음에 생각할래"

'뜻이 있는 곳에 길이 있다'.

이 속담을 언제부터 들었을까? 기억을 거슬러 올라가 보면 중학교에 들어가면서 선생님들로부터 듣기 시작한 게 아닐까 싶다. 청소년기 청년기를 거치면서 수도 없이 들었던 까닭에서인지 그야말로 이 조언을 해주기에 딱 맞아떨어지는 시기적절한 상황임에도 불구하고 선뜻 말하지 못할 때도 있다. 비단 이 속담만이 아니다. '시간은 금이다'거나 '로마는 하루아침에 이루어지지 않았다'는 말도 언제부터인가는 입 밖으로 꺼내길 망설이곤 한다. 글을 쓰고 강의를 한다는 사람이 고작 해준다는 말이 그렇게 흔한 말을 하냐는 시선을 받을까 지레 겁을 내는 건 아니었는지 모른다.

분명한 것은 속담이나 명언만큼 우리의 삶을 정확하게 말해주는 것은 없다. 50대에 들어선 후로는 만나는 친구나 선후배들과 대화를 나누다 보면 으레 나오는 얘기가 은퇴와 노년인생이다. 10년 넘게 라디오 방송 시니어 프로그램에 매주 출연하고 있는 나로서는 주변 사람들과 나눈 얘기가 방송의 소재로 요긴하게 사용될 때도 있다. 그래서인지 그 자리에서 굳이 꺼내지 않아도 될 얘기를 상대가 자연스럽게 풀어놓을 수 있도록 대화의 흐름을 유도하기도 한다. 물론 의도적이기도 하지만 직업적으로 스스로 길들여진 습관 중 하나가 되어 무심코 그런 쪽으로 이야기를 몰고 가는 경우가 심심찮다. 그런 가운데 느끼는 것 중 정확한 한 가지는 여성들에 비해 남성들은 현업에서 떠나면 어떻게 노년기 인생을 살 것인지에 대한 계획이 의외로 구체적이지 않고 단순하거나 아니면 아예 밑그림도 그리지 못하고 있는 이들이 적지 않다는 사실이다. 나름 무엇을 하며 어떻게 노년기를 보낼 것인지에 대해 꼼꼼한 계획을 세우고 있거나 이미 도움닫기를 하고 있는 이들도 있지만 그런 이들은 많지 않다. 가장 흔한 대답은 이런 것들이다.

"나 아무 생각 없어. 일단 좀 쉬어야지."

"퇴직금 나오고 국민연금 받으면 그럭저럭 살겠지."

"그런 생각할 겨를이 어디 있어? 당장 내일 일도 머리가 아픈데."

그들의 얘기를 종합해 보면 삼십 년 넘게 직장생활하면서 자식들 교육시키고 집안 돌보느라 오로지 직장에만 매달려 살았다는 것이다. 오로지 오늘과 내일만 생각하면서 열심히 살았으니 은퇴하면 일단 휴식을 취하면서 천천히 생각해 보겠단다. 직장생활이라고는 6년 반이 전부였고 그후로는 줄곧 프리랜서로 생활해온 나로서는 뭐라고 할 말이 없어질 때가 한두 번이 아니다. '백세시대인데 어쩌려고 그러냐?', '왜 그렇게 생각이 짧으냐?', '쉬는 것도 하루 이틀이 아니고서야 인생에 즐거움이 없을 것이다'라고 따져 묻는다면 내게 돌아오는 말은 하나같이 비슷하다. 아니 실제로 그랬다.

"너는 네가 하고 싶은 일 하면서 자유롭게 살았는데 우리같이 직장생활 오래 한 사람들 입장을 알기나 해?"

"나름 쓸 돈은 있으니 남한테 손 안 벌리고 쉬면서 내가 살고 싶은 대로 살면 되겠지."

가깝다고 느끼고 친하다고 생각하기에 할 수 있었던 말이었지만 자칫하면 주제넘게 '왜 네가 내 인생을 이래라 저래라' 하냐는 말이 들려올 수도 있고 설령 그렇지 않다 하더라도 상대의 마음을 상하게 할 수도 있다는 것을 눈치챘기에 언제부터인가는 묻지 않으려고 입단속을 한다. 그럼에도 불구하고 오지랖이 넓어서인지 돌아서면 '그게 아닌데', '뭔가 계획을 세워야 할 텐데' 하면서 실없는 걱정을 하곤 한다.

잡지나 방송 원고를 만들기 위해 수없이 많은 시니어들을 만나 인터뷰를 했고 앞으로도 이 작업은 지속될 것이다. 이 과정에서 60세 이후 노년기 인생을 잘 펼쳐나가는 사람들에게서 발견한 것이 있다면 그것은 미리 준비했다는 것이었다. 어떤 이들은 운 좋게 자신에게 잘 맞는 새로운 일자리를 얻기도 하고 규모에 상관없이 작지만 알차게 비즈니스를 만들어가는 이들도 있었지만 대다수는 남보다 부지런하게 미리 계획을 세우고 저마다 철저하게 준비를 했다는 것이다.

요즘도 한 달이 멀다 하고 자신의 회사 소식을 문자로 보내오는 71세의 기업인이 있다. 실버케어비즈니스를 하는 그는 9년 전

사업을 시작했다. 그야말로 인생 2막 준비를 철저하게 계획한 주인공이다. 그 시작은 직장인이었던 40대 중반 시절이었다고 한다. 당시 미국에서는 실버케어비즈니스가 본격화됐는데 국내에서는 법과 제도가 제대로 만들어지지 않은 상태였기에 꾸준히 자료를 모으고 관련 법이 시행되기를 기다리고 있었다. 그는 은퇴한 후 회사를 설립했고 이듬해인 2008년 7월부터 우리나라는 노인장기요양보험제도 시행에 들어갔다. 사업에 성공하려면 길목을 지키고 있다가 뛰어들어야 한다는 성공테크닉을 제대로 실천한 셈이다.

비즈니스맨만이 아니다. 재능 기부 활동을 하는 이들이나 음악 봉사활동을 하는 사람들, 노노케어를 위한 자원봉사자들을 수없이 만났다. 그들 또한 60이 되기 전에 미리 노년에 무엇을 어떻게 펼쳐갈 것인가를 고민하고 자신의 길을 찾은 사람들이다.

6년 전 지자체 신문 창간을 도우면서 만난 50대 후반의 여성이 있다. 지난 7년간 그녀는 오십 이후의 삶을 자기주도형으로 살아보고자 눈에 보이는 대로 손에 잡히는 대로 이런저런 취미활동에 참여해보고 하고 싶었던 공부도 했단다. 그 결과 나이 들어도 지속적으로 할수 있는 자신에게 맞는 운동과 취미가 무엇인지를 찾았고 그리고 어떤 마인드와 자세로 60대 이후 노년기를 보낼 것인지에 대한 답을 얻었다고 했다.

내가 적극적으로 찾지 않는데 거저 다가오는 깃은 없나. 사람도 일도 사랑도. 무엇이든 미리 준비하고 계획한 다음 뛰어들어야 한다. 오죽하면 연애도 노는 것도 철저한 사전 계획과 노하우가 있어야만 그 결과와 효과도 만점이라는 말을 하겠는가? '쉬다 보면 할 일이 생기겠지'라는 생각은 버려라. 서둘러라. 아니 지금 당장부터 뛰어들어라. 단 하루도 그냥 보내기엔 아까운 시니어 인생이다.

┃지금은 과거에서 깨어날 시간

"나는 유년시절의 상처에서 여전히 벗어나지 못한 것 같아. 무언가를 집요하게 추구해야만 만족이 되지. 너는 사랑을 많이 받고 자라서 어쩌면 나의 이런 트라우마를 모를 거야."

친한 친구가 요즘도 종종 하는 말이다. 이럴 때마다 내가 할 수 있는 말은 한계가 따른다. 적당히 위안을 줄 수 있는 말을 간단하게 하거나 다른 대화거리로 화제를 돌린다. 아직까지는 심리치료를 받아야 한다거나 다른 어떤 대안을 전하지 못했다. 적어도 내가 보기에는 친구가 그 상처 때문에 자신의 할 일을 못한다거나 불면증에 시달리는 정도는 아니라서 그도 나도 나름 큰 문제로 받아들이려고 하지 않고 있는 것이다. 다만 처음에는 그의 이 같은 트라우마 호소에 깊은 생각 없이 대응한 것이 적잖게 미안한 마음으로 남는다.

성격이 급한 편이어서일까. 상대가 어떤 문제에 답을 구하거나 고민을 털어놓으면 나는 머뭇거리거나 말을 아끼기보다는 내 생각을 그대로 털어놓는 편이었다. 친구에게도 처음에는 "나이가 몇인데. 그거 다 지난 일이잖아."라고 말하기도 하고 "넌 지금 자수성가 했잖아. 잘 됐으니 이젠 잊어버려."라고 쉽게 말하곤 했다. 그의 유년시절 이야기를 심각하지 않게 들었고 깊은 생각 없이 위로를 한답시고 그때그때 생각나는 대로 내 방식대로 말했던 것이다.

과거 한동안 나는 트라우마나 마음속 상처는 나이가 들면 없어지는 거라고 생각했다. 결코 그런 것이 아니었다. 70대 중반의 여성 E는 말했다.

"있잖아요. 나는 우리 엄마와 언니를 정말 이해할 수가 없어요. 물론 엄마는 이미 돌아가시고 안 계시지만 지금도 엄마를 생각하면 속상하고 화가 나요. 공부를 하고 싶어도 할아버지가 유교문화에 철저한 분이어서 몰래 중학교 입학했다가 반 년도 못 다니고 그만둬야 했거든요. 열다섯에 서울 영등포에 와서 미싱을 배웠죠. 20대 초반에 이미 명동에 가게 낼 만큼 돈을 모았어요. 그런데 그 돈 다 엄마가 가져갔어요. 동생들 학비 대고 생활비로. 나중에는 집도 사드렸어요. 그러고 나서 나는 빈손으로 결혼했지만 나름 많이 벌었죠. 그런데도 어쩌면 엄마는 당연하다는 듯이 나에게 늘 손을 내밀었고 그때마다 내가 다 해결해줬어요. 내 가슴속 옹이처럼 박힌 한이 된 것은 돌아가시는 날까지 저한테 너 고생시켜서 미안했다는 한 말씀이 없었어요. 나중에 언니한테 말했더니 오히려 언니는 나를 나무라더라고요. 자기 또한 내 도움을 수시로 받았으면서……."

엄마와 언니, 동생들에게 자신의 청춘을 다 바쳤고 그에 대해 진심으로 고맙다는 말조차 듣지 못한 것이 한이 되고 평생 지울 수 없는 마음의 상처가 됐다는 것이다. 오랜 세월이 흘렀고 어머니는 저세상에 계신데도 여전히 자신을 화나고 힘들게 만드는 기억속의 불편한 그림자라고 했다. 구구절절 풀어놓은 그의 말에 나는 아무런 위로의 말도 할 수가 없었다. 나이도 한참 적은데다 가족도 아닌 나로서는 그에게 아픔을 치유할 방법은 접어두고라도 뭐라 딱히 할 말을 찾지 못했다.

강의를 할 때 농담처럼 하는 말이 있다. "NO사연은 한 사람 밖에 없습니다."라고. 개인적으로 좋아하는 7080음악의 주인공 중 한 명인 유명인의 이름을 그럴듯하게 빌린 말이지만 지난 한 세기 동안 그야말로 질풍노도의 역사를 남긴 우리나라야말로 그 어느 나라사람들보다도 사연 많은 사람들이 부지기수다. 그런 연유에서인지 과거 경험했던 일들로 생긴 불안한 심리적 증상이 오랜 세월이 흐른 후에도 유사한 환경이나 상황에서 나타나는 트라우마로 힘들어하는 이들은 물론이고 과거 가난이나 불운으로 인한 아픔 또는 가족들로부터 받은 상처를 지우지 못한 채 불편한 기억을 안고 사는 이들이 많다. 무엇보다도 사람에 대한 미움과 증오를 버리지 못해 괴롭고 힘든 시간을 보내는 이들이 적지 않다. 나이 칠십이 됐는데도 부모나 형제들에 대한 좋지 않은 기억 속에 갇혀 있는 E처럼. 늘 믿고 사랑했고 함께 한 시간이 길었던 가족이었기에 더 아프고 힘들었으리라.

직접 경험해보지 않고서는 다른 이의 삶에 대해 함부로 평가하는 것은 금물이다. 더욱이 힘겨웠던 타인의 삶에 잘했니 못했니

섣불리 말해서는 안 될 일이다. 마음속으로라도 하루빨리 그 어둠속에서 그들이 벗어날 수 있길 기도해 주고 좋은 방법이 있다면 도와주어야 할 일이다. 다만 지금 트라우마나 마음의 상처에 갇힌 당사자가 나 자신이라면 내가 만든 것이든 타인으로부터 시작된 것이든 그것으로부터 빨리 벗어나고자 하려는 자발적인 노력이 필수다. 스스로 해결하기 힘들다면 병원치료를 통해서라도 그 고통과 불안으로부터 자유로워져야 한다.

트라우마나 마음의 상처속에 갇혀 과거에 머물러 있는 시간이 길어질수록 노년의 삶은 가시밭길이 된다. 마음이 평온하지 않고 머릿속이 증오나 미움, 아픔으로 가득한데 행복을 즐길 수 있겠는가. 무엇보다 죽는 날까지 그런 상황에 처하게 된다면 이건 말할 수 없이 안 좋은 비극이다. 이승에서의 짐을 저승까지 지고 가는 일이 될 터이니까.

▮ 겪어봐야 비로소 깨닫게 되는 것들

"사람들은 너 나 할 것 없이 꼭 당해 봐야 알게 되는 게 있더라고."

"그게 뭔데?"

"너 아직 몰라. 넌 지금 건강하니까. 쫄딱 망해본 적이 없으니까."

"그럼 내가 병원 가서 누워 있길 바라냐?"

"그런 뜻은 아니고 사람들은 자신이 겪어 봐야 그제서야 깨닫게 되는 게 있더라고. 건강, 돈, 나눔 이런 것의 소중함이 그래."

"야, 그걸 꼭 당해 봐야 아는 거냐? 나이가 몇인데……."

오십대 초반 우연한 계기에 친구와 이런 대화를 나눈 적이 있었다. 친구의 말이 틀리지 않다. 나이 오십이 됐다면 바보가 아닌 이상 이를 모를 리 있겠는가. 우리 삶에서 건강이 가장 소중하고 돈의 가치와 나눔의 아름다움을 깨닫는 데는 그냥 아는 것과 자신이 직접 경험을 한 후에 깨닫게 되는 것엔 차이가 있다.

지난해 그 친구가 지인 K의 병실을 다녀와서 말했다.

"그 형 한 달 전에 장기 이식 수술했거든. 다행히 수술이 잘돼서 며칠 있으면 퇴원한다더라. 그런데 갑자기 이런 말을 하는 거야. 퇴원하면 착하게 살고 싶다더라. 어떤 형태로든 사회에 도움이 되는 그런 일을 좀 하고 싶다네. 한번 크게 아프고 나니까 이제는 생각이 달라지는가 보더라."

K는 언젠가 친구가 부럽다는 듯 말했던 적이 있던 사람이다. 유산으로 물려받은 재산도 있고 그간 직장생활로 모아 놓은 돈도 넉넉해서 앞으로 노년기 돈 걱정은 안 해도 될 만큼 여유가 있다고 했다. 게다가 자식들도 다 컸으니 더더욱 그렇다고. 친구의 말로는 K는 누구에게 싫은 소리도 하지 않고 자기관리에 철저하면서 마음도 착한 사람이라고 했다. 남에게 피해주지 않고 살아온 사람인데도 불구하고 형제로부터 장기를 받아 수술을 하고 나니 삶에 대한 가치관이 새로워졌다는 얘기다.

종교계에서 성인이라고 할 만큼 일찌감치 비움과 나눔을 깨닫고 돈으로부터 자유로운 사람이 아닌 이상 대부분의 사람들은 누구라고 할 것도 없이 매한가지다. 자신이 직접 건강이나 돈에서 절박한 상황을 경험하고 나서야 진정한 그 가치를 깨닫게 된다.

10여 년 전부터 가까이 지낸 중소기업인이 있었다. 형 동생처럼 가까운 그는 나의 출판 활동을 지원해 주기도 했고 밥 한 끼라도 더 사 주고 싶어할 만큼 나눔의 미덕도 남달랐다. 나뿐만이 아니라 자녀들의 학교나 고향에도 기부 활동을 벌일 정도였으니 주변 사람들로부터 인정을 받으면서 누구에게 욕먹을 일은 하지 않는 그런 사람이었다. 이런 그가 어느 해인가 거래처로부터 연쇄부도를 맞아 직원들 월급도 못 주고 회사 문을 닫아야 하는 상황이 벌어졌다. 딱히 경제적 도움을 줄 수도 없는 나로서는 위로의 말조차 쉽게 할 수 없었다.

그가 힘든 시간을 겪고 난 후 친구의 사업을 도우면서 다시 일어서기 위해 애쓰고 있다는 말을 들을 무렵 식사 한 끼라도 하면서 그간의 애기를 들어보고자 만났다. 그는 말했다.

"내가 정말 돈 무서운 줄 몰랐던 것 같네. 10대 시절 가정형편 때문에 대학을 미리 포기하고 공업학교를 진학했으니 가난했지. 졸업한 후로 열심히 벌었어. 그런데도 그때는 돈에 대한 개념도 없이 그저 열심히 일만 했던 거야. 사업을 하면서 돈이 벌리는 것을 느꼈는데 사실 돈이 무서운 거라는 걸 몰랐었던 것 같네. 사업 실패로 많은 것을 잃고 나니까 만 원짜리 지폐 한 장이 얼마나 요긴하게 쓰이는지 그 가치가 얼마나 큰 것인지를 알게 되는 거야. 참 이제야 철드는 건지……."

몇십 억 원의 부동산과 공장을 갖고 있던 그가 당시 남들에게 베풀지도 않고 불법이나 악행을 저질렀던 사람이라면 대놓고 말은 못해도 속으로는 '당신은 그만큼 돈으로 사람들을 아프게 했으니 당신도 느껴봐야 해'라고 했을 것이다. 결코 누구에게 손가락질 받을 사람이 아니었는데도 자신과의 의지와는 무관하게 실패의 아픔을 감당하고 있는 모습이 안쓰럽기만 했다. 다만 그가 만 원 한 장의 가치를 얘기한데는 자신도 나름 자금 운영에서는 보다 철저하지 못했다는 애기였을 것이다.

40대나 50대에 건강이나 경제적인 부분에서 실패를 경험한 사람들은 스스로 이런 생각을 했을 터이다. 차라리 내가 10대나 20대 젊은 날 미리 실패를 경험했더라면 그래서 일찌감치 그 소중함을 깨달았더라면 더 좋았을 텐데 라고. 공감이 가는 말이다. 이른 경험이었다면 처자식까지 힘들게 하지는 않았을 터이고 다시 일어서기 또한 한결 수월하고 빠르게 진행되었을 것이다.

이쯤에서 나는 긍정론을 주장하는 편이다. 나 자신이든 타인이든간에 어떤 불운을 맞이하더라도 그 상황에서 그나마 이 정도로 끝나서 다행이고 앞으로가 중요하며 그리고 희망이 있다고 말하곤 한다. 60대, 70대에 큰 병을 얻게 되거나 사업에 실패할 경우엔 회복과 회생이 그리 쉽지 않고 어렵기 때문이다. 게다가 노년기에 접어들기 전에 일찌감치 건강이나 돈에 대한 깨달음을 얻었다면 인생 2막을 걸어감에 있어서 길을 잘못 들어서는 실수는 하지 않을 테니까.

마지막 가는 길에 세상 사람들로부터 '저 사람은 철 들자 눈 감았다'는 말을 들어서는 안 된다. 늦어도 나이 60이 되기 전에는 몇 가지 진실을 꼭 스스로 깨우쳐야 한다. 돈은 소중하지만 돈을 무서워 하면서도 또 가치있게 써야 한다는 것, 건강한 노년을 위해서는 몸만 아니라 마음도 스스로 건강하게 챙겨야 한다는 것, 세상은 돈만 가지고 사는 것도 아니고 혼자서만 잘 산다고 해서 행복한 것도 아니기에 나눌 수 있으면 나누며 살아야 한다는 것을. 건강을 잃거나 사업을 실패하는 일 없이 깨닫는다면 더할 나위없이 좋은 일이다. 경험을 통해서든 스스로 자각과 자성을 통해 다져진 결과이든 간에 우리가 반드시 알아야 하며 또 실천해야 할 노년기 삶의 지침 같은 게 아닐까.

┃돈으로 여유와 평온을 살 수 있을까?

그날은 2018년 12월 첫 날이었다. 터키 이스탄불에서 불가리아 소피아를 거쳐 그리스 아테네를 삼각 꼭짓점으로 잡고 여행을 하고 있었다.

귀국을 사흘 앞두고 도착한 아테네의 첫 인상은 크게 낯설지 않았다. 이미 열흘 넘게 유럽인들 속에서 시간을 보냈기 때문인지 사람들 생김새는 그 얼굴이 그 얼굴이고, 거리의 건물도 카페나 상점들도 특별히 어색할 것은 없었다. 물론 중고등학교 교과서에서나 접했던 고대 그리스의 정치·경제·문화 중심지인 이 도시의 한가운데 내가 서 있다는 것에 대한 설렘과 흥분은 여전했지만 무엇보다도 내 머리와 가슴은 그다지 편치 않았다. 민박집 숙박료를 치르고 나면 남은 돈 100유로로 사흘 동안을 버티어야 한다는 불안함을 떨쳐버릴 수가 없었다. 이 상황에서 소피아의 마트에서 잃어버린 지갑에 대한 아쉬움과 미련이 다시 떠오르는 것은 어쩌면 당연한 일인지도 모른다. 200유로의 현금과 석 장의 신용카드가 눈앞에 어른거린다. 그것들만 있으면 세상 부러울 게 없을 거라는 생각이었다. 돈이면 불편할 것도 두려울 것도 없겠다는 내 안의 얄팍한 자본주의 근성이 다시 꿈틀대고 있었던 것이다.

짧은 머리의 민박집 여주인은 나이를 가늠하기 어려웠다. 체구는 작지만 굵직하면서도 여유있는 알토풍의 목소리도 인상적이다. 정확하게 끊어지는 발음은 다정다감과는 좀 거리가 느껴졌지만 안정감과 여유가 느껴졌다. 방을 안내받고 짐을 풀자마자 허기를 채우고자 라면을 주문하여 먹은 후 올림피아드 경기장, 파르테논신전, 원형극장 등을 정신없이 둘러보던 그날 하루 내내 내 머리는 어떻게 하면 최소의 비용으로 최대의 관광효과를 누리고 절약한 비용으로 어떤 음식을 먹을 것인가에 집중하고 있었다.

이튿날 아침 여주인이 흘리듯 하는 말에 나는 고개를 갸웃거렸다. 숙박비에 포함된 조식 서비스를 한국에서의 아침 식사처럼 한식으로 차려주는 그녀에게 그저 인사치레 삼아 아테네에서의 생활을 묻자 돌아온 대답이 나로 하여금 비치에 대한 호기심을 자극시켰다.

"한국 사람들은 오자마자 묻는 질문이 거의 비슷해요. 그리스가 IMF 시기인 만큼 살기 힘들지 않냐는 거죠. 물론 예전에 비해 전기요금이 좀 비싸져서 부담이 좀 되고 돈이 잘 돌아가진 않죠. 하지만 크게 힘들거나 불편한 것은 없어요. 사십여 년을 살았어요. 지루함이 없다고는 말할 수 없죠. 그래서 가끔씩 다른 곳에 가서 살아볼까 생각도 했지만 비치 때문에 이곳을 떠날 수가 없어요. 오늘도 남편이 비치에 가자고 하네요."

'비치!(beach)' 그녀는 시간이 되면 비치에 가보라고 했다. 아테네

를 둘러싸고 있는 아름답고 멋진 비치들이 여러 곳이지만 대중교
통으로 쉽게 접근할 수 있는 '알리모스'에만 가 봐도 좋을 것 같단
다. 영하 8도까지 내려가던 소피아에서 버스를 열두 시간 타고 내
려온 아테네의 날씨는 그야말로 여름이 코앞에 와 있는 듯한 영상
17도의 따뜻한 날이었지만 그래도 뭐 그리 즐거울 게 있다고 권
하는지 이해가 되지 않았다. 서핑을 즐기거나 수영을 할 수 있는
주제도 못되는 나로서는 더 그랬다. 다만 뭐든지 궁금한 것은 직
접 두 다리 품을 팔아서라도 보고 와야 직성이 풀리는 성격이다.
출국하는 날 오전, 오후 세시까지의 공백을 나름 알차게 보내겠
다는 욕심으로 비치로 가는 버스를 탔다.

시내 중심가에서 출발한 버스는 삼십여 분이 안 되어 해변 도로
를 달리기 시작했고 나는 팬스도 없는 한가한 트램 정류장 앞에서
내렸다. 알리모스 해변이다. 눈앞에 펼쳐진 바다는 언뜻 보기에
는 그저 푸른 물결 춤추며 수평선 아득한 바다 그 자체다. 해변으
로 이어지는 계단을 내려가 지중해 물의 빛깔을 눈으로 확인한 후
에야 또 조용하면서도 결코 죽어 있지 않은 해변가의 모습들을 감
상한 후에야 여주인의 말이 은빛 금빛으로 출렁이며 가슴속을 파
고드는 지중해의 매력으로 들어왔다.

백사장과 맞닿은 카페는 확 트여 있다. 사천 원이 채 안 되는 커
피는 한국의 어느 비치 호텔 야외 카페의 커피보다도 고소하고 부
드럽다. 한나절 내내 흔들의자에 기대어 앉아 바다를 바라보고 있
어도 지루함이란 없을 것만 같다. 불과 20여 미터 앞에서 제 몸을
살랑살랑 흔들어대는 바닷물은 청색 잉크를 풀어놓았다고 해도

과장이 아닐 만큼 형언할 수 없는 자연의 색과 모습 그대로다. 메뉴판을 들여다보니 돈 만 원이 안 되는 메뉴가 여럿 있다.

해변은 사람들로 북적이지는 않는다. 수영을 하는 이들도 있고 서로 어깨를 기대고 일광욕을 즐기는 연인들도 있다. 한낮 기온이 영하권 아니면 기껏해야 영상 5도 안팎에 주저앉아 있을 서울의 날씨는 감히 상상조차 하기 싫을 만큼 알리모스 해변의 12월은 춥지도 덥지도 않다. 비치 크리켓을 즐기는 노인들의 모습이 눈에 들어온다. 수영복 팬츠를 입었지만 출렁이는 뱃살에 가려져 옷의 윤곽만 드러나는 노인들은 육중한 몸을 의심케 하듯 빠르고 자유롭게 움직인다. 수영을 하고 나온 노부부는 모래 위에 비닐 돗자리를 깔고 앉아 타올로 등을 감싼 채 음료를 마신다. 평일이어서인지 해변은 마치 노인들의 놀이터인 양 곳곳에서 그들만의 웃음소리가 터져 나온다.

비치 때문에 아테네를 떠날 수 없다는 아테네 민박집 여주인의 말이 다시 떠오르는 순간 이스탄불에 있는 한인 민박집 주인인자 친구처럼 편안한 현숙씨의 말이 떠올랐다. 환율인하로 인해 달러와 유로 대비 리라 가치는 심하게 내려앉았지만 비행기 타고 외국에 나가지 않고 터키 내에서 생활하는 한 크게 힘들 것도 없다고 했다. 한국 돈 2백 원이면 혼자서 두 끼는 해결할 수 있는 바게트를 살 수 있고, 천 원이면 자기 남편 주먹보다도 더 크고 신선한 오렌지 다섯 개를 담아올 수 있으니 사는 데 별 지장이 없단다. 게다가 남편이 선물가게를 운영하다가 잠시 쉬고 있지만 이 또한 생활비가 그리 크게 들어가는 것도 아니어서 당장 걱정할 일은 아니란다.

아테네와 이스탄불에서 만난 그들의 얼굴에서는 조급함도 근심 걱정도 찾아볼 수가 없었다. 그저 편안한 미소가 기억 속에 남아 있을 뿐이었다. 여전히 출국 비행기에 탑승할 때까지 내내 지갑 속의 20유로 지폐와 주머니의 동전에 집착하던 나와는 달리 그들의 일상엔 여유와 평온이 늘 공존하고 있었으니까.

┃이별 앞에서 더 신중해라

영원한 것은 없다. 언젠가 우리는 작별한다. 내가 좋든 싫든 원하든 원하지 않든 만나고 헤어지는 게 인생사다.

'이별'이라고 하니 행여 이성 간 사랑하다 헤어짐만 생각할지도 모른다. 내가 말하고자 하는 이별은 모든 이별을 말한다. 배우자와의 이혼이나 사별, 조직에서의 은퇴와 사퇴, 지인이나 친구와의 불화로 인한 결별, 반려동물과의 이별 이 모든 것은 슬프거나 아쉬움을 동반한다. 다만 마지막이 악감정으로 끝나게 되면 후회감이나 죄책감이 두고두고 스스로의 가슴을 후벼 파는 일이 벌어진다.

젊은 시절의 이별은 한마디로 이기적이었다. 교제하던 여성과는 상대와의 간격을 벌리면서 "좋은 사람 만나서 행복하길 바란다."는 말 한마디도 하지 않고 어정쩡한 태도로 일관하다가 그것으로 끝을 맺은 적도 있다. 2~3년간 거래관계를 유지해오던 출판사 담당자와는 원고료를 받지 못해서 화가 나서 "당신 얼마나 잘 사는지 내가 지켜 볼 거다."고 악담을 던졌다. 다니던 직장이 경영난으로 흔들리던 시절 먼저 사직서를 제출하고 나올 때는 속으로 내가 더 열정적으로 회사를 구하려는 노력을 하지 않았다는 자책감보다는 '저러다 안 망하면 다행이지'라는 생각을 한 적도 있다. 설령 지인이나 친구와 불협화음이 발생해 말싸움이나 의견충돌 끝에 마음속으로 이별을 고할 때도 '그래 너라는 사람 안 보면 끝이지'라는 식이었다. 나 스스로 부족함을 인정하고 자각하기보다는 내 자존심만 내세웠고 상대에 대한 배려나 미안함을 갖기보다는 상대의 단점과 실수를 꼬집었다. 종종 '성격 좋고 열정적으로 사는 사람'으로 비춰지는 내 이면에는 과거 이러한 부끄러움들이 적잖게 숨어 있었다. 이별 앞에서 신중하지 못했고 후회할 일, 미안해야 할 일만 만들어놓은 셈이다.

'만날 때 아름다운 사랑보다는 헤어질 때 아름다운 사랑이 되자…….'라는 노랫말도 있듯이. 인생의 마무리가 곧 노년기이니 우리는 어디서든 누구하고든 아름다운 마무리에 신경을 써야 한다.

인생 2막을 위해 새로운 직장을 찾는 이들이 늘고 있다. 그러나 원하는 일, 마음에 드는 직장, 만족할 만한 연봉으로 시니어들을 불러주는 직장은 거의 없다고 봐야 한다. 내 눈높이를 낮추어 돈의 만족보다는 체력적으로 무리가 따르지 않는 조건이라면 취업을 통해 활기찬 노년인생을 보내는 것이 현명한 일이다. 다만 시니어 취업의 근무기간은 제한적일 수밖에 없으므로 언젠가는 또다시 자리를 비워줘야 한다. 그때 적어도 함께 일했던 동료들이나 회사로부터 "함께 해줘서 진심으로 감사했다."는 말은 듣고 직장을 떠나야 하지 않을까. 동료들로부터 아랫사람들로부터 '빨리

나가길 바랐는데 이제야 나간다'거나 '앓던 이 빠진 듯 개운하다'
는 소리를 들어서는 안 될 일이다.

그리고 또 한 가지 만남과 이별에 있어서 노년기에는 더더욱 신
중을 기하고 잘 매듭을 지어야 할 것이 이성문제다. 30년 전이나
지금이나 매스컴에 빼놓지 않고 등장하는 뉴스가 있다. 결별과
이혼이다. 연인들의 결별과 부부의 이혼은 양자 합의하에 문제없
이 끝이 나면 되고 그 자체가 흉이 되거나 부끄러워할 일은 아니
다. 다만 최근에 두드러진 현상은 이별하는 과정에서 폭행, 협박,
공개적인 비난, 치정살인 등이 심심찮게 벌어지고 있고 그 대상
자들이 비단 젊은 층에만 국한되는 게 아니라 연예인이나 노인들
도 심심찮게 그 불명예스러운 주인공으로 공개되고 많은 이들로
부터 쓴 소리를 듣는다.

"왜 저렇게 추하게 늙어가는 거지?"

"저 나이에 꼭 저러고 싶었을까?"

"죽는 날까지 콩밥신세 지게 생겼네."

칠십 세 팔십 세에도 연인을 만나 재혼을 할 수도 있고 사실혼
관계를 유지할 수도 있다. 이건 사랑이라는 이름 아래서 당사자
들만이 할 수 있는 선택과 자유다. 좋아서 만났다가 마음 멀어져
헤어지는 것 또한 그들 각자의 몫이다. 백세시대를 살아가고 있
는 요즘 액티브 시니어들이 증가하면서 노년의 사랑과 교제는 흔
한 일이 돼버렸다. 이건 분명 축복이다. 다만 그 헤어짐의 선택과
결정에 있어서는 적어도 책임과 마무리는 아름다워야 한다. 폭
행, 상해, 살인 등 얼굴 찌푸리게 하는 사건의 주인공이 되는 일

은 없어야 한다.

　시작도 중요하지만 끝은 더 중요하다. 이는 곧 자기관리이자 '메멘토 모리'를 실천하는 일 중 하나가 될 것이다.

| 앞치마를 왜 두르지 못하겠다는 건가?

"그간 어떻게 지냈어?"

오랜만에 가까운 친구나 지인을 만나면 으레 이런 인사를 하기 마련이다. 돌아오는 대답은 거의 비슷하다.

"먹고 사느라고 늘 바빴지", "열심히 일했지. 일해야 먹고 살잖 아", "놀면 누가 밥 먹여 줘? 그러니 한 푼이라도 벌려고 움직이 지" 등등.

어찌된 일인지 답변 속에는 하나같이 '밥', '먹는다'는 언어가 포 함돼 있다. 더 재미있는 사실 한 가지는 그것도 사오십년 전이나 지금이나 우리나라 사람들의 대화 속에서 한 끼 식사를 의미하는 '밥'은 변함없이 제자리를 지키고 있다는 것이다.

70년대 고향에서의 유년시절 기억은 아직도 선명하다. 우리 부 모님을 비롯한 모든 동네 어른들은 자신보다 윗사람을 만나면 하 는 인사가 늘 정해져 있었다.

"진지 드셨시유."

"저녁 잡쉈어유."

과거에는 하루 세 끼 끼니를 다 챙겨먹기 힘든 사람들이 많았으니 인사가 밥을 챙겨먹었느냐는 게 최고의 덕담이었던 것 같다. 쌀이 부족해서 수제비와 칼국수 같은 밀가루 음식을 이틀이 멀다 하고 해먹는 가정들도 적지 않았다.

잘 아는 지인 중 한 사람은 서울 산동네에 살았는데 매일 저녁 때만 되면 어머니가 국수집에 가서 국수를 사오라는 심부름을 시키곤 했는데 그게 너무 싫었다고 회상한다. 내가 중학교를 다니던 70년대 후반까지만 해도 도시락이 온통 보리밥만 가득했던 친구들이 있었다. 나와 나이가 각각 일곱 살, 아홉 살 가까이 차이 나는 누님들은 칼국수, 감자, 고구마, 보리밥을 유난히 싫어한다. 그만큼 쌀밥보다는 잡곡을 비롯한 밀가루 음식과 흔한 고구마와 감자를 많이 먹었기 때문이다.

하루 세 끼를 제대로 챙겨 먹기 힘들어 서로를 염려해 주던 시대는 먼 옛날이 됐다. 쌀밥이 당뇨와 비만의 원인이라고 해서 온갖 잡곡을 다 넣어서 먹는 게 일반화됐다. 밥을 먹기 싫어서 빵과 피자를 먹고 국수나 라면 대신 더 맛있다는 스파게티와 파스타를 먹는다. 그럼에도 불구하고 우리는 예나 지금이나 '먹고 사는 일'(?)에 큰 의미를 부여한다. 병원에서 의사들이 하는 얘기도 늘 똑같다. 건강을 위해서는 하루 세 끼 규칙적인 식사가 가장 중요하다고 한다. 음식의 종류는 다를 수 있지만 무엇을 섭취하든 우리는 아침 점심 저녁 세 끼 챙겨 먹는 것을 하루 일과 중 매우 중요한 법칙으로 여기며 살고 있다. 세 끼 중 두 끼만 먹는다고 말하는 사람들마저도 나머지 한 끼는 간식으로 대체하거나 술자리 음식으로 해결한다.

건강에 관한 한 현대인이 전적으로 의존하는 의사의 조언을 따르기 위해서가 아니더라도 인간은 먹어서 건강을 유지해야 하는 책임감은 물론이고 먹는 즐거움으로부터 벗어나지 못한다. 지극히 당연한 일이다. 그런데 하필이면 이 먹고 사는 일이, 가장 기본적인 일이 큰 문제가 되는 이들이 있다. 나이 들어가는 대한민국의 남성들이다. 적어도 50세 이상의 한국 남성들이 그렇다. 그들 중 대부분이 주방에서 밥 짓기를 거부하고 또 그것은 자신이 해야 할 일이라고 여기지 않는다. 아내의 몫, 여성의 몫이라고만 여긴다.

우리가 자신도 모르게 길들여진 문화로부터 탈출하기란 쉬운 일이 아니다. 세대구분에서 보통 신세대로 구분되는 1970년 이후에 출생한 남성들은 가정에서의 역할분담에 대해 굳이 성을 앞세우진 않는 편이다. 물론 신세대와 X세대, M세대 남성들 중에도 부모세대로부터 가정 내에서의 남성과 여성의 역할에 대한 영향을 받으며 성장한 이들도 있다. 하지만 그 이전 세대, 기성세대, 유신세대, 386세대 남성들은 거의 대다수가 앞치마를 두르는 일은 내가 할 일이 아니라는 인식의 뿌리가 내면에 깊이 박혀 있다. 밥솥과 요리기구가 스마트해진 세상이지만 그들은 주방에 들어가서 밥 짓고 요리하기를 거부한다. 인터넷에서 레시피를 검색하면 초등학생도 알아서 할 수 있건만 그들은 못하는 게 아니라 하지 않으려고 한다. 심각한 것은 이는 성별 역할을 떠나서 노년기 개인의 삶에 적잖은 파장을 몰고 오는 문제가 된다는 것이다.

강의 현장에서 만나는 시니어들의 80% 이상이 여성이다. 10년 전에는 50대가 가장 많았다면 지금은 60대 여성이 대세다. 물론 50대, 70대들도 적지 않지만 아무래도 베이비부머 세대들이 인구 수도 많고 시기적으로 인생 2막을 준비하는 이들이 많아서인 것 같다. 나는 그들에게 꼭 한번은 들려주는 얘기가 있다.

"남편을 사랑하십니까? 물론 아닌 분들도 있겠지요. 하지만 배우자를 죽도록 사랑하지 않더라도 정은 많이 들지 않았나요? 그래서 싫으나 좋으나 늘 옆에 있게 되지 않나요? 그렇다면 여러분들이 반드시 남편들에게 해야 할 일이 있습니다. 밥하고 요리하고 가전제품 사용하는 법을 알려주세요. 그거 안 가르쳐주면 정말 나쁜 마누라가 될 수 있습니다. 누가 먼저 눈을 감을지는 그 누구도 모릅니다. 만약에 아내가 아프거나 먼저 세상을 떠난다면 혼자 남은 남편은 어떻게 살죠? 요즘 자식이 부모 모시고 사는가요? 가사 도우미가 온다 하더라도 날마다 하루 세끼 밥 차려주나요? 남성들이 앞치마를 둘러야 하는 이유는 지극히 당연하고 분명합니다. 자신의 생존을 위한 일이죠."

이미 20여 년이 지난 일이지만 며느리가 밥 차려드릴 때만 기다리던 아버지의 모습이 생생하다. 지금도 그때 더 잘 못 모시지 못해 후회되고 마음 아픈 것은 사실이지만 당신은 의존적이고 수동적인 노년기를 보냈다. 밥하고 세탁기 돌리는 그것을 직접 하지 못했기 때문이다. 지금 생존하셨더라면 95세이니 그 연령대의 어르신들이야 대다수가 그랬고 충분히 이해가 된다. 문제는 그 세대보다 자그마치 30년, 40년이나 늦은 세대인 지금의 5060세대들

이 여전히 주방일과 가사에 무관심하거나 여성의 일로만 여긴다
는 것은 세상을 거꾸로 사는 일이다. 한 번쯤은 스스로에게 질문
해 봐야 할 일이다.

"나는 왜 앞치마를 두르려고 하지 않는가? 앞치마가 그렇게도
무서운 걸까?"

▎행복의 잣대는 사람마다 다르다

"애들아, 행복하게 살아야 해."

"어머님, 아버님. 행복하게 지내세요."

"친구야. 너의 행복을 빌어."

"그래. 너도 행복한 하루 되길……."

우리는 살아오면서 '행복'이란 두 글자를 얼마나 많이 사용했을까? '사랑'이라는 말보다 더 자주 쓴 것이 '행복'이란 언어다. 나 또한 적어도 사춘기를 지나던 고등학교 입학시절부터 일기장에, 편지에 수없이 행복이라는 언어를 사용했다. 막연하게 자주 많이 사용하면 좋은 언어라는 생각뿐이었다. 행복이란 실체가 무엇인지도 모르면서 말이다.

언론사를 은퇴한 선배 중 한 분은 봄이 만개하는 4월부터 가을 걷이가 끝나가는 10월 말까지는 한 달 중 절반 이상을 경북 산지의 세긴하우스에 가서 벅거리 농사를 짓는다. 60대 후반에 아내와 함께 전원생활과 도시생활을 번갈아가며 하는 삶이 조금 부럽게도 느껴져 "형님은 행복하시겠어요."라고 말했더니 돌아오는 답은 그게 아니었다. 행복의 잣대를 내 방식으로 들이댄 것은 실수였다. 아내가 해주는 삼시 세 끼를 먹으면서 농부 수준의 일이 아닌 취미에 가까운 농사를 하지만 정작 그가 그런 일상에서 느끼는 행복은 크지 않단다. 자신이 가장 행복한 순간은 그림을 그릴 때라고 했다. 학창시절 무척이나 하고 싶었지만 못했던 것을 뒤늦게나마 취미생활로 즐기는 그 시간이 그에게는 그 무엇과도 바꿀 수 없는 행복이 넘쳐나는 시간인 것이다.

일주일에 한 번 나가는 글쓰기 강의에서 만나는 시니어 수강생들이 종종 같은 말을 하곤 한다. 글을 쓰기 위해 글감을 찾을 때 머리가 아프고 또 문장으로 엮어가는 순간은 나름 스트레스를 받기도 하지만 글을 쓰게 된 것이야말로 자신에게는 뒤늦게 찾은 가장 행복한 소일거리라는 것이다. 그런 말을 들을 때마다 나의 지도를 받으며 문장력을 쌓아가는 과정이 행복하다고 하니 참 다행이고 가르치는 뿌듯함을 느끼는 것은 사실이지만 그들의 가슴이 얼마나 벅찬 행복의 알갱이들로 쌓여가고 있는지에 대해서는 나도 알 수 없는 일이다.

행복! 과연 행복이란 무엇일까? 사람마다 답이 다를 수 있겠다. 언론사를 은퇴한 선배 D나 글쓰기 제자들은 젊은 날 그토록 하고 싶었지만 못했던 것을 취미로 즐기는 순간이 행복한 시간이라 말하지만 또 다른 누군가는 열심히 일하면서 통장에 돈이 쌓여가는 것을, 또 어떤 이들은 필드에서 골프채를 휘두르는 그 순간이나 호텔에서 수영을 즐긴 후 바다나 강이 내려다보이는 레스토랑에서 풀코스 정식을 즐기는 시간을 행복으로 느낄지도 모른다.

언제부터인가 해마다 언론사의 뉴스에는 그 해의 국가별 행복지수(Happy Planet Index)가 등장하곤 한다. 조사 발표하는 기관마다 기준으로 삼는 요소가 다르다 보니 이 또한 완벽한 행복지수라고 못박기는 어렵다. 분명한 것은 우리가 수긍할 만한 국가별 행복지수는 국내총생산(GDP)이나 국민총생산(GNP) 같은 경제력만이 아니라 삶의 만족도, 희망, 미래에 대한 기대, 실업률, 자부심, 사랑 등등 인간의 행복과 삶의 질을 포괄적으로 고려해서 측정하는 지표라는 것이다.

종종 사람들 사이에서 회자되는 행복지수가 높은 나라인 부탄 왕국은 경제적인 수치를 바탕으로 행복지수를 산출하는 방식과는 거리가 있다. 그들은 성장보다는 평등하고 지속 가능한 사회 경제발전, 환경보호, 전통가치의 보존과 발전, 올바른 통치 구조를 네 가지 핵심 축으로 내세운다. 무엇보다도 국민총생산을 포함시키지 않는다는 전제하에서 국민총행복을 말한다.

'행복지수' 하면 빼놓을 수 없는 또 다른 국가 중 하나가 휘게의 나라 덴마크다. 덴마크식 행복 역시 많은 돈이 필요하거나 화려한 것과는 거리가 멀다. 덴마크에선 행복해지기 위해 남보다 돈이 많거나 남보다 화려하고 멋질 필요가 없다는 마인드가 지배적이다. '휘게'라는 언어가 '덴마크'라는 국명 앞에 슬로건처럼 따라붙는 만큼 그들의 행복론을 잘 들여다볼 필요가 있다. 사람들은 소박하고 여유로운 시가과 일상 속의 소소한 즐거움 그리고 안락한 환경에서 오는 좋은 느낌을 행복으로 삼는다. 단 여기에 반드시 전제되어야 할 것이 있는데 그것은 다름 아닌 자존감이다. 덴마크에서는 어디서든 누구나 각자의 자존감을 중시한다. 때문에 교육에서부터 아이들의 행복에 중요한 것은 자신감이 아니라 자존감이라고 믿는다. 덴마크 교육의 특징은 부모나 교사들이 아이들에게 시행착오를 해볼 기회를 제공하면서 스스로 문제를 해결하는 힘을 길러주는 것으로 아이들이 어릴 때부터 자기 힘으로 뭔가 해보려는 노력 그 자체를 존중해 준다고 한다.

'나는 지금 행복한가? 행복하다면 무엇 때문에 행복한 건가?'.

우리는 스스로에게 물어봐야 한다. 노년기를 보내고 있다면 또 노년기의 입구에 들어선 시니어라면 자문해야 한다. 만일 내가 지금 행복하지 않다면, 내가 행복을 어떻게 정의하고 있는지, 혹시 타인과의 비교를 통한 우월감을 행복감이라고 착각하고 있지는 않은지 냉정하게 생각하고 판단해 볼 일이다. 또 다른 사람에게 보이는 것이나 단지 눈에 보이는 것을 행복의 기준으로 삼고 있지는 않은지 스스로 점검하는 시간이 필요하다.

내 지갑에 든 카드에 많은 돈이 있고 명품 의상과 액세서리가 있기에, 친구나 지인들보다 더 비싼 아파트에서 살고 있기에, 자식이 명문대 출신으로 남들이 부러워할 만큼 성공가도를 달리고 있기에 '지금 나는 행복해'라는 말을 하는 일은 없어야 하지 않겠는가?

▮ 행복은 행운처럼 제 발로 걸어오지 않는다

"금요일 밤 꿈에서 침대 위에 똥을 쌌지 뭐야. 그것도 바구니로 한 가득 넘치게 말이지."

"그건 대박인데."

"나도 그런 줄 알았지. 그래서 토요일 아침 눈 뜨자마자 '복권명당'이라는 현수막을 걸어놓은 버스정류장으로 달려갔지. 천 원짜리가 네 장뿐이었어. 네 줄만 샀지."

"그래? 결과는……."

"됐으면 내가 여기 이러고 앉아서 소주 마시고 있겠냐? 벌써 비행기 타고 어디 놀러갔겠지. 하 하!"

농담 같은 얘기지만 이 꿈 이야기는 지어낸 것이 아니라 사실이었다. 이 책을 집필하던 기간 중에 일어난 얘기다. 대화의 결론은 똥을 손으로 만지고 몸에 묻혔어야 했는데 꿈속에서도 깔끔을 떤다고 똥을 싼 패드를 질 말아서 그대로 재래식 화장실에 버렸으니 결국 행운을 내다 버린 셈이라는 것이었다. 직접 경험한 아쉬움이 남은 일화였다. 그리고 보면 나도 겉으로는 안 그런 척하면서도 마음속으로는 돈! 돈! 돈! 하고 외치는 속물인가 싶기도 하다.

한번은 원고를 쓰다 말고 잠깐 행복과 행운에 대해서 생각을 해봤다. 행운과 행복 둘 중 어떤 게 더 좋은 것일까? 행복에 무게를 주기로 했다. 행운은 요행에 가깝고 행복은 노력의 산물이라는 이유에서다.

행운은 어느 한 순간 나타난다. 예고도 없이 내가 그 어떤 간절한 기도조차 하지 않았는데도 제 발로 등장하니 놀라울 수밖에 없고 그 순간의 기쁨이란 이루 말할 수 없다. 다만 내가 느끼고 싶을 때 수시로 만날 수 없다는 것이 행운이란 녀석을 날마다 그리워하지 않는 이유다. 행복은 행운처럼 알아서 찾아주지도 않고 "오, 판타지!"라고 외칠 만큼 파격적인 즐거움 또한 없다. 나 스스로 느낄 수 있어야만 하는 것이기에 내가 먼저 그에 상응하는 그 무언가를 하지 않으면 만날 수 없는 것이다. 그럼에도 불구하고 나는 행운을 기다리기보다는 행복을 말하고 행복해지고 싶다.

갤럽연구소에서 150개 나라 1500만 명이 넘는 사람들을 대상으로 '무엇이 우리를 행복하게 하는가'에 대한 리서치를 했다. 연구 결과는 인간이 행복하게 살기 위해서는 기본적으로 다섯 가지가 충족되어야 한다는 것이었다. 자신이 하는 일에 대한 직업적 행복, 사람들과의 인간관계에서 느끼는 사회적 행복, 효과적인 돈 관리로 인한 경제적 행복이다. 일상생활에 큰 문제가 없는 건강, 즉 육체적 행복, 그리고 마지막으로 자신이 거주하는 지역에서의 공동체적 행복이었다.

알고 보면 엄청나게 특별한 일도 아니고 현실적으로 그렇게 어려운 일만도 아니다. 게다가 노년기 인생에서 필요로 하는 요소들과 공통점이 많은 것들이라는 점에서 시니어들에게는 시선을 주목시킬 만한 뉴스였다. 그렇지만 안타깝게도 이 다섯 가지 영역에서 만족할 만한 삶을 사는 노인들은 의외로 많지 않은 것으로 알려졌다. 국내 한 기관이 밝힌 통계에서는 불과 10%가 안 된다고 했다. 우리 삶에서 당연히 기본적으로 필요한 요소들인데도 불구하고 이를 충족하고 사는 수가 적다는 것은 그만큼 우리 사회는 행복을 노래하면서 사는 시니어들이 적다는 말이다. 무엇이 문제일까?

그간 다양한 활동을 통해 사회와 노년의 삶을 직접 만나고 보고 느낀 한 사람으로 감히 말한다면 갤럽이 밝힌 다섯 가지 행복 요건 중 바로 '자신이 하는 일에 대한 직업적 행복'에서의 행복이 결여된 사람들이 많지 않을까 싶다. 백세시대답게 액티브 시니어들이 늘어나고 있고 공적 연금 수급자가 증가하면서 경제적으로 궁핍하지 않는 시니어들은 증가 추세다. 한국인의 문화적 특성상 지역공동체적 행복과 인간관계에서 얻는 가치있는 것, 흔한 말로 '그래도 세상은 살 만하다'는 말이 대변해 줄 것이다. 문제는 직업, 즉 일인 것이다.

노년기 직업이란 의미는 좀 달라져야 한다. 수십 년간 지켜온 현직에서 은퇴하기 이전의 직업에만 국한시켜서는 안 된다. 또 전문직이나 세상사람들의 부러움을 한몸으로 받는 그런 분야의 일자리에 비중을 두어서도 안 된다. 노인들에게 직업이란 자신이 오랫동안 이어온 직업일 수도 있지만 좀 더 포괄적인 의미를 담아야 한다. 본래 지녔던 직업의 연장선으로 이어지거나 파생된 일을 갖는 것도 좋은 일이지만 누구나 다 그럴 수는 없지 않은가. 또 노년기의 일이 꼭 경제적 효과에만 초점이 맞춰져야만 하는가. 그건 아니다. 재능 기부, 용돈벌이 파트타임 일자리, 봉사활동 등도 노년기 일의 영역에 포함되어야 하고, 노년 당사자는 물론이고 우리 사회의 인식도 그렇게 전환돼야 하지 않을까.

시니어 전문가들은 노년기에 행복감을 고취시키는 일로서 생활 속에서의 '의미 있는 일 찾기'를 제안한다. 이를테면 자신이 수년간 쌓은 경험이나 전문적인 지식으로 재능 기부를 한다거나 봉사활동을 하는 것은 그 무엇보다도 소중하고 또 필요한 일이나 활동이라고 말한다. 지자체 교육프로그램에서 어학, 예능, 인문학 등을 가르치는 것도 좋고 시나 종교단체에서 실시하는 노숙자들을 위한 급식봉사도 가치 있는 일이라는 것이다. 전문가들도 관련 도서들도 인생 2막으로 불리는 노년기야말로 남은 삶을 의미 있는 일을 하며 그 속에서 행복을 찾는 시기라고 강조하는 이유가 다 이 때문이다.

행운은 소리없이 찾아오지만 행복은 거저 주어지지 않는다. 그러나 행운은 날마다 맛볼 수 없어도 행복은 날마다 느낄 수 있다. 그 행복은 바로 내가 직접 의미있는 일을 찾아나설 때 나와 더 가까이 붙어 다니지 않겠는가.

11번째

❚그대 아직도 학력 운운하는가?

나는 오십 중반을 넘어 곧 60을 바라보는 나이로 가고 있다. '나이는 숫자에 불과하다'는 말이 유행어처럼 통하기 시작한 지 이미 오래지만 그렇다고 해서 나이를 마냥 잊고 살 수는 없는 게 현실이다.

나이의 무게감을 느끼지 않는다고 말한다면 그건 나 자신을 속이는 일이다. 혼자서 사는 세상이 아니다. 형제, 자식, 조카, 선후배 등등 연령대가 다른 많은 사람들과 함께 시간을 갖는 일이 많은데 어떻게 나이를 의식하지 않고 살 수 있겠는가. 때로는 윗사람으로서 또 아랫사람으로 부모로서 아우로서 내가 지켜야 할 예절이 있고 마음의 그릇이 있다. 다만 새로운 것을 배우고 도전하고 열정, 감정, 감성을 드러내는 일에서는 그것을 의식할 필요가 없는 상황도 많다는 입장이다.

나이를 먹으면서 언제부터인가 잊으려고 노력하지 않아도 내 기억으로부터 멀리 있다는 느낌을 갖는 것이 있다. 학력이다. 사람들과의 대화 도중 상대가 출신 학교나 학력에 대해 질문을 하지 않는 한 굳이 말할 필요도 없고 끄집어내려고 하지도 않는다. SKY가 아니라서 그런 게 아니다. '나이 오십이 넘으면 학력평등'이라는 사실 같은 농담을 종종 들으면서 그 말이 그렇게 의미 없는 말은 아니라는 것을 인정하고 자각했기 때문이다. 적어도 내가 생각하는 기준에서는 현재의 내 삶과는 전혀 무관하다고 여기기 때문이고 앞으로도 그것은 그리 중요하지 않다는 가치 기준 때문이 아닐까 싶다. 하지만 세상은 내 생각과는 다를 때가 많다.

일 년에 한두 번은 이력서를 제출해야 하는 일이 생긴다. 특강이나 새로운 강의를 맡게 될 때다. 나를 부르는 곳에서는 으레 프로필을 요구한다. 태어난 곳, 출신 학교, 경력사항, 집필저서, 주민등록번호, 전화번호 등이 기본적으로 들어간다. 예전에 작성해 놓은 샘플 프로필에 추가된 것을 한두 가지 넣거나 굳이 넣을 필요가 없는 이력을 빼기도 하지만 최종학력을 말하는 어느 대학교 어느 대학원에서 무엇을 전공하고 학위를 받았는지에 대해서는 기록을 하게 된다. 아니 하지 않을 수가 없다. 그것은 굳이 왜냐고 따져 묻지 않아도 그들이 원하는 것이기 때문이다. 그럴 때마다 지금에 와서는 마치 남의 이력처럼 관심을 두지 않는 최종학력을 보게 된다. 내 눈에 그것은 셔츠를 입을 때 속에 꼭 입어야 할 필요는 없다고 여기고 또 개인적으로 불편하기 때문에 입지 않는 속옷 같은 것일 뿐이다. 꼭 그렇게 여기는 이유가 뭐냐고 묻는다면 답은 간단하다. 그게 나의 능력과 인성을 평가하는 잣대가 될수는 없으니까. 적어도 지금 나의 현시점에서는 그렇다.

사회활동을 시작한 지 30년이 되는 시점이 코앞에 와 있다. 내 삶을 이끌어가는 중심추인 원고를 쓰고 강의를 하는 일에서 학력은 독자나 수강생들이 몰라도 되는 그저 내 기록의 한 줄일 뿐이다. 석사학위 소지자 아니어도 문학을 전공하지 않았어도 대학에서의 강의 이력이 없어도 나는 그들에게 필요한 정보를 사실에 기초하여 알차게 제공해 주고 내가 아는 글쓰기나 인문학에 대한 실제 경험과 지식을 맘껏 풀어놓으면 되는 것이다.

한 두 해 전의 일인 것 같다. 추운 겨울 이른 저녁 단골 해장국집에서 술국을 시켜놓고 혼술을 하는데 귀가 한참동안 불편했다.

"야? 걔는 T대 출신이잖아. 우리 학교 다닐 때 사실 그 학교를 대학이라고 인정이나 했냐? 세월이 바뀌었으니 이력서라도 내밀지 어디 그 실력으로 그 졸업장으로……."

"우리 중학교 동창 중에 거의 꼴찌나 다름없던 녀석이 하나 있었거든. 1학년 때 구구단도 다 완벽하게 외우지 못했을 정도니까. 그런데 몇 년 전 동창들 몇 명이 모인다고 해서 나갔더니 그놈이 나왔는데 직원이 130명이나 되는 회사 사장이야. 경기도 거기 어디에 있다고 하던데. 걔는 중학교 졸업하고 철공소인가 인쇄소인가 들어갔거든. 그런데 언제 학교를 다녔는지 대학도 나오고 A대학원 경영자과정도 했다더라구. 쥐구멍에도 볕들 날이 있다더니 그놈이 그렇게 바뀔 줄이야."

귀에 거슬려서 하마터면 '그 나이에 학력이 뭔 놈의 자랑거리요, 없는 사람 흉보는 당신들은 대체 뭐 그리 잘났소'라고 버럭 한마디 내뿜을 뻔한 순간이었다. 머리는 염색을 했는지 나보다도 더 검지만 얼굴의 주름과 어눌한 발음은 한참 윗사람이다. 월남

전에 갔다 온 내 삼촌뻘은 되고도 남을 것 같았다.

사실은 나도 20대, 30대 시절 한때는 그것을 향해 욕심을 가졌다. 강단에 서보겠다는 야망을 갖고 서른두 살에 직장생활 6년 동안 저축해서 모은 돈으로 그나마 마련한 한 칸짜리 전세방을 월세로 돌리고 남은 돈으로 입학금을 채우기도 했다. 마지막 그 한 줄을 마치 훈장이라도 단 것처럼 나름 든든하게 여길 때도 있었다. 이력서의 최종학력이 요즘 젊은이들이 말하는 소위 '스팩'이라는 것 몇 개를 합친 것보다 훨씬 빠르게 인정받던 시절이었다. 그런 젊은 날을 살아왔다. 지금은 아니다. 부끄러워할 이력은 아니지만 그렇다고 술자리에서 모임에서 '나 이런 사람이었네' 하면서 떠들어대야 할 훈장은 아니다. 내가 원해서 한 공부이고 내가 선택한 학교였을 뿐 그것은 타인들과는 무관한 것이다.

간간이 여기저기서 주워듣는 말로는 '블라인드면접'이라고 해서 학력과 스펙으로부터 자유로울 수 없는 게 현실이라고 한다. 그러고 보면 우리 사회가 여전히 획기적인 변화를 하지 못했다는 생각을 하게 된다. 그건 따지고 보면 정부나 기업, 사회 모든 조직에서 그 수장을 맡고 있는 대다수의 사람들이 50대 이상의 시니어들이다보니 그들이 '학력'이라는 두 글자에서 여전히 해방되지 않아서 그런 게 아닐까 싶다.

밥 딜런은 하버드나 옥스퍼드 출신도 아니고 베스트셀러 작가도 아니다. 그런데도 그는 노벨문학상을 수상했다. 피겨의 영웅 김연아가 학교의 인지도로 금메달을 따지 않았고 그녀가 금메달을 땄다는 이유만으로 사랑을 받는 것은 아니다. 국가를 위한 평창동계올림픽 홍보는 물론이고 지속적인 기부활동으로 사회를 향한 관심을 보이고 기여를 하는 스포츠인이기 때문이다.

학력보다는 능력이, 능력보다는 인성이 대접받는 사회가 되어야 한다. 아직도 그 잣대는 시니어들이 쥐고 있는 만큼 지금은 우리의 자식, 우리의 후손들에게 학력보다 더 소중한 그 무엇을 물려줘야 하는지 즐거운 고민에 빠져보아야 할 때이다.

12번째

▮건강 앞에서 불사조는 없다

"어디 아픈 데는 없지?"

비교적 자주 통화를 하는 큰누님은 물론이고 가까운 지인들도 모처럼만에 통화를 하게 되면 가장 먼저 묻는 말이다. 오십이 되기 전 마흔아홉에 중환자실까지 다녀온 이력 때문일 거라는 생각을 하지만 이따금씩 새롭게 알게 된 주변 사람들의 입에서도 "아픈 데는 없지요?"라는 질문이 던져질 때면 그럴 때마다 다시 자각하게 된다. 내 나이가 오십대 중반을 넘어서 곧 후반으로 치닫고 있다는 현실을. 이제는 청춘이 아니고 건강을 보살피면서 다가오는 노년의 인생을 기꺼이 맞이해야 한다는 오늘의 내 현주소를 일깨워준다.

누구에게나 20대, 30대 젊은 시절은 그야말로 날마다 청춘이다. 수면을 취하지 않고서도 24시간 일을 할 수 있을 만큼 체력의 전성기이니 미리 건강을 돌보려고 할 생각조차 하지 않는다. 피곤하더라도 자고 일어나면 다시 힘이 넘쳐나는 때이니 일이나 직장, 사랑, 돈, 자녀나 부모에 신경이 곤두서 있다. 체력이 좀 떨어졌다고 여기게 되는 40대에도 여전히 건강보다는 이런 것들에 집중한다. 그러다 오십대가 되어 거울 속을 들여다보면 머리가 희끗희끗해지고 눈가와 이마에 주름이 생긴 자화상을 만나게 된다. 이게 우리 시대 보통 사람들의 삶이고 나 또한 마찬가지였다.

우스갯소리 같지만 많은 이들이 공감하는 말이 있다. 나이 60 넘으면 외출 시 잊지 말고 반드시 챙겨야 하는 것 세 가지가 있는데 그건 배우자나 승용차가 아니라 지갑, 휴대폰, 그리고 상시 복용하는 약이란다. 노년기에 접어들 무렵이면 날마다 복용하는 약이 두세 가지는 기본이라는 것이다. 장년층, 노년층에게 흔한 고혈압, 당뇨, 무릎관절, 심혈관계 질환 치료제외에도 혈액순환 개선제나 기력회복을 돕는 영양제 한두 가지 복용하는 이들이 대다수다. 겉모습만 보면 중년처럼 젊고 건강해 보이는 사람들도 막상 입을 열면 "온몸이 종합병원이야."라는 말을 농담 같은 진담을 한다. 백세 인생 절반을 넘겨 살았다면 누구에게나 건강이 최우선으로 두어야 할 사안임엔 틀림이 없다는 사실을 알려주는 중요한 메시지다.

누군가 아프다고 할 때 안쓰러워하고 걱정을 하면서도 사람들은 흔히 이런 말을 한다. 쇳덩이도 날마다 돌고 돌다 보면 마모되어 제 기능을 하지 못하고 생산현장의 육중했던 장비들도 시간이 흐르면 쓸모없는 고철신세가 되는데 하물며 사람이 50년 이상을 살았으면 어디 한 곳이라도 문제가 생기는 게 당연한 일 아니겠냐고.

막상 자신의 건강에 이상이 오면 좀 다르다. 이때가 되면 크게 세 가지 형태 중 하나로 나타난다. '왜 하필이면 나에게 이런 몹쓸 병이 찾아와'라고 자신의 현실을 거부하려고 하는 이가 있는가 하면 '이제 나도 다 되었나보네. 어쩔 수 없는 거지'라고 자포자기의 심정을 드러내는 이들이 있다. 그리고 또 다른 한 부류는 '그렇군. 내 몸의 그곳이 문제였군. 그런데 나만 이런 건 아니니 잘 치료해 봐야지'라고 현실을 받아들이며 개선의 의지를 보이는 이들이다.

언젠가 노년기 환자들의 심리상태에 대해 인터뷰를 가졌다. 그때 의사가 한 말은 심리학이나 의학에 대해 아는 것이 없는 내가 생각해도 '맞다. 정답이야'라는 생각을 하게 했다. 자신의 질병을 부정하며 '왜 나에게?'를 따져 묻는 사람들은 부정과 부정을 거듭하면서 자신의 건강에 더 큰 악영향을 불러오며, '나도 사람인데 나라고 해서 이런 병이 생기지 말라는 법은 없지. 나만 이런 건 아니잖아'라면서 현실을 받아들이면서 긍정과 희망적인 사고로 치료에 전념하는 이들에게는 병이 호전된다는 얘기다. 쉽게 말하면 긍정과 부정, 그 두 글자의 차이다.

7년 전이었던가? 늘 나에게 우호적이고 칭찬을 하던 선배가 위암으로 세상을 떠났다. 그는 항암치료를 거부하면서 이젠 가망이 없다고 스스로 포기했고 암 진단을 받은 지 1년도 안 돼 눈을 감았다. 나는 개인적으로 지방의 산골로 들어가서 오롯이 당신의 몸만 챙기면서 항암치료를 받아보는 게 어떻겠냐고 권유했지만 그에게는 통하질 않았다. 인간의 생로병사(生老病死)는 그 누구도 거부할 수 없는 자연의 이치로 받아들여야 한다. 다만 건강에는 개인차가 있고 스스로 보살피고자 하는 의지와 노력 여하에 따라 생의 길이는 각자 다르기 마련이다.

두어 달 전 우연히 미국 뉴욕에서 일하는 이탈리아 출신의 107세 현역 이발사 안토니 멘치넬리는 하루 여덟 시간 꼿꼿하게 서서 고객을 맞이한다는 얘기를 매스컴을 통해 접했다. 그는 상시 복용하는 약도 없고 혼자서 살면서 요리, 세탁, 청소 같은 가사활동을 직접 한다고 했다. 놀라운 사실이고 100세 시대를 실감할 수밖에 없는 일이지만 이 사람에게는 타고난 유전학적 건강의 비결과 스스로 몸 관리를 잘한 것이 선물로 얹어진 결과가 아니겠냐는 나 나름의 평가를 했다.

누구에게나 젊은 날엔 각오와 다짐 같은 노력에도 불구하고 거부할 수 없는 게 있었다면 사랑이 아니었을까 싶다. 시니어가 되어 노년기로 접어들기 시작하면 정말 거부할 수 없이 받아들여야 하는 게 다름아닌 퇴보해 가는 우리의 육체다. 피할 수 없다면 즐겁게 받아들이라는 말이 있다. 행여 건강에 빨간불이 켜지더라도 당황해 하면서 '왜 내 몸이?', '왜 나한테는?'이라고 말하지 말자. 즐겁게는 아닐지라도 현실을 묵묵히 받아들이면서 최선의 치료방법과 관리에 집중하는 긍정의 자세를 유지하면 좋겠다.

13번째

▮논쟁에서는 이겨도 이긴 게 아니다

　데일 카네기의 저서 '인간관계론'에는 언젠가 보스턴 트랜스크립트 지에 실린 시를 인용한 구절이 있다.

　'한평생 올바르게만 살다가 죽은 윌리엄 제이의 넋이 이곳에 누워 있노라. 죽을 때까지 자신이 옳다고만 고집하던 그였는데, 무슨 잘못이라도 있었는지 여기 죽어 있지 않은가.'

　그냥 웃어넘길 수만은 없는 글이다. 늘 자신의 생각과 견해를 옳다고 내세우던 사람이니 남에게 잘못하거나 죄 지은 것도 없을 텐데, 왜 말없이 잠들어 있냐고 비꼰다. 생전에 얼마나 많은 사람들에게 고집과 주장으로 상처를 줬으면 누군가 이런 글을 썼을까 싶다.

　'언쟁에서는 승자도 패자도 없다'고 한다. 수많은 사람들의 죽음과 함께 비극으로 끝나는 전쟁에서 승자도 패자도 없는 것처럼 언쟁도 마찬가지다. 이겼다고 해서 이긴 게 아니다. 둘 중 어느 한쪽은 상처를 주고 다른 한쪽은 상처를 받는다.

　다양한 사람들과 만나고 인간관계를 맺는 게 우리네 인생이다.

대화는 그 연결고리이기에 아주 사소한 것을 가지고도 '나는 이러한데 너는 다르다'는 식의 말이 오가기 마련이다. 서로 생각과 입장이 다르다 보니, 대화 속에서 언쟁의 불씨가 생겨난다. 언쟁을 좋아하는 사람은 없다. 다만 대화를 나누다 보면 자신도 모르게 언쟁을 벌이게 될 때가 있다. 이럴 때는 어느 한쪽이 말을 멈추고 상대 입장이나 의견을 이해하면 되는데 의견이 대립이 된 상태에서는 누구도 쉽게 져주려고 하질 않으니 말싸움이 커진다. 지나고 나서 곰곰이 생각해 보면 굳이 언쟁을 할 만한 일도 아니었고 애초부터 언쟁은 피하는 게 상책이었다. 상대에게 "네 말이 맞는 것 같다."고 했으면 그것으로 끝났을 텐데.

언쟁과 논쟁을 자주 하는 사람들이 있다. 그들에겐 공통점이 있다. 성격이 급하고 자기 고집이나 아집이 아주 강하며 말을 쉽게 한다. 자기 생각을 쉽게 굽히지 않고 또 참는 것에 약하다 보니 말싸움이 되고, 그게 심해지면 몸싸움까지 가는 불상사가 일어난다. 나 역시 성격이 급한 단점을 갖고 있다. 예전에 비하면 지금에야 양반 됐다는 소리를 듣기도 하지만 젊은 시절에는 화를 다스리지 못해 누군가에게는 상처를 주고 누군가로부터는 "성질 못됐어."라는 말이 입에서 나오도록 했던 일들이 여러 차례 있었다. 결코 자랑스럽지 않은 불명예스러운 일들이었다. 나 자신의 인격을 스스로 깎아내리고 나는 이렇게 부족한 사람이라는 것을 보여준 일이다. 그중에서도 한 번은 아주 부끄러운 과오를 남긴 감정 폭발 사건(?)이 있었다.

지금 생각해 보면 '그때 왜 그랬을까?'라는 생각이 저절로 들면서 어쩌다 상대를 만나면 미안함만 먼저 떠오르기도 한다. 후배와 선배 둘, 나 이렇게 넷이서 술을 마시고 있었다. 모임도 아니고 특별한 날도 아니었다. 그저 잘 아는 사이이다 보니 우연찮게 만나서 소주를 마시며 이런 저런 대화를 나누고 있었다. A도 나도 잘 아는 B의 얘기가 나왔다. 나는 B가 나름 성실하고 대형호텔에서 일을 하는데 요리사로서 능력이 있는 것 같다고 칭찬의 말을 했다. 그러자 A가 B의 흠을 잡았다.

"그 친구는 왜 그렇게 코를 훌쩍훌쩍 하는지?"

"그래? 몇 번 술을 마셨는데 그런 모습을 본 적이 없는데. 네가 만났을 때는 감기에 걸렸는가 보지."

"아닌데요. B는 본래 그렇거든요."

여기서 내가 '아, 그렇구나' 하고 말을 끝냈어야 했다. 그 시절 나는 나름 옳고 그름에 대한 기준이 명확하다는 것을 내세우곤 했다. 게다가 A가 B를 폄훼하는 것 같아서 내 기분마저 언짢아졌다.

"글쎄, 네가 그렇게 봤다면 어쩔 수 없지. 그런데 말이지 설령 그 친구가 코를 훌쩍거리는 습관이 있다고 할지라도 네가 그렇게 강하게 어필하는 것은 좋아 보이진 않아. 다른 사람이 그런 얘기를 들으면 그 친구에 대한 이미지가 좋을 리가 없을 텐데……."

"아니 저는 본 그대로 말하는 거예요."

내 목소리가 커지기 시작했다.

"알았다. 남 흉보는 거 아니야. 그만해."

"저는 봤다니까요. 그 친구 원래 그런데……."

"그만하라고. 분명히 내가 그만하라고 했지?"

"내가 본 걸 그대로 말하는 건데……."

상황이 이쯤 되자 나는 스스로 화를 다스리지 못하고 감정을 폭발시켰다. 언어가 아닌 행동으로 상대에게 해서는 안 될 일을 저지르고 말았다. 컵에 든 술잔을 상대의 얼굴에 부어버린 것이다. 드라마에서나 봤음직한 상대에 대한 인격모독이나 다름없는 심한 행동을 하고 만 것이다. 후회하기에는 상황 그대로 이미 엎질러진 물이었다. 잠시 우리의 술좌석에 침묵이 흘렀다. 내가 벌인 참 못난 행동에 할 말도 없고 썰렁하면서도 낯뜨거운 그 상황을 어떻게 정리해야 할지 그저 막막했다.

조금 지나 한 선배가 나에게 꾸짖었다. 화가 난다고 어떻게 다 풀고 살려고 하느냐. 나이가 몇인데 여러 사람이 모인 자리에서 이렇게 안하무인격인 행동을 보이느냐고. 아무리 상대가 잘못을 했다 하더라도 해서는 안 될 행동을 보였다고. 입이 열 개라도 할 말이 없다는 것을 이미 뉘우치고 있었다.

누구든 자신이 논쟁에서 열을 올리고 밀고 나갈 때는 진실로 옳을 수도 있겠으나, 적어도 다른 사람의 마음을 바꾸는 데 있어서는 마치 부당한 이론을 주장하는 것이나 다름없이 무력할 것이다.

160여 년 전 미국의 남북 전쟁에서 북군을 지도하여 점진적인 노예 해방을 이룬 미국의 제16대 대통령 링컨의 일화는 우리가 왜 언쟁을 피해야 하는지에 대해 인상적인 메시지를 던져준다. 남북전쟁 당시 링컨의 부하 중에는 동료들과 과격한 언쟁을 일삼던 한 젊은 장교가 있었다. 링컨은 그에게 이런 말을 했다.

"자기 향상에 힘쓰는 사람은 사사로운 논쟁에 시간을 낭비하지 않는다. 언쟁을 자주 하는 사람일수록 성격이 나빠지고, 자제심이 없어진다. 반쯤의 타당성밖에 가지고 있지 않는 일에 대해서는 크게 양보해라. 그리고 자신만만한 일일지라도 조금은 양보하라. 시비를 가리느라 개에게 물리는 것보다는, 차라리 개에게 길을 양보하는 것이 현명하다. 개를 죽여도 물린 상처는 치유될 수 없다."

흔히 '말싸움은 끝이 없다'고 한다. 언쟁을 벌이기보다는 차라리 상대에게 양보하는 마음자세로 대화를 하면, 서로가 상처받을 일이 없다는 얘기다. 답이 나오지 않는 얘기를 상대에게 따져 물어야 무의미하다. 상대가 내 생각과 좀 다른 말을 하더라도 그냥 "당신 생각은 그렇군요." 하면 된다. 나이 들수록 고집을 내려놓으라고 했다. 평소에 스스로의 마음을 잘 다스리고, 다른 사람의 마음도 잘 헤아리는 연습을 좀 많이 해야 한다. 나이 들어가는 50대부터야말로 그 어느 때보다도 대화의 기술이 절실한 시기다.

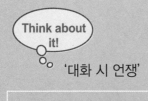

'대화 시 언쟁'

▎ 본능적인 느낌만 믿지 마라

상대와 대화할 때 거부나 반발하고 싶은 상황 속에서 제일 먼저 나오는 반응은 방어적인 태도다. 이것을 조심해야 한다. 이때 일단 침묵을 지키면서 상대의 말에 대한 자신의 첫 반응을 신중히 해야 한다. 본능대로만 입장을 취한다면 최선이 아니라 최악으로 몰고 갈 수도 있기 때문이다.

▎ 스스로 기분을 조절하라

말할 때 상대가 흥분하거나 화를 내면 무엇 때문에 왜 화를 내는가를 읽어야 한다. 상대가 화를 내게 된 원인과 이유를 알게 되면 무엇이 문제였고 또 잘못이었는지 판단이 서게 되고 그에 맞게 어떤 자세를 취해야 할지도 알게 된다. 똑같이 감정을 앞세우면 싸움이 되는 것이다.

▎ 상대의 말에 귀를 기울여라

대화할 때 내 말만 늘어놓는 것은 금물이다. 상대에게도 얘기할 기회를 주고, 그가 자기 얘기를 마무리할 수 있도록 배려하는 것이 기본 에티켓이다.

▎ 의견의 합의점을 찾아라

대화기법엔 '이해의 다리를 놓는데 공들여라'는 말이 있다. 내가 어떻게 말해야 상대의 의견과 간격을 좁힐 수 있을지에 대해 곰곰이 생각한 다음 말하라는 것이다.

| 가장 잘할 수 있는 일을 해라

어머님이 생전에 하신 말씀 중 가장 기억에 남는 두 가지가 있다.

"우리 태수는 인복이 많아서 먹고 사는 건 걱정 없다는구면."

특별히 종교활동을 하지 않았던 어머니는 집안의 분위기를 따라서 삼신할머니를 믿으면서도 1년에 한두 번은 절에도 가고 또 무속인들이 굿을 하고자 마을에 오면 자식들의 진로를 알아보고자 점을 보곤 했다. 그럴 때마다 집에 돌아오면 일수는 서른 전에 장가를 가야 하고, 미예는 부잣집으로 시집을 가며, 왕수는 뒤늦게 풀린다는 등등 점쟁이의 말을 풀어놓곤 했다.

5남매 막내인 내 점괘는 늘 마지막에 나온다. 내가 큰 인물이 될 거라든가 돈을 많이 벌 수 있는 운을 타고 났다는 말은 없었다. 그저 도와주는 사람이 많아서 어딜 가든 잘 살 수 있단다. 그 말을 들을 때마다 부자는 아니어도 많은 사람들과 만나고 그들이 도움을 줘서 밥 먹고 사는 데는 지장이 없다고 하니 아쉽거나 싫은 느낌은 없었다.

개인적으로 종교는 없다. 다만 살아오면서 어머님의 그 말씀은 되새길 때마다 역시 나는 인복이 많은 사람이 맞다는 생각을 한다. 열세 살 때부터 객지생활을 하면서 학교를 다니는 동안 어머니나 큰 누님 같은 자취집 주인들을 만났고 7년간의 직장생활 내내 일의 기초를 제대로 가르쳐준 선배들로 인해 그 후 20년 넘게 프리랜서로 일하며 나름 하는 일에 만족하는 삶을 살고 있는 데는 인덕이 많기 때문이리라. 글쟁이 프리랜서로 살아간다는 게 녹녹치 않은 우리 현실을 감안하면 더욱 그렇다. 지금도 도움을 주고 마음을 써준 많은 분들께 일일이 감사의 인사를 못 드리고 있는 게 죄스러울 따름이다.

어머니는 1928년생이다. 초등학교 3학년 중퇴가 학력의 전부였던 당신은 자식 교육에 대한 열정이 남달랐다. 그래서인지 어머니가 나를 향해 자주 하시던 한 가지 말도 주어진 인생을 잘 살려면 공부나 배움에도 추구해야 할 선택과 고집이 필요하다는 의미를 내포한 말이었다.

"열두 가지 재주 가진 놈 밥 빌어먹기 딱 좋다더라."

중학교 때까지는 가수가 꿈이었고, 고등학교에 가서는 소설가가 되겠노라고 했으며, 대학에 들어간 후에는 연극동아리 활동을 하면서 또 새로운 꿈을 가졌다. 연기자가 되겠다면서 형제들을 졸라 돈을 타서 연기학원에 등록하기도 했다. 이런 모습을 일일이 지켜본 터였으니 당신 속으로는 '저 녀석이 뭐가 되려고 저리 천방지축으로 날뛰나' 싶었던 것이나.

직업과 관련하여 어머님의 말씀이 맞다는 결론을 내린 건 전역을 6개월 정도 남겨둔 군복무시절이었다. 제대를 하고 복학해서

1년만 학교를 다니면 밥벌이를 해야 하는데 무엇을 해야 할지 고민이 쌓였다. 그때 나는 스스로 판단하기에 남보다 좀 잘하는 편이고 내가 좋아하는 네 가지 중 하나를 택해야 한다는 답을 얻었고 그 무렵 나 자신과의 갈등에서 살아남은 직업 분야는 '글쟁이'였다.

신문사 문화담당기자로 일을 시작하여 지금까지 어언 30여 년째 '기자'와 '작가'라는 이름표를 달고 글 쓰는 일 한 길만 걸어왔다. 강의와 방송활동도 병행해 오고 있지만 그것은 글 쓰는 일을 장기간 유지해온 것에 대해 덤으로 얻어진 보너스 같은 것이다.

몇 달 전이었다. 인터넷 검색을 하던 중 한 기사의 제목이 눈에 들어왔다. 제일 많이 들은 말이 "야, 인마"였다. 이 인터뷰 기사를 읽은 후 아는 지인들에게 퍼 나르고 싶은 생각이 굴뚝같았지만 나 또한 글을 쓰는 한 사람으로서 글을 복사해 이 사람 저 사람에게 전달하는 것은 법적으로 문제가 되거니와 적어도 양심에 걸려서 하지 못했다.

일반인들을 대상으로 하고 있는 글쓰기나 인문학 강의 시에 말로 풀어서 들려주겠다고 해놓고 그만 깜박하고 말았다. 시니어라면 귀담아 들을 만한 이 이야기를 결국 책에 일부라도 풀어놓게 됐다.

경남의 농촌 마을이 고향인 66세 남성의 직업은 호텔의 '도어맨'이다. 처음에 서울 시내 내로라하는 특급호텔의 '벨보이'로 시작해서 도어맨으로 정년퇴직을 한 후 새로 문을 연 호텔에서 러브콜

이 들어와 재취업했단다. 경력이 자그마치 43년째인 그는 지금도 하루 9시간 호텔 입구에 서서 도어맨으로 일한다. 자신의 직업에 만족하고 자부심을 가지며 무엇보다도 30대 후반의 아들이 아버지의 삶을 닮고 싶다는 말을 듣고 나서 '을'의 인생을 산 것이 아니라 '슈퍼갑'이 됐다고 말했다.

인생 2막은 무슨 일을 하며 무대를 펼칠까?에 대한 고민을 하는 시니어들에게는 오직 한길을 걸어왔고 은퇴 후에도 다시 같은 길을 걷는 이 주인공의 삶과 일을 벤치마킹하면 어떨까 싶다.

직장인들의 경우 은퇴 후 또는 퇴직 전에 무엇을 하며 노년기를 보낼까를 고민한다. 의외로 많은 사람들이 '내 몸이 갈 곳을 잃어'(?) 같은 상황에서 고민을 하면서 그야말로 황금 같은 60 이후의 시간을 마냥 흘려보낸다. 그들의 생각은 비슷하다. '내가 할 수 있는 일이 없어'라던가 '이 나이에 내가 왜 그런 일을'. 자신이 잘 할 수 있는 일이나 전직 경험을 살려 새롭게 도전할 수 있는 일이 있음에도 스스로 찾아 나서지 않는다는 것이다. 할 수 있는 일이 없는 게 아니라 일이 있어도 자기 수준, 즉 자신이 원하는 기대치에 준하는 업무 환경이나 조건에 맞지 않다는 얘기다. 이를테면 자신이 원하는 브랜드이어야 하고 자신의 발 조건에 딱 맞는 맞춤형 신발이 아니면 신지 않겠다는 논리다.

가끔씩 십년 후 나는 무엇을 하고 있을까에 대해 생각을 하곤 힌다. 글쟁이로 살아가는 것엔 변함이 없지만 쓰는 글의 종류가 다를 수 있고 수입 또한 두말할 나위 없이 지금과는 비교가 안 될 만큼 적을 것이다. 적어도 베스트셀러를 내놓지 않는 한 그렇다.

적게 쓰고 아껴 쓰고 자급자족하는 삶을 살 것이다. 내가 가진 재
주를 나눌 수 있다면 어떤 형태의 재능 기부이든 뛰어들 것이다.
그러니 내 마음은 결코 가난하지 않으리라는 것을 확신한다.

15번째

┃후회를 남기는 일은 이제 그만

"형! 예전에 형 꿈 그거 아직도 유효한 건가요?"

몇 년 전 친한 후배들과 만난 자리에서 A가 말했다. 그러자 옆에 있던 B도 웃으면서 거들었다. 문화부장관 된다고 했는데 이젠 포기한 거냐고. 그들은 이미 내가 일찌감치 포기했다는 것을 알면서도 술자리의 분위기상 우스갯소리 삼아 던져본 말이라는 것을 안다. 그래도 장단은 맞춰줘야 오랜만에 만나 웃고 떠드는 분위기가 무르익지 않을까 싶었다.

"그려. 40대 초반에 이미 포기했지. 왜냐구? 나 청문회장 가서 망신당하기 싫어서. 잘한 것보다 잘못한 게 너무 많은 것 같아서. 폭행이나 사기죄 지은 적은 없지만 그렇다고 정말 청렴결백하다고 말할 만큼은 못 살았잖아. 물론 장관될 만한 인맥도 만들지 못했고 그릇도 턱없이 부족하니까……."

되돌아서면 후회스러운 일, 잘못 반난한 일, 하지 말았어야 할 일들이 어디 한두 가지일까? 일일이 법의 잣대를 들이대서 따져본 결과 법치주의에 어긋나는 일은 없었다 할지라도 잘한 일보다는 잘못했다고 생각되는 일이 더 많았으리라. 누군가에게 홧김에 심한 욕을 한 적도 있을 터이고, 지인의 귀뺨을 때린 적도 있었다. 30대 초반에 돈이 궁해서 신용카드 깡도 몇 차례나 한데다 결혼 후 사흘이 멀다 하고 술 마시고 늦게 귀가한 것은 예삿일이었고 귀갓길에서는 소변을 참지 못해 한밤 중 노상방뇨도 수차례나 하지 않았던가. 어디 이뿐일까? 대학원시절 살던 월세방 밀린 돈 이십여 만 원을 주인아주머니를 만날 수 없어서 아직도 갚지 못했으니까. 일일이 열거하면 셀 수 없이 많은 게 사실이다.

그렇다면 나란 사람은 56년을 살면서 내가 정말 잘한 건 무엇이었을까? 가끔씩 이런 질문을 스스로에게 던질 때 문득 떠오르는 것은 두 가지다. 그중 하나는 취업 후 결혼 전까지 8년 동안 매년 한두 번은 꼭 어머님 선물로 화장품을 사드렸던 것이다. 용돈을 두둑이 드려본 적은 없었고 특별한 효도도 하지 못했으니 그나마 화장품할인점에서 몇 만 원 하는 스킨과 로션 세트 사드린 것으로 자위하는 게 아닌가 싶기도 하다. 다만 화장품 선물에 대한 기억이 여전한 것은 어머님이 하시던 말씀 때문이었다.

"그래도 화장품 사주는 자식은 우리 태수 뿐이여."

형제들이 들으면 웃기는 공치사라고 할 수도 있겠다. 막내라는 이유로 또 어머님께 효도를 할 기회가 너무도 짧았던 나다. 어머님은 내가 결혼 후 이듬해에 뇌출혈로 쓰러져 5개월 동안 식물인간으로 침대에 누워계시다 돌아가셨으니까. 두 형님과 두 누나 그리고 형수님들과 매형들은 길게는 이십 년 동안 용돈과 옷은 물론이고 비타민을 사드리고 여행까지 모시고 다녔으니 그깟

화장품이 뭔 효도냐고 할 수도 있겠다. 분명한 것은 나는 늘 농사를 짓느라 막노동 하는 사내들만큼이나 검게 그을린 엄마의 얼굴을 볼 때마다 예쁘게 화장을 시켜드렸으면 좋겠다는 생각을 하면서 기초화장품 수준도 안 되는 스킨로션 세트를 내놓곤 했다. 하지만 다른 형제나 며느리 사위는 그 흔한 기초화장품 보다는 돈을 드리는 게 훨씬 가치있는 일이라고 느꼈을 일이다. 그런데 당신은 자식들이 준 용돈으로 차마 당신의 얼굴에 바를 로션 하나 사는 것이 아까웠을 터였으니 내가 사다드린 스킨로션이 흡족했던 게 아니었을까 싶다.

또 하나 그나마 내가 잘했다고 스스로에게 칭찬을 해주는 것은 여행이다. 이미 90년 초부터 직업이 글쟁이인지라 그 덕택에 국내는 곳곳을 찾아다녔다. 한가로이 여행을 즐긴 것은 아니지만 지역마다 어디에 무엇이 있고 무슨 음식이 있고 풍경이 어떠하다는 정도는 잘 알고 있었기에 언제부터인가 발길을 해외로 돌리기 시작했다. 한 해 한두 번씩 비행기에 몸을 실었다. 홧김에 떠났던 호주 시드니부터 동경, 후쿠오카, 오사카, 나가사키, 고베, 다테야마 등 열 번 이상은 다녀온 일본과 태국, 베트남, 인도네시아, 중국, 홍콩 등의 아시아는 물론이고 스페인, 터키, 독일, 네덜란드, 프랑스, 불가리아, 그리스 등의 유럽까지 지난 이십여 년간 20여 개 국을 다녀왔다.

혹자는 요즘같이 해외여행이 대중화된 시대에 해외여행 다녀온 것이 뭐 그리 특별한 일이냐고 할 수도 있겠다. '유럽 5개국 7박 9일' 같은 패키지여행 상품이 흔하고 학생들도 아르바이트로 비용을 마련하여 한두 달간 배낭여행을 떠나는 게 현실이니 별 것도 아닌 걸 가지고 자랑을 한다고 생각하는 이들도 있을 것 같다. 그런데도 굳이 여행을 잘한 일이라고 꼽는 데는 나름 이유가 있다. 가족들과 떠난 여행을 빼고는 패키지상품이 아닌 늘 나만의 프리플랜으로 혼자서 다녀왔다는 것과 여행경비는 책, 방송, 강의를 통해 시쳇말로 '본전 뽑았다'고 말할 수 있을 것 같다. 굳이 비용을 따지지 않더라도 나 혼자만 보고 느끼고 즐긴 것에서 끝나지 않고 다른 많은 이들에게 그들의 역사와 문화와 예술에 대하여 풀어놓았다는 것 자체가 스스로 만족감을 채워주기에 충분했다는 얘기다.

시간은 우리를 기다려주지 않는다는 말을 모르는 이는 없다. 그럼에도 불구하고 하고자 했던 일, 하고 싶었던 일을 차일피일 미루다가 뒤늦게 후회하는 이들이 많다. 노년기를 준비하고 접어드는 나이가 되면 후회할 일은 만들지 말아야 한다. 이왕이면 후회 없을 만큼 열심히 내가 원하는 공부, 일, 여행, 사랑, 취미생활을 즐겼노라고 또 지금도 현재진행형이라고 당당하게 말할 수 있는 진정한 액티브 시니어로 살아야 한다.

더 늦기 전에 시작하기

66 시간은 우리를 마냥 기다려주지 않는다.
자식에게 노년의 인생을 바치는 어리석은 일은
만들지 말아야 한다.
'아직은 오십대야'라고 말할 때
노년 인생기 초입에 들어선 예순 즈음이라고 느낄 때
내가 노년의 길을 걷고 있다고 생각될 때
우리는 하고 싶은 것에 도전하고 보고 싶은 사람을 만나고
친구를 보물처럼 여겨야 한다.
시간과 마음의 여유를 갖고 여행을 하며 새로운 친구를 만나고 또
이웃에 관심을 가져야 한다. 추억도 행복도 사랑이고
사람이며 내가 찾고 내가 만들어가야 한다.
모든 것에 늦은 때란 없다. 조금 서툴러도 시간이 걸리더라도
가야 할 길이 있다면 가야 한다.
그리고 인생은 돈이 전부가 아니고
그것을 나눌 때 가치가 있다는 것도 깨달아야 한다. 99

┃50+ 인생은 생방송이다

목이 간질간질하다. 기침이 나올 것만 같다. 원고는 이제 두 번째 페이지를 진행하고 있었다. 일곱 페이지를 해야 하는데 큰일이다. 이럴 때일수록 긴장은 더 되고 목도 더 가라앉는다. 기침을 참다 보니 목에서 끄억 거리는 소리가 나올 것만 같았다. 순간 프로앵커인 이지연 선생님이 눈치를 채셨나보다. 대본에 없는 대사로 치고 들어와서 나에게 한숨 돌릴 시간을 주신다. 그 사이에 침을 한번 삼키며 목을 가다듬었다. 가까스로 그날 방송도 큰 실수 없이 넘어갈 수 있었다. 이날이 아니더라도 갑자기 혀가 꼬여서 발음이 정확하지 않다는 것을 나 스스로 느끼면 되레 긴장감을 느끼면서 다음 원고는 더 더듬는 현상이 나타나곤 한다. 이럴 때도 마찬가지로 구세주인 이 선생님이 위기를 모면시켜준다.

생방송이다. 일주일에 한 번씩이다. 그 10여 분의 방송시간이 끝나면 미치 지옥 훈련에서 벗어난 순간처럼 온몸이 풀어지고 그야말로 아무 생각이 없다. 빨리 방송국을 벗어나 담배 한 개비로 여유를 찾으려고 한다. 라디오 생방송을 한 지 어느새 11년이 됐지만 심적 부담과 불안감은 여전하다. 그러니 방송만 끝나면 마치 일주일 중 5일이 지나고 토요일을 앞둔 금요일 저녁처럼 마음의 여유가 생긴다. 실은 한 주가 시작되는 월요일인데 말이다.

방송이 본업은 아니기 때문에 뭐라고 할 얘기는 많지 않다. 다만 눈에 보이는 TV이든 목소리만 들리는 라디오든 생방송은 그것으로 끝이다. 녹음이나 재촬영처럼 잘못되면 다시 할 수 있는 게 아니다. 말 한마디 잘못하는 순간 이미 그 말은 전파를 타고 퍼져 나갔기에 다시 되돌릴 수 없는 일이 되고 만다. 그러니 방송시작부터 끝날 때까지 신경을 곤두세워가며 긴장하지 않을 수 없는 일이다.

우리의 인생은 어떨까? '인생'이라는 두 글자만 생각하면 한번 태어나서 한번 죽는다는 진리 속에 숙연해지기도 하지만 나이를 전제로 그 의미를 되새길 때는 느낌이 조금 달라진다. 80년을 산다고 하자. 스무 살이 되기 전까지는 설령 잘못을 하고 실수를 해도 똑같은 것을 반복하지 않으면 된다. 어리니까 몰랐으니까 경험이 없으니까 웬만한 일은 그렇게 넘어간다. 이삼 십대는 다르다. 자신이 한 일에 대해 책임을 져야 한다. 경제적으로든 법적으로든 아니면 인간적인 도리로든 그 어떤 방법으로든. 하지만 그래도 40이 되기 전까지의 젊은 날의 실수나 잘못은 사람으로서 하지 말아야 할 해서는 안 될 아주 큰 죄를 저지르지 않는 한 용서나 이해로 마무리될 수도 있다.

'불혹(不惑)'이라고 말하는 40세가 넘어서면 세상은 우리에게 그렇게 관대하지 않다. 마흔이 넘어서 우리 사회의 미풍양속에 저

해되는 언행을 하거나 공공질서를 무시하면 법적으로 유죄 무죄를 따지기 이전에 화살이 먼저 돌아온다.

"저 나이에도 저 짓을 하고 다녀?"

"사십이 넘었는데도 철이 덜 들었어. 한심한 인간이군."

나이 오십이 넘어서 유사한 잘못을 저질렀거나 추한 꼴을 보였다고 치자. 이때는 비난의 강도가 한결 높아진다.

"왜 저러고 살아."

"저 사람 철들기는 글렀어. 저 정도면 제 인생 말아먹은 거야."

나이가 들수록 가정과 직장에서의 의무나 도리는 물론이고 더 나아가 사회가 요구하는 책임감은 더욱 커진다. 사회는 어른으로서 어른다운 언행과 책임감 있는 면모를 요구한다. 게다가 사회적 지위나 경제적 역량이 커서 대중의 시선을 받는 사람들은 보통 사람들보다도 더 높은 사회적 책임을 져야 하는 게 노년기 세상살이다. 그런데 아니다. 우리의 지금 모습은 이런 기대치에 되레 반하는 현실을 드러낸다. 모범이 되어야 하는 어른, 존경받는 인물이 되어야 할 사회지도층 인사들이 제 모습을 다 보여주고 있다고 말하기 곤란한 상황이다. 골프장에서 손녀딸 같은 여성캐디들을 성적 노리개로 삼으려 하고, 공적 자금을 빼돌려 사적인 용도로 사용하고, 정치활동 과정에서 초등학생도 저건 아니라고 꼬집을 수 있는 언행을 그것도 당당하게 드러낸다. 또 개발정보를 빼돌려 탐욕스럽게 재산을 불리고 교수가 제자를 성추행하고, 사장은 직원에게 폭언과 폭행을 일삼는 일이 하나같이 50대 이상의 시니어들 그것도 사회지도층에게서 일어난다. 꼭 사회지도층이 아니어도 비난의 화살을 피해갈 수 없는 어른들 또한 부지기수다. 지하철 문이 열리자 마자 하차승객들을 떠밀면서 승차하는 이들, 버스 안에서 전동차 안에서 마치 방송이라도 하듯이 큰소리로 사적인 통화를 하는 이들, 임산부좌석에 앉아서 자는 척하며 버티는 이들, 자기가 가진 재산에 비하면 손톱만큼도 안 될 노령연금을 타기 위해 자식과 친척들 앞으로 재산을 옮겨놓는 이들, 쇼핑센터에서 식당에서 직원들의 뺨을 때리고 무시하는 이들.

누구라고 할 것도 없이 하나같다. 문제가 터지고 나면 그제서야 내가 실수했고 내 잘못이 크니 용서를 구한다면서 마음이 아닌 고개만 숙이는 어른들이다. 이러고도 시니어가 이 나라의 발전과 성장을 위해서 열심히 살아온 국민이고 어른이니 나에게 인사를 하고 공손하게 대하라고 말할 수 있을까? '벼는 익을수록 고개를 숙인다'는 고전 같은 속담을 더 이상 거론할 필요가 없는 어른들이 너무도 많다는 게 21세기 초입인 지금 우리가 사는 대한민국의 모습이다.

시니어는 우리 사회의 어른이다. 한강의 기적을 만들어 낸 산업역군이었고 세계에서 7개국뿐인 3050클럽 국가를 만든 주인공들이다. 이런 소중한 자부심을 어른답지 못한 언행으로 한순간에 추락시킬 것인가? 시니어의 한 사람인 나 자신을 포함해서 우리 사회의 모든 시니어들은 가슴에 손을 얹고 한번쯤은 진지하게 자기성찰의 시간을 가져야 한다. 요즘 흔한 말로 '내로남불'이란 신조어가 있다. 내가 하는 언행은 문제가 없는데 같은 말 같은 행동도 타인이 하면 거짓이고 잘못된 것이라고 흉보고 있는 것은 아닌지 그런 왜곡된 마인드 속에 갇혀 있는 것은 아닌지 스스로의 내면을 들여다봐야 한다.

　노년기는 실수해도 용서받는 청춘이 아니다. 죄를 범하고도 구속되지 않는 아동, 형사상 책임을 물을 수 없는 형사미성년인 13세가 아니다. 잘못됐으면 다시 바로 잡아갈 수 있는 방송의 녹음이나 사전녹화가 아니다. 지금 우리는 인생의 생방송을 하는 중요한 시간임을 인지해야 한다.

17번째

┃자식은 독립시키는 게 맞다

　지식이나 생각을 실천으로 옮기기란 쉽지 않다. 우리 집 하나뿐인 아이가 초등학교 3학년쯤 됐을 무렵이니 10여 년이 흘렀다. 계간지로 발행되는 교육전문 잡지 기획과 취재를 아웃소싱 받아서 후배와 함께 제작하고 있었다. 한 대학의 교육대학 학장을 인터뷰한 것은 자식에 대한 나의 생각을 더 확고하게 굳혀주는 계기가 됐다.

　화두는 성인이 된 자식을 어떻게 독립시킬 것인가였다. 학장은 여성이었고 대학생과 대학원생인 두 딸이 있는 엄마였다. 당시 50대 중반의 그녀가 솔직하게 털어놓는 자녀 독립시키기가 귀에 솔깃하게 들어왔다.

　"우리 딸들은 둘 다 나가 살아요. 처음에 원룸 얻을 때 보증금은 지원했죠. 하지만 생활비와 용돈은 스스로 벌어서 써요. 학비도 장학금을 타서 해결하도록 하는데 다 해결하지 못하면 일부 보태주고 있죠. 성인이잖아요. 큰 애는 과외를 하면서 나름 잘 하고 있는데 작은 애는 아직 힘들어해요. 편의점과 제과점에서 아르바이트를 하는데 얼마 전 한 곳을 그만 두었다네요."

생활비가 부족해서 힘들어하는 딸에게 그녀는 큰 인심을 쓰는 제안을 했다. 맞벌이부부이기 때문에 주 3회 청소와 세탁을 위해 파출부를 부르는데 딸이 원한다면 그 일거리를 파출부 대신 하라고. 대학생 딸로서는 자신의 부모님을 돕는 일인데다 일터가 곧 자신이 이십 년 동안 살았던 집이고 보수도 편의점보다는 높으니 마다할 리 없다. 자신도 모성애를 지닌 엄마이기에 막내딸은 아직도 아이처럼 느껴져 늘 마음 한켠으로 걱정이 많았는데 그나마 주 3회 고정적으로 집을 오가고 그러다 보니 얼굴도 더 자주 보게 되어 마음이 한결 가벼워졌다고 했다. 남편도 전문직 종사자고 자신은 대학 학장이니 부부가 돈이 없어서 딸들에게 내어줄 방이 없어서 독립을 시켰을 리는 없다. 여자이기 전에 한 사람으로서 누구의 자식이기 전에 만 19가 넘은 성인으로서 사회 현실과 부딪혀보면서 세상을 보고 배우고 그 속에서 자립심과 독립심을 키우도록 하는 것이 그 어떤 잔소리나 가르침보다도 나은 교육법이 아니겠냐는 게 부모로서 그녀의 입장인 것이다.

학장과의 인터뷰 그 이전부터 나는 아이가 스무 살이 되면 집에서 내보내야 한다는 생각을 갖고 있었다. 직장 초년병 시절 일본 도쿄 출장 중 만난 신문사 기자로부터 자신은 대학 입학하면서부터 독립했다는 말을 들었고 고등학교 졸업 후 산업체에 근무하면서 대학교를 졸업한 지인도 있있나. 나 또한 등록금은 부모님의 손을 빌렸지만 중학교 시절부터 객지생활을 통해 생활의 독립을 했고 대학시절엔 이런 저런 아르바이트로 생활비의 일부를 충당하거나 용돈을 해결하기도 했다. 이런 이유들이 자식은 성인이 되면 독립시켜야 한다는 생각을 굳게 했다. 하지만 독립시키겠다는 생각은 단순히 머리로만 갖고 있었을 뿐 막상 현실에 부딪혔을 때의 구체적인 방법이 없었다. 어떻게 할지는 미지수였다.

인터뷰 후 며칠 안 지나 아이와 식사 중이었다. 고등학교를 졸업하기 전까지는 배우고 싶은 공부와 하고 싶은 취미생활이 있으면 적극 지원하고 이끌어줄 생각이지만 대학을 가든 못 가든 성인이 되면 용돈과 학비는 스스로 해결해야 한다고 했다. 원룸을 얻어주겠다는 말도 덧붙였다. 다만 대학 입학 시 첫 학기 등록금과 입학금은 지원해주겠다고 했다. 그러자 아이 엄마는 집 밖으로 내보내는 생활의 독립은 대학 졸업 후부터여야 하고 설령 용돈과 생활비는 자신이 벌어서 쓰도록 한다고 해도 학비는 지원해줘야 한다는 쪽이었다. 물론 아들 녀석은 그때 열 살이었으니 미성년자 딱지를 뗀 후부터는 생활의 독립과 경제적 자립을 해야 한다는 내 얘기를 머릿속으로 이해하고 받아들이는 게 무리였으리라.

50, 60대 기혼여성들이 대다수를 차지하는 강의에서 학장과의 인터뷰 내용과 나의 자녀교육 계획에 대해 말하자 수강생들의 의견이 분분했다. 다만 한 가지에 대해서는 다들 의견을 하나로 모았다. 그래도 딸인데 성범죄가 수시로 발생하는 이 험한 현실에서 어떻게 독립을 시키느냐는 것이다. 일찌감치 중고등학교 시절부터 혼자 방 얻어서 자취생활을 하며 직장을 다닌 후 무탈하게 결혼을 한 누나가 둘이나 있어서였을까. 나로서는 성인이 된 후 독립과 자립에 대해 굳이 성을 기준으로 위험성이 높고 낮고 하고

못하고를 구분 지을 필요가 있겠냐는 의견을 제시했다. 물론 딸 가진 부모 입장을 모르는 내가 아니다. 이미 유년시절부터 누나들이 결혼하기 전까지 늘 노심초사하던 부모님들의 면면을 지켜보았던 터였다.

아들이 대학교에 입학했다. 집과 학교와의 거리가 교통으로 두 시간이 걸리는 거리다. 아들과 엄마는 원룸을 얻어 자취를 하는 것으로 먼저 합의를 본 후 내게 통보했다. 녀석이 돈을 벌어본 경험이 전혀 없으니 대학 학비에 매월 돈 백만원이 들어가는 생활비와 용돈을 어찌 감당할 수 있을까에 대한 걱정이 밀려왔다. 고민 끝에 내린 결론은 첫 학기만 학비와 생활비 일부를 지원하고 다음 학기부터는 등록금만 주겠다고 약속했다. 열심히 공부해서 장학금을 받게 되더라도 졸업 시까지 등록금은 지원한다는 것을 원칙으로 내세웠다. 장학금을 받게 되면 내가 지원하는 등록금은 용돈과 생활에 활용될 수 있으니 아들로서는 아르바이트를 하지 않아도 되는 셈이다. 자식을 향한 부모의 애틋한 마음이야 누구에겐들 없으랴. 하나라도 더 먹이고 싶고 입히고 싶은 그 마음은 대한민국 부모가 아니더라도 부모라면 매한가지일 터이다.

나이 서른 넘어 캥거루족으로 살아가는 젊은이들이 적지 않은 것은 물론이고 자신들이 희망하는 일자리를 찾지 못해 방황하는 젊은이들이 부지기수인 게 현실이다. 젊은 세대들 앞에 펼쳐진 경쟁사회에서의 현실이 그리 녹녹치 않은 것은 사실이지만 부모의 나이가 마냥 40대 중반 50대 초반에서 머물러 있는 것은 아니다. 체력은 하루가 다르게 떨어지고 이삼십여 년 간 가족을 위해 살아온 인생에 지쳐간다. 직장에서는 곧 떨어질 낙엽이라는 위기감으로 매달려 있다.

노년의 삶은 국가도 자식도 그 누구도 완벽하게 책임져주질 않는다. 경제력, 건강, 사회와의 소통 이 모든 것은 우리 스스로가 책임져야 한다. 설령 퇴직금과 연금으로 노년기를 살아가기엔 부족함이 없다고 하는 이들도 적지 않다. 그럼에도 불구하고 결혼하지 않은 자식과 취업 못한 자식 때문에 골치를 썩는 부모들이 한둘이 아니다. 집집마다 상황이 다르고 자식들의 인성이나 재능도 다 제각각이다. 다만 분명한 것 한 가지는 부모가 자식에게 자립과 독립의 기회를 먼저 이끌어줘야 한다는 것이다.

대학을 졸업시킨 후 자식에게서 손을 떼야 한다고 말하면 "어떻게 그렇게 해요.", "말이 쉽지 그게 되나요."라는 사람들이 부지기수다. 혈육의 정, 마음의 정을 떼라는 것이 아니다. 그들이 성인이 된 후 아니면 그들이 원하는 공부를 마칠 때까지 지원을 해준다 하더라도 후에는 달라져야 한다는 얘기다. 그들 스스로 알아서 자립과 독립을 실행으로 옮기고 자신의 인생은 스스로 개척해나가야 한다는 것을 일찌감치 깨닫도록 부모가 먼저 냉정하게 선을 그어야 한다. 아직도 이 문제에 대해 고민하는 당신이라면 다시 한번 진지하게 고민해야 하지 않을까 싶다. 자식의 독립은 자식의 미래는 물론이고 부모인 우리의 노년기 삶에도 긍정과 희망의 빛이 된다는 것을.

18번째

┃하지 않으면 몸살 나는 그 무엇이 있는가?

 1년 전이었다. 한 출판사가 진행하는 기획도서 집필을 위해 5개월 동안 자그마치 스물 여덟 명의 성공한 중소기업 CEO들을 만났다. 짧게는 20년 길게는 40여년 가까이 사업을 이끌어온 사장들이다. 나름 성공했다는 말을 듣는 그들이니 설령 얼굴에 주름살이 있을지라도 첫 인상은 환하고 자신감으로 넘쳐났다. 물론 저마다 창업 시절부터 지금까지의 구구절절한 사연들을 꺼내기 시작하면 한 보따리다.

 그중 이 책을 쓰면서 시니어의 삶에 대한 고민이 깊어질 즈음 떠오른 한 사람은 전남 광주에서 식품포장재 제조 회사를 이끌고 있는 C대표다.

 "나의 취미이자 특기이고 또 건강을 지켜주는 것은 마라톤이다. 그간 풀코스를 100회나 완주했다. 2018년 한 해만도 10회의 완주기록을 세웠다. 마라톤을 통해 근력과 지구력을 기르고 체력도 유지하지만 풀코스를 완주했을 때 느끼는 희열과 자신감은 형언할 수 없을 만큼 짜릿하고 강하다. 그러다 보니 마라톤은 내 삶의 일부가 돼 있다."

세 시간 가까이 인터뷰를 하는 동안 그가 회사를 키워온 얘기 다음으로 많이 쏟아놓은 것은 바로 마라톤이었다. 마라톤을 시작한 지 어느새 15년이 됐다고 했다. 사업 초기 10여 년 넘게 오로지 일에만 매달렸다. 새로운 제품을 출시하면 또 다른 제품 개발에 달려들어야 했다. 식품업체들이 신제품을 내놓을 때마다 포장 기술도 그에 발을 맞추지 않으면 주문은 다른 회사들의 몫이 되고 그만큼 성장에서 한발 늦는 꼴이 되기 때문이었다. 인력은 한정돼 있었고 생산, 마케팅, 결제 모든 것들을 일일이 챙기다 보니 스트레스는 가중됐고 술을 못하니 먹는 것으로 풀곤 했던 것이다. 67Kg이던 체중이 10Kg 이상 불어났고 이로 인해 편두통 증세가 나타났다. 동맥경화 현상이 심해지고 있었다. 담배는 이미 사업을 하게 된 후로 끊었는데도 건강에 적신호가 들어온 이유는 늘어난 살이었다. 주범은 폭식이었다. 그즈음 사업은 확장되고 번창 일로에 서 있었지만 건강을 추스르지 않으면 다 무의미한 일이라는 생각이 들었다고 했다. 나이가 사십대 중반으로 치닫고 있던 무렵 지인 중 한 사람의 권유로 마라톤에 입문했단다.

그는 42.195Km 풀코스 완주를 처음부터 할 수는 없었다고 했다. 기업도 1인 창업에서 출발하여 조금씩 커지면서 직원수 100명이 넘는 회사가 되고 코스닥에 등록하고 또 중견기업으로 성장한다.

마라톤도 마찬가지다. 그는 100m를 걷다 50m를 뛰고 150m를 걷다 100m를 달리는 식으로 걷고 달리는 거리를 조금씩 늘려나

갔다. 2Km를 뛰다 5Km를 뛰고 그 다음엔 하프마라톤, 그리고 다음에는 풀코스에 도전했다.

"회사를 조금씩조금씩 키워 나가듯이 마라톤도 그랬다. 무리하게 치고 나가기보다는 서서히 준비하면서 달리는 거리를 늘려 나갔고, 체중은 다시 정상으로 돌아왔다. 나 자신도 놀랄 만큼 건강해졌다. 뒤늦게 시작한 대학원 석사학위 공부 또한 일주일에 2회씩 광주에서 서울을 오가면서도 무리없이 마쳤다. 내 삶의 50대는 마라톤 덕에 경영, 공부, 건강 세 마리 토끼를 동시에 잡을 수 있었다."

그는 나이 90이 넘어도 1년에 한두 번은 마라톤 완주를 할 수 있을 거라는 자신감에 차 있었다. 회사 또한 나의 마라톤 열정만큼이나 오랫동안 장수기업으로 달려갈 것이라고 했다. 그의 나이는 이제 60세다. 자수성가한 기업인들을 보면 일이 곧 특기이자 취미이고 삶의 전부라는 이들이 부지기수다. 취미를 물으면 골프라고 말하는 이들도 있고 더러는 악기 연주나 등산을 말하는 이들도 있지만 C대표의 취미 사랑은 확고하고 남다르다. 그는 '나는 마라톤 마니아이고 그것이 기업을 경영하는 것 못지않게 중요하다. 건강을 지켜주고 도전의 열정을 지속시켜주니까'라고 강하게 말했다. 중년 이후 시니어로 접어들면서 건강과 기업경영 두 마리 토끼를 확실하게 잡은 것이 분명하다.

2017년 대구에서 열린 세계실내육상경기대회에서는 매스컴의 집중적인 스포트라이트를 받은 선수가 있었다. 참가자 중 98세로 최고령인 할아버지 선수 '찰스 유스터'다. 그는 60m 달리기에 참가하여 최선을 다해 달렸고 멀리뛰기에도 도전하여 1.25m의 기록을 냈다. 성적이야 두말할 나위 없이 꼴찌나 다름없지만 그는 부끄러워하지 않았고 관중들은 박수를 쳐주었다. 전직 치과의사인 유스터 씨는 3년 전부터 육상을 시작했다고 한다. 자그마치 11시간을 넘게 비행기를 타고 날아와 한국에서 열리는 육상경기에 참여한 이유는 뭘까? '나이는 숫자에 불과하다'의 저자이기도 한 그는 한 인터뷰에서 고령이지만 새로운 것에 도전할 수 있다는 걸 보여주기 위해서라고 말했다. 젊은 시절부터 새로운 일에 도전하며 두뇌와 근육을 계속 사용한 것이 건강 유지에 큰 도움이 됐다고 한다.

누구나 마라톤을 해야만 하는 것은 아니다. 운동을 취미로 삼아야만 노년인생의 건강의 최상의 담보가 되는 것은 아니다. 무엇이든 끊임없이 내 열정을 불사를 수 있는 그야말로 가족들이나 주변사람들로부터 "저 사람은 그거에 빠졌어?"라는 소리를 들을 만한 무언가가 있어야 한다. 수영, 독서, 여행, 식물 가꾸기, SNS 활동, 자원봉사, 요리 그 어떤 것이든 자신이 좋아하는 거라면 빠져들어라. 삶의 비타민이자 에너지가 그 속에서 새록새록 솟아날 것이다.

추석 전부터 출판사 대표 J와 소주 한잔 하자고 해놓고 약속을 잡지 못했다. 전화를 걸었더니 J는 말했다. 공동대표인 O대표가 2주일 후 마라톤에 나가야 해서 당분간 술을 함께 할 수 없다고. 이미 10여 년 전부터 O대표가 마라톤에 빠져 있다는 것을 알고 있었지만 어느 대회에 나가는지는 모르고 있었다. 순간 나 혼자서 실없는 웃음을 지으며 속으로 이런 생각을 했다.

'거래처 사장의 취미생활이나 이벤트 정도는 꿰차고 있어야 비즈니스를 잘 할 텐데 역시 나는 그것엔 약하군.'

19번째

┃늦은 때란 없다

상을 받아본 게 언제였을까. 기억을 더듬어 보니 까마득하다. 내 실력을 인정받아 상다운 상을 받은 것은 자그마치 38년 전의 일이다.

열일곱 살 고등학교 2학년 봄이었다. 국어담당 선생님이 불러서 교무실로 갔더니 도에서 실시했던 글짓기 대회에서 고등부 수상자가 됐다며 상 받을 장소와 날짜를 알려줬다. 그날 가족들 중 누구에겐가 자랑을 하고 싶었지만 혼자서 자취를 하던 시절이었으니 가슴 뛰는 그 희열은 가슴에만 담아두어야 했다. 기쁘기도 했지만 그날부터 나에게 글쓰기에 대한 열정이 생긴 것은 확실하다.

그때 나는 겉으로 표현은 안 했지만 내심 우쭐댔다. '난 다른 친구들보다 글 좀 쓰는 놈이다. 교내 1등을 넘어 도에서도 손가락 안에 드는 게 맞는 거야. 그래 난 글을 써야 해. 문학을 전공해야 해'라고. 지금 생각하면 이런 자만과 다짐이 참으로 부끄럽게 느껴지기도 하지만 가슴이 두근두근 요동쳤던 것은 참 좋았다. 사실 그 전후로 교내에서 웅변이나 노래 글짓기로 상을 받은 것은 그다지 감흥이 없었던 게 사실이다. 직장 초년 시절 당시 유명했던 여성지의 이색편집아이디어 공모전에서 상금 십만 원을 받았을 때도 나이 오십 넘어 강의를 나가는 시에서 시장 표창장을 받았을 때도 가슴이 뛰는 그런 느낌은 크지 않았다.

무덥던 여름이 꼬리를 내리기 싫어 악다구니를 쓰는 양 34도를 오르던 그날 KTX를 타고 출장을 가고 있었다. 동대구역에서 막 내리려는데 Y로부터 전화가 걸려왔다. 늘 그렇듯이 그녀는 느긋하다.

"바쁘세요? 휴가는 다녀오셨어요?"

"대구입니다. 취재 왔어요."

"저기 선생님 연락이 왔네요."

"네? 연락요."

"신인문학상 당선됐다는 전화 받았어요."

"와, 축하드려요. 잘하셨네요. 그런데 도전한다고 말도 안 하시고는……. 여하튼 축하드려요."

이순을 넘긴 여유일까. Y의 목소리에는 흥분이나 떨림은 아니더라도 톤이 여느 때와 똑같다. 마치 남의 얘기를 전하듯. 가슴이 뛰는 사람은 나였다. 속으로는 만세를 부르고 있었다. 5년 동안 그녀를 지켜봤다. 집념이 대단했다. 소리 없는 열정이랄까? 그녀는 초등학생이 반드시 해야 할 숙제를 꼬박꼬박하듯 그렇게 원고를 내밀었다. 원고가 몇 백 편은 될 터이니 그 중 추려서 책 한 권 펴내라고 권유해도 아직은 때가 아니라며 자세를 낮추던 그녀였다. 선생도 받아 보지 못한 신인문학상을 받은 그녀를 보면서 나

는 수강생들에게 늘 하는 잔소리가 결코 빈 말이 아님을 새삼 느
꼈다. 여전히 많이 읽고 많이 쓰고 많이 보는 것이 글쓰기의 정답
이라는 늘 똑같은 말을 더 자신 있게 강조할 수 있는 담보를 그녀
가 선물해 준 것이다. 물론 강의를 하면서 먼저 등단한 수강생들
도 있지만 Y의 수상 기쁨 그 여운이 내 가슴에 아직도 잔잔하게
남아있는 데는 '노력하는 사람은 따라갈 수 없다'는 증거이자 평
소 수강생들에게 서두르지 말고 묵묵히 다독 다작을 하라고 외쳐
댔던 나의 말이 통했다는 것에서 오는 확신 때문이리라.

사람들은 말한다.

"내가 이 나이에 그걸 시작해서 어느 세월에 빛을 보겠다고."

"나이 들어 머리 아픈 그런 걸 뭐하러 해."

친구나 지인들에게 종종 나이 들어서도 남의 눈치 보지 않고 자
신을 가슴 뛰게 해줄 한 가지는 꼭 있어야 한다고 누누이 말하지
만 소 귀에 경 읽기일 때가 다반사다. 누군가는 가르치려 들지 말
란다. 그럴 때면 더 이상 할 말이 없어진다. 한마디라도 더 하면
'네 인생이나 잘 살아라'라는 공격을 받을 수도 있을 테니까.

나는 잘 할 수 있는 능력을 어느 정도 갖춘 사람으로서 종종 자
신감을 내세우거나 타인을 눈 아래로 보는 사람보다는 능력은 다
소 부족할지 몰라도 최선을 다해 노력을 기울이는 사람 그리고 성
공의 시간을 재촉하지 않는 사람을 추켜세우는 습관이 있다. 이
미 여러 차례 실제 사례를 경험했기 때문이다. 그러니 친구들이
나 선배들이 새로운 도전을 한다면 당연히 박수 먼저 쳐준다. 얼
마든지 할 수 있다고. 다만 잊지 않고 잔소리처럼 하는 말이 있

다. '천천히 오랫동안 즐기듯이 하다 보면 정말 좋은 결과가 다가올테니 서두르지는 말라'는 것.

'70세는 마을 경로당에도 출입 못한다'는 말이 농담이 아니라 실제 우리 현실이 됐다. 60세를 기점으로 잡았을 때 인생의 노년기에 접어드는 인구는 앞으로도 10년간은 지속적으로 크게 늘어날 것이다. 평균 수명도 늘어나고 있고 2017년 65세 인구 비율이 총인구의 14%를 넘어서는 고령사회에 진입했다. 오는 2025년쯤이면 노인인구가 20%를 넘어서는 초고령사회에 진입할 것으로 예상되고 있다. 이쯤 되면 나이 60대는 노년이 아니라 '젊은이' 소리를 듣게 될 일이다.

'차이와 반복', '천 개의 고원' 작가이자 프랑스의 현대 철학자인 질 들뢰즈는 노년기의 젊음이란 청춘으로 돌아가는 것이 아니라 자기 세대에 맞는 청춘을 매번 새롭게 창조하는 것이라고 했다. 진정한 자신감은 열린 자세로 기꺼이 받아들이는 용기라는 것이다. 말로만 '젊은이'나 '아직은 청춘'이라는 말을 하고 또 들을 일이 아니라 어떤 새로운 도전이든 자신 있게 도전해야 한다. 단 마음은 60인생을 산 사회의 어른으로서 모든 것을 포용할 수 있는 넉넉함을 펼쳐놓을 수 있는 마인드여야 한다.

I 조금 서툴러도 괜찮아.

몇 년 전인가 7080주점에 갔다 와서 잠시 색소폰을 배우고 싶다는 생각을 가졌었다. 트롯 붐을 몰고 온 미스트롯 우승자들처럼 듣는 이의 애간장을 녹일 만큼 노래를 잘 하진 못하더라도 악기 하나는 연주해 보고 싶다는 간절한 소망을 가진 것은 사실 이미 오래 전부터다.

40대 시절엔 학창시절 노래 한 곡 연주도 제대로 마치지 못하고 포기한 기타를 배우고 싶다는 열망이 간절했었다. 쉰이 넘어가면서 더 늦기 전에 악기 한 가지는 꼭 배워야겠다는 생각을 수없이 했고 그런 와중에 노래주점의 무대 위에서 색소폰을 멋지게 연주하는 비슷한 또래를 보면서 나도 한번 해볼까 하는 충동이 생겼다. 그 무렵 이런 나의 욕심을 부추기기라도 하듯 '색소폰 동호회원 모집, 초보자도 환영'이라는 현수막들을 사는 곳 주변에서 보게 되었고 음악학원 입구에서도 '색소폰 교습 주 2회 0만 원'이라는 수강생 모집 포스터가 유혹을 했다. 열정이 냄비처럼 빨리 식은 것인지 아니면 애당초 악기 연주에는 의지가 약했던 것인지 색소폰 연주는 다시 남의 일이 돼버렸다.

대중가요 노랫말에도 등장하듯이 색소폰 연주자는 정말 보는이 듣는 이의 마음을 쏙 빼앗는 것일까? 그래서 남성들의 로망인것일까? 중년에서 장년으로 나이가 들어갈 즈음 남성들 중에는색소폰 연주를 갈망하는 이들이 많은 게 사실이다. 취재를 하면서 만난 중소기업 CEO들 중에도 이 악기를 연주하는 이들이 여럿 됐다.

색소폰에 대한 관심이 사라질 그 즈음 지방에 사는 친구 J와 전화통화를 하면서 전에 없이 놀라운 얘기를 들었다. 색소폰을 배우기 시작했다는 것이다. 20여 년 동안 그를 만나면서 노래를 단한 번도 들은 적이 없었을 만큼 그는 음악과는 담을 쌓은 듯 무관심했다. 그런 그가 취미로 색소폰 연주를 배우겠다고 하니 나로서는 천지개벽할 일만 같았다. 이유를 물어보니 나름 그에게도그럴 만한 사연이 있었다. 모임 송년회에 나가든 회사 직원들과야유회를 가든 자신은 뭐 한 가지 보여줄 장기가 없어서 이제라도남들 앞에서 보여줄 수 있는 것 한 가지는 절대적으로 필요하다는것을 절감했단다. 한동안 내가 그토록 배우고 싶었던 연주를 친구가 하겠다고 하니 아주 현명한 선택이었다고 응원을 했다.

한 계절이 지나고 다시 그를 만났다. 단연코 가장 궁금한 것은색소폰 연주는 어떻게 진행되고 있는지였다. 돌아온 답은 그야말로 싱거웠다. 두 달 정도 하나가 포기했단다. 입술도 아프고 여간어려운 게 아니었다면서 음악은 역시 자신과는 맞지 않는 것 같다는 얘기뿐이었다. 한편으로는 친구의 인내력이 부족한 것 아닌가

하는 아쉬움을 느끼면서도 또 다른 한편으로는 혹시 학창시절이나 젊은 날 만연했던 '빨리 남보다 더 잘해야 한다'는 경쟁의식과 성취욕이 여전히 그를 지배하고 있는 게 아닌가 싶기도 했다. 그래서 나는 글쓰기 수강생들의 이야기를 들려줬다.

10여 년째 글쓰기 강의를 하면서 중장년층, 노년층 수강생들을 만나고 있다. 7년째 꾸준히 나오는 수강생도 있고 한동안 글쓰기 기초를 익힌 후 소설이나 시를 쓰겠다며 또 다른 스승을 찾아가는 이들도 있다. 그런가 하면 한두 달 배우다가 개인적인 사정으로 못 보게 되는 이들도 적지 않은 반면에 수시로 강의실에는 새로운 얼굴들이 나타난다. 지인의 소개로 오기도 하고 인터넷 블로그 등을 통해 정보를 접하고 찾아온 이들도 있다.

글쓰기 강의실을 찾아오는 이들은 대부분 학창시절 독서와 글쓰기에 관심이 많았다던가 아니면 나이 들면서 뭔가 한 가지 배우고 싶은데 유난떨지 않고 조용하게 배우면서 자신이 걸어온 삶을 뒤돌아보고 그것을 글로 옮겨보겠다는 공통점이 있다. 처음부터 베스트셀러 작가가 되겠다는 생각을 갖고 찾아온 이는 단 한 명도 만나지 못했다. 이때문에 지도하는 입장에서는 부담이 덜한 것도 사실이다.

수강생들은 '수다쟁이다락방' 이라는 자체 동아리를 만들어 거의 매년마다 공동 수필집을 펴내고 있다. 이 중에는 수상을 통해 실제 작가로 인정받은 이들도 있고 등단 작가 못지않게 수려한 문장력을 보이는 이들도 있고 생활수기처럼 문학적 표현보다는 가슴속 응어리를 풀어헤치며 힐링을 구하는 이들도 있다. 딱히 무언가를 쟁취하겠다는 목표나 글을 통해 경제적 이익을 봐야 한다는 이들은 없다. 그 때문인지 그들은 글쓰기에 대한 스트레스로 힘들어하거나 '왜 나는……'이라는 낭패감 따위는 갖지 않는다. 이를테면 소풍날 아침 학교에 가듯이 즐거운 기분으로 강의실을 찾아온다. 일주일에 한 번 이 시간만큼은 일상의 모든 근심걱정을 벗어버리고 특별한 외출을 한다는 식이다. 그러니 하나같이 얼굴엔 미소가 활짝 피어난다. 동료들과 수다를 떨고 서로 쓴 글을 감상하고 강사가 전하는 글쓰기에 도움이 되는 내용들을 얻어 간다. 강의 후에도 시간이 되는 사람들은 함께 이동해 칼국수나 백반을 먹으면서 또 한 차례 웃고 떠드는 시간을 갖는다. 장년기 또는 노년기에 접어들면서 자신들이 원하는 취미생활로서의 글쓰기를 맘껏 즐기는 것이다.

　나이들어서 시작하는 취미생활이나 공부는 성과지향주의 보다는 과정만족중심주의에 가까워야 한다. 대학과 학과를 정해놓고 또는 공직이나 특정기업을 직장으로 얻고자 시험을 치르기 위해 밤낮 공부와 싸우는 수험생들처럼 목표지점에 반드시 도달해야 한다는 것은 시작부터 부담감을 안고 출발한다. 성과지향주의는 경쟁이 불가피한 입장에 처하게 되고 육체적 피로와 정신적 스트레스에 시달리지 않을 수 없다. 반대로 과정만족중심주의는 참여 그 자체에 의미가 부여되고 과정에서 느끼는 소소한 즐거움과 만족이 따른다. 수영, 마라돈, 배드민턴, 골프, 탁구 등 그 어떤 스포츠를 즐기든 또 노래교실, 사군자, 꽃차 만들기, 목공예, 글쓰기 등 특기를 접목시킬 수 있는 예능활동에 참여하든 다 좋다. 단

50세 이후에는 어떤 새로운 것을 시작하기 전에 반드시 명심해야 할 것이 '하는 동안 내가 즐거운 마음으로 꾸준히 즐길 수 있는 것인가?'이다.

이왕이면 다홍치마라는 말이 있다. 취미로 배운 것이 특기가 되어 그 특기가 또 다른 성과를 가져온다면 이것이야말로 '금상첨화(錦上添花)'라는 말이 될 것이다. 글쓰기 제자들이 백일장에 나가 상을 받고 각종 문학상에서 신인문학상을 받아 등단하는 것처럼. 다만 꼭 1등이 아니어도, 상을 받지 못해도 내가 즐거운 것이라면 조금 서툴러도 실수를 해도 괜찮다는 것이다.

Ⅰ 디지털 시대, 문명의 이기를 활용해라

3년 전 가을 강의하는 글쓰기 교실에 67세의 여성이 수강생으로 들어왔다. 첫 인상은 오랫동안 남는다. 소녀 같은 해맑은 미소와 밝은 목소리가 직접 나이를 밝히기 전까지는 혼돈스러울 정도로 젊어 보였다. 그녀가 처음 한 말은 글을 써보고 싶었단다. 그동안 마음만 있었는데 이제 실행으로 옮겨보려고 나름 각오를 하고 찾아왔다고 했다. 강의를 오랫동안 하다 보니 신입생 얼굴 표정만 봐도 대충 감을 잡게 된다. 얼마나 열정적으로 임할지 아니면 두세 달 만에 소리없이 그만둘지를. 그녀에게서는 오래전부터 간절히 원했던 버킷리스트 중 하나를 나이가 더 들기 전에 실행으로 옮겨보겠다는 의지가 그대로 드러났다. 진심이 느껴졌다.

이런 그녀에게 첫 날부터 장애물이 생겼다. 다음 주부터 원고를 메일로 보내라는 내 말이 끝나자 한순간 멘붕이 온 듯했다. 고민 끝에 이렇게 찾아왔는데 마치 뒤통수를 얻어맞은 듯한 표정이다. 얼굴색이 상기돼 있었다. 그녀를 절망적으로 만든 것은 다름 아닌 컴퓨터였다.

"원고를 한글로 작업해서 메일로 보내야 한다구요? 선생님 어쩌죠? 저는 컴퓨터 자판 두드리는 게 서투르거든요. 큰일이네요."

사실 그렇게 걱정할 일은 아니었다. 이 없으면 잇몸으로 먹으면 되고 컴퓨터로 원고작업을 못하면 원고지에 쓰면 될 일이다. 프린트 된 원고든 원고지에 쓴 원고이든 첨삭지도를 해주는 데는 차이가 없다. 물론 지속적으로 글을 쓰고 출판을 하고 문명의 이기를 잘 활용하기 위해서는 언젠가 컴퓨터로 직업을 해야 하겠지만 당장 문제될 일은 아니었다. 오히려 글쓰기에 입문할 때는 컴퓨터로 작업하는 것보다 원고지에 직접 쓰는 것이 효과적이다. 한 문장을 쓰더라도 썼다가 곧바로 지울 수 있는 컴퓨터 작업처럼 쉽게 쓰지 않고 깊은 생각을 한 후 펜을 움직이기 때문이다.

"괜찮습니다. 문장실력은 물론이고 단락나누기와 띄어쓰기 익히는 데도 원고지가 더 효과적입니다. 워드작업 익숙해지기 전까지는 원고지에 써오세요. 열심히만 쓰시면 됩니다."

6.25와 보릿고개를 겪은 세대다. 경제적으로 넉넉치 못한 유년 시절을 보냈고 중·고등학교 진학은 언감생심 그 자체였을 만큼 궁핍했단다. 결혼 후 내의 가게를 운영하면서 독학으로 대입검정고시까지 마친 그녀였다. 열정이 그처럼 강했다. 매주 한 번도 거르지 않고 3개월 동안 원고를 펜으로 써서 제출하던 그녀는 언제부터인가 컴퓨터로 작업을 하여 원고를 보내기 시작했다. 우여곡절은 많았다. 밤새워 원고를 썼는데 저장키를 누르지 않아서 한 순간에 원고가 사라진 적이 한두 번이 아니고 분명히 이메일로 나

에게 원고를 보냈다는데 도착하지 않아서 밤늦게 문자를 주고받으며 다시 보내기를 반복하는 일도 비일비재했다. 그랬던 그녀가 어느새 한국방송통신대학교 국어국문학과 3학년이 된다. 글쓰기를 시작으로 만학도의 길을 걷는 중이다.

세상은 변했다. 스마트폰만 있으면 버스 도착시간부터 장롱구매까지 모든 게 다 가능한 시대다. 해외여행을 가서도 실시간으로 사진을 전송할 수 있고 처음 가는 길 골목골목까지 찾아갈 수 있는 시대다. AI(인공지능)기술이 탑재된 가전기기는 사람보다 더 똑똑하고 시키는 대로 말도 잘 듣는다. 문명의 이기를 어떻게 활용하느냐에 따라서 삶의 질이 바뀐다. 그럼에도 불구하고 복잡해서 귀찮아서 디지털시대를 아날로그로 사는 시니어들이 적지 않다. 나 또한 스마트폰을 활용하는 능력은 폰뱅킹으로 송금하기, 열차표 끊기, 이메일 보내기 수준이다. 이 또한 수없이 실수를 수차례 반복하고 나서야 생활화됐을 뿐 여전히 애를 먹거나 복잡하고 어려워서 후배나 지인에게 도움을 요청하는 것이 있다. 바로 상품구매다.

1년 전이었다. 일본 출장을 가기 위해 컴퓨터를 이용해 티켓을 끊었다. 그 무렵 일에 치이다 보니 밤늦게까지 원고작업을 하다가 항공권 사이트에 들어가서 티켓팅을 했다. 물론 과정은 쉽지 않았다. 원하는 일자와 시간에 맞는 최저가 항공권을 찾아내 개인 정보를 입력하기까지는 그나마 수월했지만 신용카드로 인증을 받는 과정은 나름 까다로웠다. 40여 분 이상 씨름을 한 후에야 겨우 티켓팅을 마쳤다. 그 이전에도 항공권을 구매할 때마다 한 시간 정도가 소요됐을 만큼 개인정보 입력이나 결재 부분에서의 실수와 무지함으로 애를 먹곤 했다.

그야말로 땅치고 후회할 일은 다름 아닌 나리타공항에서 발생했다. 3박 4일 일정을 마치고 나름 부지런을 떨면서 움직인 덕에 두 시간 반 전에 공항에 도착했다. 시간은 넉넉했다 싶었다. 체크인 창구로 가서 여권과 티켓을 내밀었다. 카운터 직원이 나를 올려다보더니 자신도 황당하다는 듯이 말했다.

"박창수님 본인 맞죠?"

"네."

"티켓팅 직접 하셨나요?"

"네. 그랬죠."

"손님, 이 티켓은 다음달 27일 항공권인데요."

갑자기 머릿속이 텅 비는 느낌이었다. 사실이었다, 한 달 후 티켓이었다. 두 달 전 밤늦게 일에 지쳐 정신이 몽롱한 상황에서 그것도 어렵게 구매한 까닭이었는지 2월 27일이 아닌 3월 27일 티켓이었다. 함정은 놀랍게도 같은 수요일이었다는 것이다. 2월이 28일까지 밖에 없던 까닭에 2월과 3월의 27일이 둘 다 수요일이었다. 티켓을 확인할 때 'Wed, 27'에만 시선을 주시했던 나의 허무한 실수였다. 출장과 여행을 합쳐 수십여 차례에 걸쳐 비행기를 타고 해외를 다녔던 내가 이런 실수를 했다니 참 어이가 없었다.

원숭이도 나무에서 떨어진다고 했다. 그러니 IT기기 이용과 컴퓨터를 잘 활용한다 하더라도 업무와 관련이 있거나 마니아가 아닌 이상 나이 오십 넘는 시니어들 대다수는 젊은층에 비해 활용 능력이나 다루는 속도가 떨어진다. 물론 사진촬영과 전송, 문자 주고받기 등은 젊은층 못지않게 자유롭게 즐기지만 그 외의 업무 관련 활용도나 앱을 깔고 그것을 활용하는 면에서는 뒤처지는 게 사실이다. 그렇다고 스마트폰을 톡만 주고받고 고스톱 게임하는 도구로만 사용할 것인가?

　모든 것은 실수와 반복된 훈련을 통해 익숙해진다. 다른 것은 몰라도 지금 나이에도 내가 감나무를 잘 타는 것은 50여 년 전 유년시절 가을 다람쥐처럼 홍시를 따먹으려고 틈만 나면 집 울타리에 심어져 있는 감나무를 오르내린 결과다. 디지털혁명을 통한 변화는 우리의 현실이다. 이를 피해갈 수 없다면 실생활에 도움이 되는 부분은 적극 활용하는 것이 지혜롭게 사는 방법이다. 현실로 다가온 디지털 문명을 피해갈 수는 없지 않은가.

22번째

▎일도 생활도 다이어트가 필요하다

가까운 선배가 60을 막 넘을 즈음이었고 그때 나는 오십대에 막 들어선 시기였다. 여전히 직장을 다니고 있던 선배에게 물었다.

"이제 환갑이시네요. 기분이 어떠세요?"

내 딴에는 그 나이가 되면 마음이 좀 급해질 거라는 생각이 들었다. 하고 싶은 게 많은데 용기가 나질 않는다거나 아니면 그동안 열심히 살았으니 이젠 좀 쉬고 싶다는 식의 말이 나올 거라고 예상했다. 답변은 의외였다. 역시 나이 든다는 것은 그 나이가 되어보지 않으면 모른다는 말처럼 노년인생에 대해 피상적이기만 했던 짧은 내 생각과는 다른 것이었다.

"하고 싶은 것도 많고 배우고 싶은 것도 많았지. 하지만 그걸 다 이룰 수가 있겠나. 이제는 하나둘씩 아예 포기하는 것들이 생기네. 뭐 좀 정리가 되는 것 같다고나 할까? 현실을 직시하면서 내가 할 수 있는 것이 무엇인가를 생각하게 되는 거지."

곰곰이 생각해 보면 사실 그렇게 중요한 일이 아니고, 또 흔한 말로 목숨 걸고 달려들어야 하는 일도 아닌데, 괜한 오기를 부리거나 집착하는 경우가 있다. 안 되는 것, 불가능한 것을 가지고 고민하면서 자기 속을 끓인다. 식욕도 떨어지고 기운도 떨어지는 정도로 스트레스가 된다면, 차라리 포기하는 게 훨씬 좋다.

선배는 몇 년 전 은퇴하면서 한동안 고민을 했다고 한다. 기업의 인사 관련 전문가였는데, 자신의 경험을 살려서 회사를 설립할까 하는 그런 고민이었다. 그때 나는 아무것도 모르고, 능력이 있으니까 해보시라고 권유했는데, 지나고 나니 자칫하면 욕먹을 뻔했다. 선배는 지금 호텔용품 관련 비즈니스를 프리랜서 식으로 이끌어간다. 사업을 시작할 경우 투자비용과 사람 관리가 자신에게 큰 스트레스가 될 거라고 판단을 내렸다고 한다. 차라리 사무실이나 직원 없이 혼자서 적게 벌든 크게 벌든 마음 편하게 일하는 쪽이 낫다는 결정을 내린 것이다. 시간적 여유가 있다 보니 가끔씩 여행도 다니면서 자유롭게 여유롭게 일한다. 노년기를 적당히 일하고 적당히 쉬며 즐기는 시니어 삶의 롤모델 같은 분이다.

중장년층이 젊은 시절 좋아했던 가요 가사 중에서도 '세상만사 모든 일이 뜻대로야 되겠소만 그런대로 한 세상 이러구러 살아가오'라는 송골매의 '세상만사'라는 노래다. 물론 뜻대로 다 되면 그것보다 좋은 일이 어디 있겠는가. 그게 쉽지 않으니까 좋은 일, 슬픈 일, 맑은 날, 궂은 날, 순서 없이 돌고 도는 거다.

시니어들 중에는 젊은 시절 못다한 것들에 대한 보상을 받기 위해, 나이 느는 것에 대한 초조함을 떨쳐버리기 위해 너무 많은 것들을 동시에 해결하려고 동분서주하는 사람들이 적지 않다. 일을 해서 돈도 벌고, 자식들과 손주들도 챙기고, 취미활동도 해야 하고, 친구들과의 모임에도 빠지지 말아야 하고……. 이러다 보면 체력, 경제력, 능력, 시간은 각자 다른데 한계가 따른다. 2030 젊은이들이라면 자신에게 주어진 여건이 좀 열악하더라도, 그야말로 열정과 의지를 불사르다 보면, 이루어지는 것도 있고 또 그 과정만으로도 아름다운 일이 된다. 시니어가 되면 좀 달라진다. 자신이 할 일을 늘어놓고 벌이기보다는, 가능한 축소시켜서 그것에 집중하면서 그 속에서 즐거움과 만족을 느끼는 게 좋다.

누구든 자신의 현실을 냉정하게 판단하지 않고 의욕만 앞세우다 보면 무리를 하게 된다. 그 과정에서 정신적으로 체력적으로 아니면 경제적으로 문제가 발생하고, 그게 심할 경우 정말 후회만 남는 결과가 되기도 한다. 문제는 욕심이 과했던 것이다. 나이가 들면 하나둘씩 내려놓기를 잘 해야 한다고 하는데, 어떤 것을 포기할 줄 아는 것도 '내려놓기 실천' 중 하나다.

최근에는 자주 만나지 못하는 지인 중 올해 나이가 80세인 H선생님이 있다. 60대 후반까지만 해도 사업이 번창해서 개인 사업가로서는 나름 많은 것을 모았고 넉넉했다. 그런데 70대초에 도시 재건축 관련 사업에 뛰어들은 게 그만 안타까운 사연을 만들어 냈다. 그때 그분을 지켜보면서 이런 생각을 했다. 이제는 돈 버는 일보다는 사회에 이바지할 수 있는 뭔가를 하시면 좋을 것 같은데…….

아니나 다를까, 도시 정책변화가 일어나면서 재건축이 취소되고, 그런 과정에서 큰돈을 잃게 되고, 이 때문에 본인은 마음고생을 심하게 하고, 배우자는 없던 병도 생겼다고 했다. 그런데 최근에 또 다른 사업을 시작하는 것을 보고 너무 놀랐다. 누구에게 피해를 주고 부도덕하게 사업을 하는 분은 아니다. 이제는 정말 건강도 챙기고, 돈보다는 다른 것에서 마음의 여유를 찾으면 좋겠다는 생각이 들었다.

60대 초반의 한 지인은 열정이 정말 강하다. 문제는 너무 많은 일들을 벌여 놓기만 하고, 수습이 안 된다는 것. 큰 사업은 아니지만 자영업을 하면서, 악기연주, 등산, 자전거, 이런 취미생활도 다양하게 즐기고 여행도 좋아한다. 그는 만날 때마다 '바쁘다 바빠'를 외치더니 한 번은 암벽등반 갔다가 다쳐서 지금은 등산은커녕 하던 자영업마저도 문을 닫았다. 아직도 치료가 안 끝나서 물리치료를 받는 중이니 취미생활 어느 하나도 제대로 즐기지 못하는 처지가 됐다.

노년기에도 열정이 강하고, 활력이 넘치는 활동을 하는 것은 좋지만, 무리하는 건 위험한 일이다. 나이가 들면 예전에 비해 체력이 떨어지는 건 당연하다. 하물며 의외로 그걸 간과하는 시니어들이 있다. 스포츠를 해도 젊은이들과 경쟁하듯이 과하게 하거나, 자신도 모르게 어떤 것에 중독이 되는 것인데 분명히 문제가 되는 일이다.

요즘 다이어트를 하는 시니어들이 많다. 비만이 건강에 위험을 초래할 정도가 아니라면 시니어 인생길에서 돈 들여가며 살 빼려는 노력을 기울여야 하는 건가 의문이 들기도 한다. 정작 필요한 다이어트는 따로 있는 것 같다. 나이가 들면 새로운 무언가를 배우는 것에서 또 일을 함에 있어서 반드시 다이어트가 필요하다.

무엇이든 지나치면 문제가 된다. 몸도, 마음도, 정신도 가벼울 때, 인생은 더욱 즐거울 거라는 생각을 해보자.

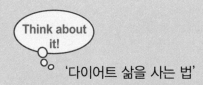

'다이어트 삶을 사는 법'

❙ 첫째, 체력과 능력을 냉정한 입장에서 판단해라

시니어들이 정말 명심해야 할 부분이다. 건강이나 능력에 대해 자만하는 것은 절대 안 될 일이다. 다양한 것을 즐기고 활동적으로 사는 것도 좋지만 지금 당장의 즐거움만 생각할 게 아니라, '경우의 수'도 미리 계산해야 한다. 건강을 잃으면 모든 게 소용없다는 것을 다시 한 번 생각해 볼 일이다.

❙ 둘째, 정리가 필요하다

취미도 일도 포기할 것, 버릴 것은 정리를 하고 가벼운 마음으로 즐겁게 임하는 자세가 중요하다. 두 마리, 세 마리 토끼를 한꺼번에 다 잡겠다는 욕심은 버리는 게 좋다. 돈과 연관된 일들은 가급적이면 신중하게 판단을 내리고 정리할 것은 과감하게 포기하거나 버리는 게 화를 사전에 방지하는 최선책이다.

❙ 셋째, 자녀들의 인생에 지나치게 관여하지 말자

60세 이상이면 자녀들이 대부분 성인이고 출가한 경우도 많다. 자녀들의 삶에 지나치게 간섭하다 보면 본인 스스로 스트레스를 만드는 일이 된다. 내 인생은 내 것, 자녀들 인생은 그들의 것이라는 구분을 지어야 한다. 부모이기에 때로는 조언도 해주고 관심도 가져야 하지만 '이래라', '저래라' 하는 것은 금물이다. 안타깝다고 지속적으로 돈을 퍼주는 것도 절대 해서는 안 된다. 특히 경제적인 부분은 자녀들이 강하게 독립할 수 있도록 해야 한다.

23번째

┃마음도 시간도 여유를 찾자

급히 서두르면 일을 그르치고 급히 먹은 밥이 체한다고 했다. 불가리아 소피아 여행 중에 일어난 그때 사건을 생각하면 지금도 정신이 번쩍 든다.

사흘만 지나면 한 해의 마지막 달력을 만나게 되는 11월 하순이었다. 터키, 불가리아, 그리스를 직삼각형 코스로 이동하는 여행 중이었다. 이스탄불에서 밤 열시가 넘어 기차 침대칸에 몸을 싣고 열한 시간 즈음 지나서 이튿날 도착한 소피아는 하얀 눈으로 뒤덮여 있었다. 11월에 설원의 풍경을 만나는 건 신선한 즐거움이었지만 문제는 거리만큼이나 너무도 다른 이스탄불과 소피아의 기온 차였다. 하룻밤 사이에 온도는 무려 15도 아래로 곤두박질쳤다. 벌판에 서 있는 듯 도심에서 한참 떨어져 있는 소피아 기차역에서 호텔로 가는 트램을 탈 때까지 무려 한 시간 정도를 헤맨 것을 생각하면 지금도 아찔하다. 눈길을 피해 트렁크를 끌고 다니며 넘버 4라인 트램을 어디서 타야 하는지 물어보길 십 여 차례. 영하 6도 이상 내려간 이른 아침 출근길 사람들을 붙잡고 물어물어 호텔에 도착한 것은 열한 시가 다 돼서였다. 체크인은 했지만 이른 시간이기에 방엔 들어갈 수 없고 배가 고파왔다.

트램을 타고 시내 중심가로 나와 먹을 곳을 찾는데 빵과 커피를 마실 곳만 눈에 띄는 유럽의 거리문화는 우리와 많이 다른데다 초행이어서인지 더더욱 따뜻한 요깃거리를 찾기란 쉽지 않았다. 급한 김에 미니슈퍼마켓 같은 곳에 들어가 따뜻한 우유 한 잔을 게눈 감추듯 마시고 다시 거리를 둘러보지만 좀처럼 내 입맛에 맞는 곳을 찾지 못했다. 그때 눈앞에 나타난 반가운 간판은 국내에서 흔히 보던 외국계 패스트푸드 체인점이었다. 사실 국내 일상생활 시에는 1년에 한 번이나 갈까 말까한 곳이지만 그나마 치킨이라면 부담없이 배를 채울 수 있을 거라는 생각에 곧장 달려가 문을 열고 들어갔다. 여러 개의 치킨 조각을 아침밥을 서둘러 먹듯이 정신없이 먹어치웠다. 물론 얼음조각이 든 큰 컵의 콜라도 마셨다. 창가 테이블에 앉아 포만감에 휩싸인 채로 세상 부러울 것이 없을 것 같은 심정으로 한참 동안 거리를 내다보았다.

손목 위 시계 바늘은 어느새 오후 두 시를 가리키고 있었다. 갑자기 추운 날씨에 적응하려니 몸은 한없이 움츠러들었고 간밤에 기차에서 밤을 보낸 만큼 피로감이 밀려왔다. 삼십여 년 전까지만 해도 공산당 지배하의 사회주의 국가였던 불가리아 땅을 밟았으니 이곳저곳 둘러보고 싶은 곳도 많았지만 첫날이기에 일찍 숙소에 들어가 쉬는 게 좋겠다는 결정을 내렸다. 어차피 호텔을 가려면 트램을 한번 갈아타야 하는 만큼 환승정류장에서 내려 인근에 대형 마트가 있는지 알아보기로 했다. 호텔에 들어가 저녁 겸

간식 겸 먹을거리를 구입할 요량이었다. 젊은 여성과의 짧은 영어 대화를 통해 걸어서 오 분도 안 걸리는 가까운 곳에 대형식료품매장을 알게 됐다. 사건의 발단은 이때부터였다.

추운 날씨인데다 텅 비어 있던 속에 따뜻한 우유, 기름진 치킨, 차가운 콜라를 채워 넣었으니 뱃속에서 요동을 치기 시작했다. 설상가상으로 영하의 온도는 소변까지 부추겼다. 마트에 가면 화장실이 있겠지 싶었다. 보기에는 국내 대형마트 못지않게 세련된 대형점포였다. 배설기관이 계속해서 절박하다는 신호를 알렸지만 일단 살 것 먼저 산 후 해결하겠다는 생각으로 빵, 땅콩, 캔맥주, 과자 등을 사서 계산대로 달려갔다. 신용카드로 계산을 마치자 그때부터는 몸을 움직이면 마치 뭔가 터질 것 같은 느낌 그 자체였다. 구입한 물건을 정신없이 비닐봉투에 넣으면서 직원에게 화장실이 어디냐고 물었다. 그런데 이 일을 어쩐단 말인가? 화장실이 없단다. 200여 미터 떨어진 백화점으로 가야 한단다. 머리와 등짝에서 식은땀이 흘렀다.

정신없이 마트를 빠져나와 백화점 불빛만을 향해 뛰어갔다. 대부분의 동유럽들이 그러하듯이 소피아의 겨울은 오후 네 시 밖에 안 됐는데 거리는 온통 어둠속 불빛들뿐이다. 당장이라도 엉덩이에서 그 불편한 것이 흘러 내릴 듯한 상황이니 얼굴은 사색이 되었고 보이는 사람마다 "웨어 이즈 토일렛?"을 외친 끝에 가까스로 백화점 지하 화장실 안착에 성공을 했다. 그러고 나서 한숨을 돌렸다.

밖으로 나와 여유를 부리며 담배도 피웠다. 호텔로 가는 트렘을

탔고 십분 후 호텔 로비에 도착했다. 그때까지만 해도 나는 밖에서 아무 일도 없었다는 듯 카운터의 여직원에게 눈인사까지 하면서 고맙다는 말도 하고 방 키를 받았다.

정신이 번쩍 든 것은 그때였다. 뭔가 허전한 느낌에 주머니를 뒤져 보고 작은 가방 속으로 정신없이 손을 움직였지만 지갑이 없었다. 신용카드 4개와 현금카드 3개 현금 200유로가 눈앞에서 어른거렸다. 호텔 직원의 도움을 받아 그의 차를 타고 마트로 달려가서 지갑을 찾아보았지만 이미 때 늦은 헛수고였다. 게다가 CCTV가 없다는 직원의 말을 듣고 나서는 더 이상 미련을 가질 필요가 없음을 깨달았다. 기차역 벤치에서 스마트폰을 잃고 나서 몇 시간 후 다시 찾아가도 폰이 반갑게 주인을 기다리고 있거나 역내 사무실에 찾아가면 누가 가져가서 보관하고 있는지 알 수 있는 우리와는 다르다.

여행을 마치려면 5일이나 더 남았는데 가진 돈이라고는 여권과 함께 트렁크 속에 별도로 보관하고 있던 180유로가 전부였다. 일곱 시간의 시차도 무시하고 전화를 걸 수밖에 없었다. 단잠에 빠져 있는 가족과 친구에게 전화를 걸어 신용카드와 현금카드 분실신고를 부탁하고 다음 도착지인 아테네 민박주인의 계좌로 송금을 의뢰해야 했다.

지금 생각해도 끔찍한 일이었지만 이 어처구니없는 일에 대해 누굴 탓하랴. 모든 게 내 탓이라고. 성격이 급한 내 탓이었다. 첫 단추인 출국하는 날부터 문제는 시작된 것이었다. 신용카드는 두 개만 가지고 갔어야 했는데 시간에 급급한 나머지 빨리빨리를 스스로에게 재촉하다 보니 지갑 정리도 하지 않을 만큼 사전 준비가 철저하지 못했던 것이다. 그날 소피아에서 용변이 급하면 우선 커피숍이나 레스토랑에 들어가 간단히 커피 한잔이라도 주문하고 볼일을 본 후 천천히 움직였으면 이런 불상사는 일어나지 않았을 터이다.

나이 들수록 일이든 여행이든 시간적 여유를 갖고 움직여야 한다. 또 마음의 여유를 갖고 매사에 임해야 한다. 몸은 갈수록 내 뜻대로 움직여지지 않는데 시간에 쫓기고 거기에 마음의 여유까지 없다면 무엇인들 실수 없이 제대로 이루어지겠는가. 젊은 날의 실수는 젊어서 그랬다고 치고 넘어갈 수도 있지만 노년이 되어서는 실수가 곧 남은 내 삶을 좌우할 수도 있고 자칫하면 생을 앞당기는 대사건으로도 이어질 수 있다. 그래서 지금의 나는 '스피드(Speed)보다는 슬로우(Slow)'를 수시로 머리에 각인 시킨다.

"조금 늦어도 괜찮아. 대신 안전하게. 실수 없게 가자."

24번째

┃ 친구가 애인보다 더 필요한 날들이다

일요일 오후 세 시간 동안 이튿날 할 라디오 방송원고를 준비하고 맥이 풀린 듯하다. 매주 비슷한 시간이면 느끼는 피로감이다. 산책을 나가려다 인터넷에서 눈에 들어오는 제목이 있어서 클릭을 했다. 유튜브다. 제목이 '행복한 노년3 – 황창연 신부의 행복 특강'이다.

화면을 보는 순간 웃음이 절로 나왔다. 신부님의 특강이니 나름 조용하고 무거울 것 같다는 선입견과는 달리 젊은 신부님은 마치 유명요리사가 맛있게 요리를 설명하듯이 재미있게 노년인생을 말했다. 그는 나름 '인싸'였다. 책도 여러 권 출간했고 여기저기 명사로 특강도 하고 펜들도 많은 종교인이었다. 종교가 없는 나로서는 미처 알지 못했던 거였다. 그야 어쩔 수 없는 나의 부족함이라 치부하면 될 일이다. 다만 강의 내용 중 황신부는 이런 말을 했다.

"꼬깃꼬깃 접어둔 돈 손자들 용돈 주려고 하지 말고 친구와 칼국수도 사드시고 밥도 사드세요. 자식 손자가 나를 챙겨주지 않는 시대입니다. 내 인생은 내가 챙겨야 하는데 늘 가까이 있는 친구가 가장 소중하고 편한 사람입니다. 자식에게도 못하는 얘기 친구에게 할 수 있고 같은 노년이기에 같은 입장에서 편안하게 소통하지 않습니까. 친구에게 잘해 주세요."

본래 동안인 건지 아니면 젊은지 신부님의 첫인상은 나보다 너댓 살 아래 40대 후반쯤 보였고 목소리 또한 젊어 보였다. 게다가 전문 방송인들처럼 말도 잘 했다. 하지만 내 시선을 고정시킨 것은 현실적으로 꼭 필요한 얘기를 어려운 용어 하나 사용하지 않으면서도 편안하게 쉽게 전달하는 모습이었다. 나와 같은 생각을 갖고 또 그것을 노년의 어르신들에게 전달한다는 점에서 공감대를 가짐은 물론이고 감히 강의를 하는 같은 입장이라는 점에서 동료의식 같은 것마저 느꼈다. 물론 많은 성도들로부터 존경받는 종교인이라는 것을 잘 알고 있기에 그저 비슷한 또래로서 잠시 그랬을 뿐 그분의 위치에 나는 비교할 수 없는 미약한 존재라는 것을 잘 안다.

십오 년쯤은 된 것 같다. 출판사로부터 시니어인생 관련 책을 써달라는 말을 듣고 자료를 수집하다가 알게 된 이 뉴스는 적잖게 공감을 끌었다. 나이 든 시니어들 사이에 친한 친구 옆집으로 이사 가기가 유행이라는 내용이었다. 직업이나 사회활동을 하지 않는 노년기에 자식들과 함께 산다고 한들 그들이 말동무 되어줄 리가 없고 그렇다고 날마다 산에 가고 놀러 다니고 쇼핑만 다닐 수도 없지 않은가? 세계적인 장수촌 마을로 알려진 이탈리아의 샤르데냐, 일본의 오키나와 같은 곳에 사는 노인들의 공통점은 친구나 친구 같은 이웃들과 함께 어우러져 산다는 것이다. 물론 그때는 생각만 '맞아. 그렇게 될 거야'라고 말로만 이해하고 공감한 것 같다.

내가 장년이 되면서 그것을 피부로 느끼기 시작했다. 지난해 이사를 가려고 하면서 떠오른 조건은 첫째가 교통이었고 두 번째가 친구였다. 동갑내기 친구들, 윗사람인 건 맞지만 친구나 다름없는 오십대 후반의 인생선배들, 직업으로는 후배지만 친구처럼 편한 40대 후반의 잡지사 후배들 등등 이왕이면 그들과 멀리 떨어진 곳으로 이사를 가면 안 된다는 생각이었다. 결국엔 프리스타일의 삶을 추구하고 자립심과 자존감이 강하다고 자인하는 나 또한 노년기의 고독과 외로움은 사전에 차단하겠다는 심리가 나름 크게 자리잡고 있다는 것을 재차 확인하는 계기가 됐다.

유년시절 함께 학교 운동장에서 흙 던지며 놀고 발가벗고 수영하던 고향 모임 친구들, 직장에서 만난 친구로 인해 아름아름 만나면서 제2의 고향친구가 된 U시의 또래 친구들, 43년 만에 만났는데도 마냥 평안한 초등학교 친구들과 중학교 동창생 H, 사회에서 만났지만 15년지기가 된 S와 T 그리고 G. 전화 목소리만 들어도 정겹고 소주잔이 먼저 떠오르는 친구들이다. 이들 중에서도 가까이 살고 술을 좋아해서 수시로 만나는 S와 T 그리고 친구 같은 형 K는 서로 집안일이나 자식일까지 모르는 게 없을 만큼 알몸 다 부여주듯 그렇게 다 풀어놓고 소통을 한다.

S는 마흔 살이 되던 해 만나 그가 직장에 다니던 몇 년간은 일주일에 두세 번은 만나곤 했다. 식당이든 술집이든 단골집에 혼

자 가면 "짝은 어디 두고 혼자 왔어?"라는 말을 들을 만큼 붙어다녔다. 그는 처음 만난 사람도 거부감이 들지 않을 만큼 친절하고 배려심 많으며 항상 웃는 얼굴이다. 우리 아이 초등학교시절엔 매년 어린이날이 돌아올 때마다, 중학교, 고등학교, 대학교 입학할 때에도 '삼촌용돈'을 주는 친구다. 법 없어도 살 수 있는 사람이라는 말이 나올 정도로 성격 좋고 사람 좋다는 소리를 자주 듣는다. 어쩌다 말 한마디에 좀 까칠한 기질을 드러내고 기본적인 도의에 어긋나면 곧장 속사포처럼 강한 언어를 쏘아대거나 인상을 붉히는 나와는 정반대의 인격자인 셈이다.

이런 그가 1년 전 나에게 엄청나게 무서운(?) 선언을 했다. 물론 내 성격을 꾸짖는 말이었지만 그때 나도 깨닫는 바가 있었다. 술이 취하진 않았었다. 하지만 옆 테이블에 앉은 60대 중반의 언행이 귀에 거슬렸다. 나이 든 사람답지 않게 진지함이나 에티켓이라곤 찾아볼 수가 없고 한없이 가벼워 보이는 모습이 그랬다. 그러다 한 순간 '당신이 뭐 그렇지'라는 식의 그의 언어가 내 귀를 의심케 했고 50 넘어서는 그나마 좀 잠잠했던 불같은 성질이 다시 또 폭발하고 말았다.

"이 양반이 어따 대고 말을 함부로 지껄이고 있어? 나이 들었으면 기본은 있어야지. 당신 같은 사람 때문에 술을 주둥이로 어디로 마셨냐는 말이 나오는 거야. 말이라고 다 말인 줄······."

주먹이 오가진 않았지만 거친 말투에 목소리는 커졌으니 제3자가 보기에는 폭풍전야 같은 느낌이었을 것이다. 사건은 더 이상 커지지 않고 끝이 났지만 그날 친구는 나에게 말했다. "너 앞으로 또 그렇게 소리내며 성질부리면 나 너 안 본다."라고. 물론 그렇다고 얼굴 안 볼 만큼 짧은 인연이 아니라는 것을 알지만 나로 하여금 다시 한번 반성의 시간을 만들어 주었다. 오랫동안 가까운 친구이다 보니 다혈질 성격으로 종종 사람들과 부딪히는 나를 여러 번 보았던 그였다. 젊은 시절에는 피가 끓어서 그러려니 봐줬지만 이제는 그런 내 모습이 눈에 심하게 거슬린다는 얘기일 터이다. 나로 하여금 충분히 반성의 여지가 있는 메시지였다.

젊은 시절보다도 요즘 들어서 친구들에 대한 생각이 많아졌다. 연락이 없으면 혹시 아픈 데는 없는지, 가족들은 잘 있는지, 일이나 사업은 잘 풀리는지 궁금해진다. 다음에 만나면 먼저 친구가 좋아하는 음식을 먹자고 말하고 싶고 건강관리 잘 하라고 잔소리도 하고 싶어진다. 예전에도 친구가 소중하다는 것은 잘 알고 있었지만 나이가 들수록 가까이 있는 친구의 소중함과 고마움에 감사해 하고 또 감사하게 생각한다.

중국 북경에 해외파견 근무를 나가 있는 T는 그가 한국에 있는 건지 다른 나라에 있는 것인지 의심이 들 정도로 이틀이 멀다 하고 메시지가 날아온다. 밥은 먹었는지, 뭐하고 있는지 묻고 휴일엔 어디로 운동을 갈 예정이고 한국음식 중 어떤 게 먹고 싶다는 둥. 나 또한 일상의 시시콜콜한 일들을 그에게 마치 보고하듯이 전하곤 한다.

그런가 하면 친구 같은 형 K는 언제든지 나의 히든카드 역할을 해준다. 일상의 고민이든 돈 문제이든 그는 마지막 남은 카드처럼 늘 나의 해결사가 되어준다. 지난해 가을 이사를 앞두고 나는 김치를 너무 좋아해서 이번엔 김치냉장고를 반드시 사야 되겠다고 했더니 그 말이 나오기 무섭게 이사 갈 주소나 찍어 보내란다. 누군가가 S와 T 그리고 K에 대한 이런 저런 얘기를 듣더니 말한다.

"인복도 많으십니다. 듣고 보니 그런 친구들이 또 어디 있겠습니까? 좋은 친구들인데 애인처럼 잘 해주시오."

맞다. 노년기에는 배우자에게도 못하는 말을 친구에게는 한다고들 한다. 친구 생각하기를 보물처럼 여겨야 한다. 그런데 한편으로는 참 어깨가 무겁다. 그들이 내게 해준 그 많은 걱정과 지원과 도움들을 감사해 하는 것으로 끝나지 않고 꾸준히 갚아야 할 텐데 말이다.

25번째

┃보고 싶으면 만나라

나는 하고 싶은 걸 못하면 병이 나는 사람이다. 특히 어디든 가는 것은 마음먹은 대로 실천으로 옮겨야 직성이 풀리는 성격이다. 오죽하면 어머니는 내게 역마살이 껴서 하라는 공부는 안 하고 어디든 쏘다니는 걸 좋아한다며 나무라곤 하셨다. 틀린 말은 아닌 것 같다. 10대에도 그랬고 삼사십년 전 청년시절에도, 지금도 어디든 떠나는 일은 내 주특기가 돼 버렸다. 국내든 해외든 가고 싶은 곳이 정해지고 떠나겠다고 마음을 먹으면 카드빚을 내서라도 가야 한다. 따지고 보면 이 또한 어린 시절부터 어머님이 떠날 수 있는 기회를 주셨기 때문이 아니었나 싶다.

초등학교 시절 어머님은 나로 하여금 외삼촌댁에 갈 수 있는 빌미를 제공해 주시곤 했다.

"대전 동생은 두부를 좋아하는데…… 올케는 시골에서 키운 콩나물이 맛있다고 노래를 하딘데……."

특별할 것도 없었는데 음식을 먹거나 신선한 야채를 보면 당신은 형제 중 유독 사이가 돈독했던 남동생 내외를 떠올렸다. 그럴 때마다 기회는 이때다 싶었다.

"내가 갔다 올게, 엄마."

"그려? 그럼 낼 모레 장날 가. 문의까지는 내가 여다 줘야지 가잖어."

외삼촌댁은 대전이었다. 그 시절엔 고향 마을에 버스가 들어오지 않았기에 십오 리 산길을 걸어 나가 면소재지에서 버스를 타고 청주로 가서 다시 지금은 대전광역시로 편입된 신탄진까지 시외버스를 타고 갔다. 그곳에서 대전역까지 가는 버스를 탄 후 다시 유성으로 가는 버스를 갈아타고 용문동에서 내렸다. 아침 일찍 출발하면 오후 서너 시는 돼야 외삼촌댁에 도착했다.

여름이든 겨울이든 외삼촌 내외와 나이 차이 나는 형들은 어린 나를 즐겁게 반겨줬다. 무거운 짐을 어떻게 들고 왔냐며 대견해 하면서 버스를 네 번이나 갈아타야 하는 먼 길을 용케도 잘 찾아왔다며 머리를 쓰다듬어주던 기억이 아직도 생생하다. 이틀 밤자고 집에 가겠다고 하면 외숙모는 아버지 고기라도 사다드리라며 돈을 두둑이 주머니에 찔러 주셨고 나는 개선장군이라도 된 양뿌듯한 표정을 지으며 집으로 돌아왔다.

지금 생각하면 그저 웃음만 나온다. 외삼촌댁의 형들은 나이가 일곱 살, 아홉 살씩 차이가 났으니 나와 놀아줄 리도 없었고 그렇다고 혼자서 시내구경을 다니지도 않았다. 기껏해야 가정부로 일하는 누나가 정육점이나 야채가게를 갈 때 졸졸 따라다니거나 외삼촌과 함께 유성온천 한 번 다녀오는 게 전부였다. 그런데도 대도시의 나름 괜찮게 지은 양옥집의 소파에 앉아 TV를 보거나 넓은 정원을 돌아다니는 것만으로도 만족스러웠던 것 같다.

새로운 곳에 대한 막연한 갈망이 강하고 외향적인 성향을 지녔기에 부르는 이 없어도 가보고 싶은 곳이 있으면 훌쩍 떠난다. 직업이 프리랜서이니 시간은 조율하기 나름이다. 이런 나를 두고 주변에서는 부럽다는 이들도 있지만 나로서는 굳이 자랑하거나 내세울 거리도 아니고 그저 내 발길 닿는 곳으로 가고 싶을 때 가는 것뿐이다. 순전히 취향이다. 역마살이 낀 것임엔 틀림없다. 다만 자주 떠나다 보니 어딜 가든 최소의 경비로 최대의 효과를 누릴 수 있는 묘안은 나름 축적돼 있다. 굳이 비용만 따진다면 패키지여행을 즐기면 될 일이지만 내 멋대로 내 방식대로에 익숙한 나로서는 언제나 자유여행이다.

사람들은 저마다의 성향이 있다. 밖으로 나돌기보다는 안에서의 시간과 비용면에서의 실리 있는 일상을 추구하는 이들도 있고, 기본적인 비용이 반드시 필요한 여행 그 자체를 무시하거나 기피하는 사람도 있다. 귀찮은 것을 싫어하거나 낯선 환경에 대한 적응을 두려워하는 이들도 있다. 각자의 취향이다. 다만 취향이나 실리를 떠나서 하지 않으면 때늦은 후회를 할 수밖에 없는 것이 있다. 나이가 들수록 보고 싶은 누군가를 차일피일 미루다 만날 수 없는 상황이 되었을 때 갖는 낭패감과 아쉬움이다. 그때 한번 얼굴이라도 볼 걸……

중학교 동창인 H가 서울에 살다가 충남 보령으로 전근을 간 후 몇 년간 얼굴을 보지 못했다. 학교 졸업 후 30여 년간 만나지 못하고 잊고 지내다가 우연히 만난 이후로는 한두 달이 멀다 하고 자주 만나던 친구였으니 궁금하기도 하고 함께 기울였던 술잔도 그리웠다. 전화나 문자메시지를 주고받았지만 늘 하는 말은 똑같았다. 언제든지 내려오라고. 돈 싸들고 만나는 것이 아닌데도 일상에 쫓기다 보면 쉽지 않은 게 너 나 할 것 없이 마찬가지다.

일은 저질러야 한다는 신조를 지녔기 때문일까. 얼굴을 못 본 지 이년쯤 된 늦여름 포도가 익어갈 무렵 장항 행 기차를 탔다. 갈 것인가? 언제 갈 것인가?를 결정하기까지가 어렵지 막상 실행으로 옮기게 되면 망설일 것도 거칠 것이 없다. 오히려 설렘과 즐거움만 기다린다. 나는 회를 사고 포도를 사서 그가 머물고 있는 관사로 갔다. 가족들은 서울에 있었기에 단 둘이서 저녁을 먹고 술잔을 기울이면서 밤 두 시가 될 때까지 학창시절 추억과 집안 얘기, 동창생들 소식을 주고받으며 소주를 여러 병 비웠다.

2년 후 친구는 서울에 볼 일이 있어 올라와 이번엔 초등학교 동창생 B까지 합류하여 즐거운 시간을 보냈다. 어느새 한 해가 훌쩍 지났다. 한동안 문자에 답이 없어 궁금해 하고 있던 차에 메시지가 왔다. 변덕이 없고 늘 한결같은 성격의 그가 보낸 메시지는 간단하다.

"급한 것 끝나면 내려와. 언제든지 대기하고 있다."

올해가 지나면 이마엔 인생의 흔적이 더 선명해질 터이다. 지금은 어떻게 하면 더 안전하게 신나게 보낼 수 있을까를 고민하게 되는 노년인생으로 진입하기 위한 도움닫기를 하는 시기다. 어디서든 날 불러주는 친구가 있는데 얼마나 행복한 일인가. 행복의 최상급은 인간관계에서 느끼게 된다고 한다. H가 있는 해변의 한

적한 저층 아파트 관사는 나와 친구의 머리카락만큼이나 이미 페인트칠이 군데군데 벗겨진 지 오래된 건물이다. 그곳이 나를 어서 오라고 손짓한다. 그렇다면 가야 한다. 그리고 마음을 굳힌다. 곧 가을이 짙게 물들어가는 선선한 초저녁에 장항 행 열차에 오르겠노라고.

　내가 그토록 보고 싶은 누군가가 있다면 나를 불러주는 누군가가 있다면 만나야 한다. 시간이 언제까지 우리를 마냥 기다려주지 않는다. 인생이 결코 길지 않다는 것을 머리로만이 아니라 몸으로도 느낀다면 더더욱 그렇다. 더 늦기 전에 보고 싶은 얼굴을 찾아나서는 것은 아주 소중한 일이며 멋진 추억도 남겨놓을 것이다.

26번째

추억여행 속엔 가난도 행복이다

단 한 번도 후회를 해 본 적이 없는 게 있다. 우리 부모님의 자식으로 태어난 것. 이 말은 대다수의 사람들이 그러하리라. 다음은 스스로 글쟁이가 된 것. 이 또한 자기 일을 사랑하는 사람이라면 당연히 하는 말일 터이다. 타고난 것이든 운 좋게 주어진 것이든 또 내가 선택한 것이든 적어도 후회 없다는 말을 할 수 있는 것들은 이 두 가지 외에도 여러 가지가 될 것이다. 그중에서도 우선순위를 꼽으라면 나는 자신 있게 농촌에서, 그것도 아주 산골에서 태어나고 그곳에서 유년시절을 보냈다는 것이다.

56년 전 초여름 눈치도 없이 하필이면 어머니가 일꾼들 아침밥을 해줘야 하는 보리타작을 하던 그날 새벽에 3남 2녀 중 막내아들로 나는 태어났다. 그곳은 지도에서 찾으려면 한참을 들여다봐야 나오는 산간벽지다. 오죽하면 친척들이 우리집을 한번 다녀가 본 후로는 강원도 산골짜기에 숨어 있는 마을보다도 더 촌구석이다라고 말하곤 했을 정도이니까. 충청북도 청원군 문의면 마동리 1구 65번지다. 지금은 행적구역 변경으로 청원군이 아니라 청주

시 상당구로 바뀌었지만 여전히 오지마을로 통한다.

어른들은 우리 마을을 '마쟁이'라고 불렀다. 열두 살에 중학교에 들어가면서 고등학교를 졸업할 때까지 면소재지에서 자취와 하숙을 하며 학교를 다녔고 집에 가는 날은 주로 토요일이었지만 그래도 그 시절까지는 고향땅에서 마쟁이에서 보낸 거나 다름없다고 봐야 한다. 대학에 들어가고 군대를 가고 직장생활을 하면서 서서히 일상의 삶으로부터 멀어지기 시작한 고향이다.

누군가 고향이 어디냐고 물으면 선뜻 답하기 어려웠다. 시골이라서가 아니다. 예나 지금이나 워낙 산 속에 숨어 있는 곳이다 보니 나름 구구절절 설명이 필요했다.

"고향요? 그러니까 청주 알죠? 충청북도 도청소재지인 교육도시요. 그런데 거기서도 승용차로 한 시간은 더 들어가야 하는 곳이죠. 버스는 하루 두세 번 다니고요. '청남대'라고 예전 5공 시절 만들어진 대통령 별장 알죠? 거기서도 차로 이삼십 분 정도는 산 속으로 들어가야 하는 동네죠."

고향에 대한 답 치고는 참 길다. 아니 어렵다. 이쯤 되면 다들 의아해 하면서 하는 말이 출세했단다. 그 시골에서 태어나서 서울과 수도권을 기반으로 살고 있는데다 소위 그 시절엔 대도시에 살았어도 가정형편이나 개인적인 이유로 대학교를 가지 못한 또래가 절반이 넘었으니까. 게다가 남 속도 모르고 일단 직업이 글쟁이로 강의도 하고 방송도 한다고 하니 그들에게는 대단히 출세한 사람(?)처럼 여겨지는 것이다. 이어서 십중팔구는 칭찬과 동정을 섞어서 하는 말이 있다. 고생을 많이 했으리라는 그들만의 선입견이다.

내 어린시절은 정말 고생바가지를 쓰고 보낸 시간일까? 아니었노라고 자신 있게 말할 수 있다. 유년의 기억들이 여전히 머릿속에서 파노라마처럼 펼쳐지는 그 시절은 내게는 행운이었고 선물이었다. 고무신을 신고 흙바닥 학교운동장에서 먼지 나도록 뛰어다니고 형이 입던 교복을 줄여서 물려 입고 가끔씩은 논과 밭에 나가 일을 거드는 시늉도 했다. 전기는 초등학교 5학년이 돼서야 들어왔기에 호롱불 아래서 숙제를 했고 기차를 처음 탄 것도 그해 겨울이었다. 하지만 내가 생각하는 고향은 그리 부족한 것을 느낄 것이 없었다. 설령 있었다 할지라도 그 기억이 상처나 원망으로 이어지질 않았을 터이니 흔히 노랫말이나 영화 속 장면에 나타나는 것처럼 아름다운 시절이었다. 오남매 막내로 태어나 부모님과 형제들로부터 분에 넘치는 사랑을 받은 것은 물론이고 지금도 내 가슴을 두근두근 뛰게 하던 즐거운 일들과 자연스럽게 만들어진 아름다운 추억들이 있으니까.

초등학교에 다니던 그 시절 내가 가장 기다리는 날은 토요일이었다. 그날이 오면 아침부터 마음은 면소재지에서 중학교를 다니는 작은누나와 작은형을 기다리고 있었다. 요즘처럼 누나와 형은 군것질을 할 수 있는 얼마의 작은 용돈도 제대로 받지 못했다. 학용품을 사는데 꼭 필요한 돈을 손에 쥐는 것이 전부였다. 자취생활을 하며 학교를 다녔지만 5일을 기다렸다 만나는 그들의 손에는 그 시절 시골에서는 귀한 대접(?)을 받던 '라면땅'이라는 과자라도 늘 들려 있었다. 나이 차이가 나는 막내를 귀여워했던 형과 누나의 마음이었다. 나 또한 그들의 기대에 부응하고자 밭에서 오이를 따다놓고 고구마를 캐다 쪄놓기도 했고 옥수수를 따오기도 했다. 역시 그들은 막내가 먹을 것을 준비하고 있었다는 대견함을 미소로 전했다.

머리에 흰 눈이 내려앉기 시작한 지 벌써 몇 년째다. 40년이 한참 넘은 유년시절의 추억과 고향을 떠올리는 일은 아무리 반복해도 지겹지가 않다. 다시 나를 그 시절 소년으로 되돌려 보내는 수채화 같은 여행이다.

나이가 들면 추억을 먹고 산다고 한다. 30년 후 80대에 40년 후 90대에 나는 무엇을 추억하고 살까? 패키지여행은 아무리 가성비가 좋은 저가 상품일지라도 불감증을 갖고 있을 만큼 친하지 않고 자유여행을 즐기는 나이지만 유독 기분 좋게 가는 패키지여행이 있다. 오남매 가족여행이다. 배우자들도 함께 가다 보니 1개 분대가 된다. 4~5년 단위로 떠나는 형제자매들의 가족여행은 가족이라는 친밀감에 특별히 서로에게 불편한 게 없어서 좋고 20대부터 50대까지 각자의 삶에 분주해서 함께 하지 못했던 시간들을 뒤늦게라도 보상받는 느낌이다. 물론 이 또한 언제까지 지속될지 모르니 아쉬움이 미리 다가오기도 한다. 3년 전 큰누님과 함께 단둘이서 다녀온 홍콩여행은 비싼 물가와 예상을 벗어난 허름한 호텔 환경 때문에 아쉬움이 있었지만 두고두고 생각해도 다녀오길 백번 잘했다는 생각이 든다. 인제 또 그런 여행을 갈 수 있을지 모르니까.

가족만의 추억이 소중함의 전부는 아니다. 친구든 선후배든 이웃이든 추억은 많이 만들어놓을수록 먼 훗날 마음의 재산이 된다. 여행이 아니어도 좋고 특별한 이벤트가 아니어도 좋다. 밥 한 끼를 같이 하더라도 서로의 정이 오가는 그런 추억을 쌓는 일은 많을수록 좋다는 생각이다.

| 좋은 인연은 어디서든 생겨난다

"작가님! 오늘도 바쁘신 하루인가요? 저는 잘 돌아왔어요. 다만 리턴 티켓에 차질이 생겨서 십만 원 패널티를 내고 왔네요. 지난번 작가님처럼 저도 비슷한 실수를 했네요. 이사 준비로 바쁘시겠어요?"

"잘 도착하셨다니 다행입니다. 저는 집 문제로 마음만 바쁘네요. 오셨을 때 많은 시간도 못 내고 더 즐겁게 해드리지 못해 미안함뿐입니다. 다음에 또 기회가 있을 테니 이해해 주십시오. 우린 친구니까 서운한 거 그런 건 없는 거죠?"

일본에 살고 있는 친구와 주고받은 문자다. 동경에서 두 시간 정도 버스를 타고 외곽으로 벗어나면 지바현의 '다테야마'라는 작은 도시가 있다. 도시 테두리를 타원형으로 그리며 펼쳐진 해변가는 한적하면서도 포근하다.

'NO 재팬' 운동이 벌어지기 전까지 불과 6개월 새에 이곳을 두 번이나 다녀왔다. 친구도 만나고 그곳만의 특별한 정취를 느끼기 위해서였다. 그렇다면 일본인 또래 친구? 아니다. 친구는 내 둘째

누이와 동갑내기다. 58년생으로 여성이고 한국인이다.

　이쯤 되면 대다수의 사람들은 혹시 애인이 아니냐는 시선을 먼저 보낸다. 친구와 후배들도 '숨겨둔 연상의 여인' 아니겠냐면서 호들갑을 떤다. 여성이라고 해서 친구가 아닌 다른 관계로 의심 먼저 하는 그들을 보면서 한편으로는 '남녀칠세부동석(男女七世不同席)'을 예법으로 가르친 우리의 문화가 여전히 우리의 생활 속에 머물러 있는 것 같다는 생각을 해본다.

　다테야마 친구 K를 만난 것은 아주 우연한 계기가 발단이 됐다. 외국 여행을 가면 내가 꼭 하고 싶어 하는 것 하나가 있다. 늘 자유여행을 가기 때문에 시간과 공간 선택에 대해 자유롭지만 그럼에도 불구하고 낯선 외국 땅에서 여행을 하다 보면 늘 뭔가에 쫓기는 느낌을 갖곤 한다. 그럼에도 불구하고 해야만 직성이 풀리는 것 하나는 도시의 유명거리나 관광명소가 아닌 도시에서 차로 두어 시간 거리가 떨어진 한적한 소도시나 마을을 찾아가는 여행이다. 본래 여행계획에는 없었지만 현지에 가면 기차나 버스를 타고 다녀올 만한 그런 곳을 방문하곤 한다. 특별할 것도 없는 일이지만 차창 밖으로 보이는 그 나라 그 지역의 정경들을 즐기고 밥 한 끼를 먹더라도 그곳의 식당에서 천천히 먹고 오는 식이다. 누군가 왜냐고 물어오면 나름 내 딴에는 느림의 미학을 즐긴다는 말로 포장을 한다.

　겨울이 끝나갈 무렵 동경에 갈 일이 생겼다. 우연히 강의시간에 말을 흘렸다. 그러자 수강생 중 한 사람이 자기 친구가 동경에서 두 시간 거리에 있는 다테야마에 살고 있으니 한번 들러보란다.

바닷가도 아름답고 우리의 읍 소재지처럼 그야말로 쉼표가 느껴지는 곳인데다 친구의 성격이 워낙 낙천적이어서 누구든지 찾아가면 환영한다고 했다. 식당을 운영한다고 하니 가서 밥 한 끼라도 팔아주고 그 지역 안내와 얘기라도 듣고 싶었다. 워낙 사람 만나는 것을 즐기는 성격이다 보니 특별한 부담도 갖지 않았고 연락처 하나만을 달랑 들고 그곳을 찾아갔다.

다테야마! 그곳은 정말이지 우리가 알고 있는 일본의 시(市)이기보다는 한국의 읍 소재지 같은 한적한 분위기에 가까웠다. 도시를 상징하는 그 흔한 빌딩숲이나 아파트 단지는 눈을 씻고 찾아봐도 없었다. 유일하게 그곳에서 '○○맨션'이라고 불리는 건물 하나만 9층 정도이고 호텔도 5층 이상 높이가 없었다. 기차역 한 옆에 자리한 버스터미널에 도착하자 곧바로 한 여인이 눈에 들어온다. 나도 그녀도 서로를 기다렸다는 듯이 첫 눈에 무언의 통신이 번개처럼 오갔다. 서로 몇 발짝 걸어 다가서자마자 미소를 지으면서 인사를 나누었다.

"김 선생님?"

"박 작가님이죠?"

긴 얘기 할 여유도 없이 승용차에 올라타서 간 곳은 그녀가 운영하는 식당이다. 낮엔 한국음식 전문점으로 된장찌개, 김치찌개, 볶음밥을 팔고 저녁엔 호프집처럼 가볍게 맥주 한잔 할 수 있는 펍이다. 이름이 재미있다. 'miss korea'(미스코리아)나. 엉어와 일본어로 각각 쓰여진 간판을 보는 순간 웃음이 먼저 터져 나왔다. '미스코리아' 하면 미인대회에서 선발된 미녀들을 먼저 생각하다 보니 가게 이름과는 뭔가 생뚱맞다는 생각이 들었다. 하지만 잘 새겨 정리해 보면 그녀가 '미혼 한국여성'이니 미스코리아가 정확하게 맞는 셈이다. 가게 들어가기 전부터 한바탕 웃은 후 안으로 들어가자 밥상이 차려져 있는 게 아닌가? 순두부찌개, 콩나물무침, 멸치볶음, 김치 등등 10여 종의 찬과 함께 나온 밥은 가정식 백반 그 자체다. 한국에서는 흔한 음식이지만 외국 땅에서는 이렇게 다양한 반찬을 먹기란 하늘의 별따기 아닌가. 수강생 제자가 미리 내 음식 취향을 전한 듯싶다.

한 상을 배부르게 먹고 나자 K는 해변 가 드라이브로 이끌었고, 전망 좋은 커피점, 미니골프장과 함께 꾸며진 화원, 산속의 수제 피자집 등으로 이어가면서 우리는 이런 저런 얘기를 나누었다. 마치 오래된 친구처럼 나이나 성별 차이를 전혀 의식하지 않은 채 그렇게 즐거운 시간을 보냈다. 저녁엔 불고기에 맥주도 한 잔하고 이어서 펍에서 생맥주도 마셨다. 사는 얘기, 나이 들어가는 오늘의 삶, 유년시절의 추억 등을 스스럼없이 꺼내 주고받으며 그렇게 아주 멋진 하루가 엮어졌다. 특별한 여행이었다. 밤 아홉 시 동경으로 가는 막차를 타고 헤어질 때는 K 그 사람이라면 거리상 1년에 한두 번을 봐도 오랫동안 좋은 친구처럼 지낼 수 있다는 생각이 들었다.

그 후 두 달이 지난 후 원고작업을 핑계 삼아 나는 다시 다테야마를 찾았고 그곳에서 머무른 5일 동안 우리는 더 가까운 친구가 되어가고 있었다. 딱히 정해놓은 것 없이 수시로 스마트폰을 이용해 서로의 안부를 묻고 이런 저런 일상을 전한다. 10월 초 집안

일로 한국에 왔을 때 대여섯 시간이었지만 우린 또 다테야마에서
처럼 그렇게 오래된 친구처럼 먹고 마시고 수다를 떨고 서로를 걱
정해 주는 시간을 가졌다. K는 정이 많고 솔직하다. 나이로 따지
자면 우리는 누나 동생과 같은 사이지만 서로가 예의를 벗어나지
않는 행동과 대화법을 챙기면서 친구의 연을 이어가고 있다. 이제
K는 일상에서 지치고 휴식이 간절히 필요할 때 내가 언제든지 다
시 다테야마를 찾아갈 수 있을 만큼 편안한 친구다.

　나이 들수록 누구나 공감하는 것이 있다. 또래를 만나기는 쉬워
도 마음이 오가는 친구를 만나기란 쉽지 않다는 것이다. 유년시
절이나 중·고등학교 재학시절 친구는 시간이 흐른 뒤 만나도 다
시 예전처럼 가까워질 수 있지만 나이 사십만 넘어도 각자 살아
온 시간들만큼이나 생각과 습관, 그리고 서 있는 위치도 다르다.
게다가 서로의 삶이 있다 보니 설령 마음이 잘 통할 것 같은 좋은
친구를 만나도 그 사이가 깊어지기란 쉽지 않다. 아주 가까이에
있어서 자주 볼 수 있거나 어느 한쪽이 시간을 양보해서라도 자주
만나지 않는 한 새로운 친구를 사귀기는 것은 어렵다. 새로운 한
사람을 친구로 받아들이기 위해서는 무엇보다도 사회적 지위나
과거의 이력 그리고 경제력 따위는 다 벗어던져야 한다.

　노년기에는 배우자나 자식보다도 친구가 더 필요하다고들 말한
다. 언제나 속에 담고 사는 이야기를 풀어놓을 수 있고 언제 봐도
서로에 대한 책임감은 물론이고 그 어떤 부담을 가지지 않아도 되
는 게 친구가 아니겠는가. 인생 2막을 걷는 길에서 새로운 친구를
만난다는 것, 그것은 일상의 든든하고 즐거운 마음통장 하나를

갖게 되는 일이다.

어디서 누굴 만나든 먼저 가슴을 열어 보여라. 사심없는 미소와 솔직함은 지나쳐도 좋을 만큼 사람을 끌어 잡는 무기가 된다. 친해지더라도 지켜야 할 예의와 도리에는 더욱 신경을 써라. 국경을 떠나 남녀노소를 벗어나 모든 만남은 인연이 되고 신뢰와 정이 깊어지면 친구가 된다. 나와 다테야마 K처럼.

28번째

I 여행길에서 사람을 만나라

아침 여덟 시! 초인종을 누르자 바로 문이 열렸다. 드디어 그리스 아테네 민박집에 제대로 도착한 것이다. 기다리고 있었다는 듯이 반갑게 맞아주는 여주인은 60 중반쯤 돼 보였다. 낭랑한 목소리는 수더분한 아줌마라는 느낌보다는 나름 존재감이 묻어나는 강직하면서도 지성미가 적잖게 입혀진 그런 안주인의 이미지를 드러냈지만 그녀가 한국인이라는 것 하나만으로도 나는 안도의 한숨을 내쉬며 온몸에서 긴장이 한순간에 풀리는 느낌 그 자체였다. 전날 저녁 불가리아 소피아를 떠나기 전까지만 해도 어딜 가든 나에겐 내내 불안감이 쫓아다녔다. 신용카드와 유로지폐가 든 지갑을 통째로 잃어버렸으니 외국여행에서 늘 강심장을 드러냈던 나도 한없이 가벼워진 주머니의 가난한 주인이 되고서는 결코 마음이 편치 않았다.

안내해 순 방에 짐을 대충 풀고 거실로 나와 안주인이 따라준 커피를 마시면서 소피아에서의 일을 얘기하고 있었다. 그때 잠옷 바지 차림의 한 남자가 나타나더니 서성거렸다. 남편이라고 보기에는 좀 젊어보였다. 그녀가 "김 선생님은 오늘은 어디 가실 거예요? 파르테논신전은 아직 안 갔죠? 야경도 멋있는데……."라는 말을 한 다음에야 그가 나와 마찬가지로 여행객이었음을 알았다.

성이 '김'이라는 것과 같은 여행객이라는 사실 밖에 모르는 그를 다시 만난 건 그날 저녁이었다. 2박 3일의 아테네 체류시간을 나름 알차게 보낼 요량으로 밤새 버스를 타고 이동했음에도 불구하고 낮엔 이곳저곳을 헤집고 돌아다녔다. 한국식당을 찾아가 비빔밥으로 저녁을 먹고 서둘러 숙소로 돌아오자 김은 아침에 본 그 모습 그대로 거실을 서성대고 있었다.

"혼자 오신 거죠?"

"네."

"나이 들면 혼자 다니는 게 쉽지 않은 일인데 대단하시네요. 남자 혼자서 해외여행 다니는 분들은 좀 보기 드물던데……."

"저는 혼자 다니는 게 편하던데요. 꽤 오래됐습니다. 여기저기 쏘다니기 시작한 지 한 이십 년 가까이 됩니다."

"그러시군요. 올해 어떻게 되셨어요?"

"쉰 넷입니다. 좀 나이 들어 보이는 얼굴이죠. 머리가 희끗해서."

"그럼 뱀띠인가요? 어! 나도 뱀띠인데……."

"그래요? 어쩐지 비슷할 거라는 생각은 했는데……."

"와— 반갑습니다. 여기 와서 동갑을 만나다니. 이거 참 특별한 인연이네요."

"그러네요. 저도 반갑습니다. 또래 만나기는 처음입니다. 하 하."

그는 집이 경주라고 했다. 친구와 함께 왔는데 전날 늦게까지 술을 마셔서 종일 숙소 침대에 누워서 뒹굴뒹굴 거렸단다. 그러더니 한잔 하러 밖으로 나가자고 했다. 가진 것은 없어도 사람과 어울리는 거 좋아하기로는 이등하기 싫어하는 내가 아닌가. 그는 대학 동기인 친구와 이태리로 여행을 왔는데 계획에도 없던 아테네 여행을 감행했다는 거였다. 김과 그의 친구, 그리고 나 뱀띠 동갑내기 셋의 아테네에서의 술판은 이렇게 시작됐다. 만나면 뻔한 한국 남자들의 대화 소재인 고향, 학교, 군대, 가족, 일 등의 얘기들이 이어졌고 나 못지않게 사람에 대한 낯가림이 없는 김의 호탕한 성격이 술자리의 분위기를 시원시원하게 이끌면서 우리는 새벽 두 시 반까지 자그마치 다섯 병의 와인과 네 가지 안주를 해치웠다. 오죽하면 모든 손님들이 자리를 비우고 문을 닫아야 할 타임인데도 불구하고 종업원 중 누구 하나 인상 찌푸리는 일이 없었다. 레스토랑으로서는 연거푸 이틀 동안 최고의 매상을 올려준 한국 아저씨들이 고마웠을 일이다.

미리 지갑분실 사건을 빌미로 '노 머니'를 고백하긴 했지만 마음속은 부담감으로 인해 여간 불편하지 않았다. 어쩌겠는가? 그나마 미안함을 덜어보려고 인근의 심야 커피점에 가서 커피를 사는 것으로 그날의 일정은 마무리됐다. 물론 연락처도 주고받고 함께 인증샷도 빼놓지 않았다. 그들은 이튿날 다시 로마로 떠났고 나는 하루를 더 머무른 후 귀국길에 올랐다.

혼자서 낯선 땅을 휘젓고 돌아다닌 게 한두 번이 아니다 보니 여행길에서 만난 사람들이 수없이 많다. 파리의 숙소에서는 아들 같은 대학생들에게 담배를 선물받기도 하고, 이른 새벽 파리의 후미진 외곽의 지하철역 티켓 발매기 앞에서는 동전이 없어서 티켓을 발매하지 못하고 어쩔 줄 몰라 하는 나에게 십시일반 동전을 모아준 남미에서 여행을 온 고마운 여대생들도 있었다. 스페인 기차에서 만나 한참 동안 대화를 나눈 이란의 대학교수, 십 년간 재직했던 은행을 퇴직한 후 미국 유학을 앞두고 지구 반 바퀴를 돌던 30대 한국여성, 동경 코리아타운에서 만나 함께 술도 마시고 이메일로 연락하던 두 살 아래 일본의 젊은 친구, 10년 새세 번이나 만나 이젠 편안한 친구처럼 느껴지는 터키 이스탄불의 민박집 여주인 현숙씨와 그녀의 남편 이스마엘, 그리고 현지 슈퍼마켓 주인이자 동갑내기 친구 등등. 모두들 기억 속에 생생한 모습으로 남아 있는 다시 또 보고 싶어지는 사람들이다.

아테네서 만난 이후로 문자를 주고받으며 서로의 안부를 챙기며 '김형'으로 부르는 현섭씨도 그중 한 사람으로 남아 있다. 동갑내기인데다 성격 또한 화통해서인지 그와 그의 친구도 재형씨도 함께 소주 한 잔 나눌 날이 머지않아 현실이 될 것이다.

20대부터 70대까지 요즘 한국인들의 공통점이 있다면 버킷리스트 중 하나는 반드시 여행이라는 것이다. 3년 전 방송 원고를 준비하고자 또 2년 전 책을 쓰고자 직접 100여 명에 가까운 이들의 버킷리스트를 들어본 결과 알게 된 사실이다. 20대, 30대들은 단순히 여행만 추구하는 게 아니라 자신이 선호하는 외국의 어느 지역에서 '한 달간 살아 보기', '1년 간 살아 보기'를 버킷리스트 세 가지 중 하나로 꼽기도 했다. 기성세대들은 좀처럼 상상조차 할 수 없는 젊은 그들만의 멋진 플랜이 아닐 수 없다.

여행은 국내든 해외든 유명한 곳이든 이름 없는 시골 마을이든 떠나는 자의 선택이고 그들만의 로망이다. 이미 여행 관련 책을 썼을 만큼 여행마니아로서 감히 권유하고 싶은 게 있다면 여행길에서 사람을 만나라는 것이다. 남녀노소 누구든 여행길에서 만나 사람들은 인연이 되고 친구가 된다. 설령 그들을 다시 만나지 못한다 할지라도 마음을 비우고 떠난 그 길에서는 모두가 대화와 몸짓으로 통하고 미소만으로도 언어의 벽을 넘는다. 정치와 이념의 논쟁도 없고 학문의 깊고 얕음 따위의 비교도 존재하지 않는다. 그저 사람과 사람, 자유와 소통, 미소와 행복이 존재할 뿐이다. 직접 스케줄을 짜고 내 맘대로 자유롭게 움직이는 여행길에서는 굳이 내가 누굴 만나려 하지 않더라도 그 누군가를 만나게 될 일이다. 그리고 멋진 인연이 기다리고 있지 않을까?

돈의 가치는 쓰는 이에게 달렸다

얼마나 벌어서 쌓느냐보다 열심히 모은 돈을 어디에 쓰느냐가 중요하다. 철강 왕 앤드류 카네기는 엄청난 부를 일군 후 미 전역에 1700여 개의 공공도서관을 건립하고 교육진흥기금과 장학기금 등을 기부한 미국인들로부터 존경받는 인물이다. 400년 동안 9대 진사와 12대 만석꾼을 배출한 경주 최 부자는 한국을 대표하는 노블레스 오블리주(noblesse oblige) 실천의 대명사로 불린다. 유한양행의 창업자인 고 유일한 박사가 50여 년 전 세상과 작별했음에도 불구하고 여전히 '민족을 위한 사업가이자 정도경영을 실천한 주인공'으로 거론되며 존경받는 데는 남달리 사회 환원 실천의 본보기가 되었기 때문이다

옛말에 '개같이 벌어서 정승같이 쓰라'는 말이 있다. 가끔씩 언론사의 뉴스에 등장하는 장학금이나 토지 또는 건물을 기부한 미담의 주인공들을 보면 십중팔구는 기업인이나 사회지도층이 아니다. 평범한 소시민들이다. 그들이 내놓은 재산은 평생을 노점이나 재래시장에서 땀 흘려 모은 것들이다. 큰 재산은 아니더라도

매년마다 일정액의 돈을 해마다 기부하는 익명의 천사들도 많다.

'노블레스 오블리주'는 초기 로마시대 왕과 귀족들이 보여 준 도덕의식과 솔선수범하는 공공정신에서 생겨났다. 흔히 사회 고위층 인사에게 요구되는 높은 수준의 도덕적 의무로 불린다. 서양인들 사이에 나눔과 기부를 비롯한 도덕적 실천으로 통하면서 요즘은 우리 사회에서도 보편적인 말로 통한다. 그렇다면 평범한 소시민들의 아름다운 기부는 뭐라고 이름을 지어줘야 할까? 그들의 사회 환원과 나눔이야말로 노블레스 오블리주를 뛰어넘는 특별한 존경과 찬사의 네임카드를 만들어 줘야 할 것 같다.

'정이 많은 사람들'로 불리는 우라나라 사람들은 '콩 한 쪽도 나눠 먹는다'는 속담처럼 이미 오래된 옛날에서부터 나눔을 일상화하고 중시했다. 심각한 흉년에 부자의 창고는 개인의 곳간으로 남지 않고 만인의 끼니를 해결해 주는 모두의 식량으로 유용하게 사용됐다. 만일 당장 먹을 게 없어서 굶어죽는 사람들이 속출하게 된다면 부자의 곳간이 온전하게 남아 있을까? 민주주의 사회이기에 법으로 강제적인 힘을 빌려 개인의 재산을 빼앗지 못한다고 해서 99명이 먹을 게 없는 상황에서 부자 한 명만 배불리 살 수 있을까? 그렇게 생각한다면 그건 착각이다.

지난해 국내 연극무대에 특별한 작품이 올라왔다. 시대는 2028년으로 먼저 가 있다. 유로존(Eurozone)이 붕괴되고 노동시장은 인공지능으로 대체된다. 최악의 가뭄으로 난민 대이동도 일어난다. 이에 저항 단체 '렛 뎀 잇 머니(Let Them Eat Money)'의 멤버들은 유럽에 사상 최대 위기를 불러온 이들을 납치한 후 심판하기에 이른다. 납치당한 이들 중엔 탐욕스러운 자본가가 있다. 136년의 전통을 자랑하는 독일의 극단 도이체스 테아터(Deutsches Theater)의 연극 '렛 뎀 잇 머니'의 줄거리로 이 연극은 10년 후 모습에 대한 경제, 사회, 환경 등의 전문가와 일반인들의 예측이 줄거리의 토대가 됐다고 한다.

연극에서와 똑같은 일이 현실에서 일어나지 않는다는 보장은 없다. 어느 사회에서든 탐욕과 부의 집중은 사회의 불균형과 민심의 폭발로 이어지게 된다. 설령 민심의 폭발이 발생하지 않을지라도 부익부 빈익빈 현상이 풍선처럼 커져만 가는 사회는 언젠가는 터지기 마련이다. 시장과 그 사회의 혼란을 가져올 수밖에 없다. 로마 공화정의 몰락은 귀족들과 부자들에게 편중된 부의 집중현상과 그들의 우월주의 자기만족주의가 근본적인 문제였다. 그들의 인생 최고 가치는 권력과 부를 이용해 자신들만의 문화생활을 즐기는 것이었고, 노동이나 상업은 노예들 같은 천한 사람들의 몫으로 치부했다. 노블레스 오블리주는 바로 이 같은 귀족과 부자들이 자신들의 실수와 잘못을 자각하고 자성한 결과 탄생한 산물이다.

사회문제 중 하나로 거론되는 부의 집중과 분배의 불균형은 우리 사회에 '금수저 흙수저'를 유행어로 등장시켰다. 의식주는 물론이고 자녀교육과 성공 여부도 '돈'이 좌우하는 현실 앞에서 부자와 서민 또는 빈곤층의 간격은 점점 크게 벌어져만 가고 있고 이로 인해 생겨나는 갈등과 불만도 고조되고 있다. 그나마 해를 거듭할수록 정부차원에서의 사회복지제도가 강화되면서 경제적

취약계층에 대한 관심과 돌봄이 나아지고는 있지만 언제까지 이 같은 현실을 정부에게만 떠맡길 수는 없을 것이다.

우리는 지금 존경받는 종교인이나 의식있는 사회학자들이 강조하는 '인색과 탐욕을 버리고 각자에게 주어진 현실적 가치에 집중하고 감사해야 한다'는 말의 뜻을 깊이 새겨들어야 한다. 나만의 특권과 행복에만 젖어 들지 말고 주변을 둘러보며 공생과 상생의 길을 모색해야 한다. 나이 들면서 후회 없는 인생을 살아야 한다는 자각을 하는 것은 매우 바람직하지만 '소확행'이나 '욜로'로 나만의 행복을 추구하는 일에만 집중하지 말아야 한다. 나도 행복하고 이웃도 행복할 수 있도록 이웃이나 사회에 긍정적인 영향을 주면서 일상 속에서 큰 행복을 맛보면 좋지 않겠는가. 평소 이 같은 관심의 폭을 넓혀 나갈 때 나눔과 사랑, 그리고 봉사를 통한 우리의 사회 환원은 시작될 것이다. 이것이 노블레스 오블리주를 실행으로 옮기는 출발점이다.

| 나누면 다시 얻게 되는 것들

"나이 들면 어떻게 살 겁니까?"

이 질문에 대한 시니어들의 답은 제각각이다.

"기운이 없으면 몰라도 내 발로 움직일 수 있을 때까지는 뭐라도 해야지. 그래야 손주들 용돈이라도 주고 나도 먹고 살지."

"좀 쉬면서 살아야지. 여행도 다니고 못해 본 것도 하고."

"취미생활이나 즐길 거야. 골프도 좀 치고 악기나 하나 배워볼까 싶네."

직장생활 30년, 40년을 퇴직하는 사람들은 물론이고 자녀들의 출가로 인해 가사노동으로부터 해방된 전업주부들도 노년기를 앞두고 현업에서 은퇴한 후에는 저마다 하고 싶은 게 있다. 꼭 일이 아니더라도 수십 년간 하고 싶었지만 못하고 살았던 시간들을 보상받으려고 한다. 가족이나 그 누가 보더라도 그들의 이 같은 생각과 선택은 지극히 당연한 것이다. 다만 한 가지 그들의 은퇴 후 하고 싶은 일에서 빠진 것이 있다. 지식, 재능, 돈, 시간을 나누겠다는 이들은 의외로 많지 않다.

7년 전 인생 2막 관련 '우리 다시 시작이다'를 쓸 때 만난 인터뷰어들은 물론이고 2년 전 버킷리스트에 관한 책을 쓸 때 한 설문조사에서도 50대 이후 연령대 30여 명의 응답자들 대다수는 버킷리스트 중 한 가지로 '봉사'를 꼽았다. 이는 무작위로 실시한 설문조사가 아니고 개인적인 친분 관계나 지인들이 대다수였기에 이런 통계가 나왔을 뿐이다. 또 이들이 실제 마음먹은 대로 그것을 실행으로 옮길지는 두고 봐야 할 일이다.

우리나라 전체 시니어들을 대상으로 유사한 설문조사를 실시하면 봉사를 하겠다는 통계는 전체 응답자의 50% 수준이 안 될 것이라는 게 나의 추측이다. 자칫 지나치게 개인적인 생각과 판단이 작용한 위험한 추측이라고도 할 수 있겠지만 나는 10여 년 넘게 책, 방송, 잡지 등의 원고를 준비하고자 수없이 많은 시니어들을 만났다. 강의를 통해서 만난 시니어들의 숫자만도 1천여 명은 족히 될 것이다. 그들에게 한 번씩 꼭 묻는 질문은 노년기 인생을 어떻게 살 것인가였다. 나름 멋진 플랜과 버킷리스트를 가진 이들이 많았지만 나눔이나 봉사를 꼽는 이들의 수는 절반을 넘지 못했기 때문이다.

매주 월요일 열 시부터 열두 시까지 지역사회의 한 인문학 프로그램에서 강의를 하고 있다. 강의실을 들어가려면 반드시 통과해야 하는 강당에서 여러 명의 여성들을 만난다. 대부분 50대, 60대다. 그들은 반찬을 만든다. 지역 내 독거노인 60여 분의 밑반찬 만들기 봉사를 하는 분들이다. 이 광경을 매주 목격하는 수강생들도 나도 아침을 먹은 지 얼마 지나지 않은 시간인지라 그 냄새가 자칫 불편할 수도 있겠으나 우리는 이구동성으로 맛있는 냄새가 진동을 한다고 말한다. 물론 마을 내 반찬 좀 잘 한다는 분들이 만들기 때문이기도 하겠지만 그보다는 어려운 이웃을 위해 아름다운 마음으로 소중한 일을 하기 때문에 그 냄새는 더 군침을 돌게 하는 게 아닐까 싶다.

나눔은 세상에서 가장 좋은 바이러스라고 한다. 몇 개월 동안 이를 본 수강생 중 한 명이 나름 쓸 만한 제안을 했다. 수강생이 많지 않지만 십시일반 돈을 걷어 떡을 해서 반찬과 함께 배달될 수 있도록 하자고 했다. 모두가 찬성했고 낙엽이 아름답게 물들던 날 우리는 콩이 든 맛있는 백설기 65덩어리를 기부했다. 엄청난 일을 한 것은 아니지만 그날 반찬과 함께 부드럽고 따뜻한 떡을 드실 어른들을 생각하니 그날 종일 마음이 편했다. 제안을 했던 그 수강생은 올해 62세의 시니어로 10여 년 전까지만 해도 식당을 운영했던 사람이다. 그의 버킷리스트 중 첫 번째가 자신이 가장 잘 만들 수 있는 국밥집을 차려서 한 달에 두 번 지역사회 노인들에게 무료국밥 행사를 하고 싶은 것이란다. 그는 3년 후 식당을 열고자 사이버대학의 한방음식 관련 학과에도 진학했다.

전에 책을 쓰고자 인터뷰했던 60대 중반의 여성은 자신이 가장 잘 할 수 있는 게 운전이라면서 승용차로 직접 독거노인 도시락 배달과 수거활동을 하고 있었고 지인을 통해 소개받은 또 다른 60대 여성은 매일 아침 새벽 5시에 일어나 무료급식시설 밥 짓기 봉사활동에 참여하고 있었다. 한동안 한 연금기관 사보에 취재기자로 참여하면서 만난 이들 중엔 교직에서 은퇴한 선후배들이 모여 악기연주로 한 달에 두 번 복지시설 공연활동을 펼치는 팀도 있었고, 마찬가지로 교직을 은퇴한 한 시니어는 복지관에서 시니어를 대상으로 스마트폰 활용 강의를 하고 있었다.

무엇으로든 가진 것을 나누면서 봉사를 펼치는 사람들의 말은 한결같다. 내가 기쁘고 즐겁기 때문에 더 열심히 참여한다는 것이다. 나눔은 동정이나 헌신이 아니라 나 자신의 기쁨이자 즐거움이라는 것을 직접 실천해 보지 않은 사람들은 모른다. 그러니 그들은 누가 시키지 않아도 누가 지켜보지 않아도 자발적으로 나눔 활동에 참여하는 것이다.

많은 사람들을 만나다 보면 자주 듣는 게 '우리나라 사람들은 많이 가진 사람보다 되레 없는 사람들이 오히려 나눔과 봉사에 더 적극적이다'는 말이다. 나 또한 이 같은 말에 한 표를 보태는 쪽이다. 일례로 만 95세가 되었는데도 불구하고 집 없는 가난한 이들을 위해 집을 지어주는 해비타트 집짓기 봉사활동을 위해 전 세계 곳곳을 다니는 미국의 카터 전 대통령의 이야기가 심심찮게 보도된다. 지난 가을에는 낙상으로 열네 바늘을 꿰매는 상처를 입고도 사랑의 집짓기 행사에 참석했다는 뉴스가 나왔다. 이제는 세인들의 관심사에서 잊혀질 법도 한 남의 나라 대통령의 노년 활동이 우리의 매스컴에 단골처럼 등장하는 이유가 뭘까? 나이 들어 탈세나 성추행을 한 기업인이나 전직 정치인, 고위공직자들의 뉴스가 수시로 화두가 뇌는 우리의 현실에 대한 경종이 아니고 그 무엇이겠는가?

누구나 한 가지 재주는 다 갖고 태어난다는 말이 있다. 설령 그

재주마저도 없다고 치자. 인생 50년, 60년을 살았다면 돈은 많이 없다 할지라도 자신이 잘 하는 일 한 가지는 다 있기 마련이다. 전업주부였던 누군가처럼 그녀는 밥 잘 하고 음식 잘 만드는 게 주특기인 것이고, 또 30년 동안 무사고 운전을 한 그녀로서는 경주가 아닌 안전운행은 자신 있는 것이다. 그들은 주특기를 사회 재능 기부로 택했다. 사회보장제도가 강화될수록 노년의 삶은 무엇보다도 외롭지 않고 아프지 않아야 한다. 그렇다면 내가 가진 무엇이든 그걸 나누는 활동이야말로 정신적인 풍요와 함께 건강도 따라줄 것이다.

31번째

▎선물! 그 자체만으로도 좋다

'Give and Take'.

우리가 살면서 자주 하는 흔한 말이라는 것을 모르는 사람은 없다. 세상에 공짜란 없다는 말처럼 주는 게 있으면 받는 것도 뒤따르기 마련이다. 인간관계에서 빼놓을 수 없는 지론 중 하나이기도 하다.

흔히 막내로 자라면 욕심이 많다고 한다. 성장과정에서 부모나 형제들로부터 받은 사랑이나 물질이 준 것보다는 훨씬 많았기 때문일 것이다. 나도 막내다. 그래서인지 종종 나를 잘 모르는 사람들을 만나면 꼭 듣는 말이 있었다.

"막내입니까? 막내 티가 나요. 욕심도 많을 것 같구요."

"네. 막내인 것은 맞죠. 다들 그러더라고요. 욕심 많은 것도 사실입니다. 그런데 저는 받고 싶은 욕심도 많지만 주고 싶은 욕심도 많은 사람입니다."

은근슬쩍 자랑이 아니라 사실이다. 그간 살아오는 동안 '정 많은 사람'이라는 말을 자주 들었다. 먹거리를 비롯해 무엇이든 나에게 풍족한 것이 있으면 혼자 다 차지하는 성격은 못된다. 먹거리에 관심이 많은 이에게는 우리 집 항아리에서 7년 묵은 소금도 비닐봉지에 싸다줘야 직성이 풀린다. 이런 영향은 타고난 내 장점이기보다는 뭐든지 퍼주기를 좋아하는 어머님으로부터 물려받은 고마운 유산이 아닐까 싶다.

어머니는 대장부 같은 스타일로 농사든 자식의 앞길이든 적극적으로 나서서 해결하는 분이었다. 처음 만난 사람들과의 인간관계도 쉽게 잘 만들어가는 적극적인 성격이었던 것 같다. 무엇보다도 인정이 많았다. 예전에는 사방이 산으로 꽉 막혀 버스도 기차도 접하기 힘든 우리 마을에 화장품아줌마, 포목장수, 씨앗장수, 생선장수가 오면 우리 집에서 보따리를 풀어놓곤 했다. 어쩌다 해거름에 나타나서 다시 돌아가기 힘들 때면 우리 집은 그들의 숙소가 됐다. 할머니 할아버지가 큰댁에 계셔서 윗분들 눈치 볼 일도 없는데다 아버지는 거의 전부이다시피 어머님의 결정에 따라주던 맘 좋은 분이셨기에 외지에서 온 그들에게 숙식을 제공하는 것이 한결 수월했을 것이다.

어머님의 퍼주고 나누는 정의 절정은 매년 햅쌀로 떡을 하여 고사를 지내던 초겨울이나 정월대보름 때였다. 큰아버지댁이나 세 집이나 되는 아버지의 사촌들은 물론이고 오십여 가구나 되는 집집마다 떡을 돌렸다. 그 때문에 다섯 살 위의 형과 나는 마을 한가운데 난 골목길을 경계로 각자 한쪽씩 맡아서 떡을 돌리곤 했다.

어머니의 성품을 그대로 이어받았는지 나 또한 사람 좋아하고 정 많은 남자로 불린다. 선물하기를 좋아한다. 글쟁이로서 살림살이가 넉넉지 않은 이유도 있었겠지만 사는 것보다는 내가 직접 만들어서 선물하는 것에 더 큰 가치 기준을 삼았다. 부모님이 계실 때는 시골에서 직접 지은 고추나 참기름을, 우이동 한옥에 살 때는 집 안에 보물같이 서 있던 감나무의 잎새와 열매로 직접 만든 감잎차나 곶감을, 그리고 고양시로 이사를 온 후로는 들에 나가서 채취한 돌미나리, 쑥, 망초나물, 뽕잎, 모과, 매실액기스 등을 선물로 나눠주곤 했다.

이러던 내가 달라졌다. 지난해와 올해는 일이 바빠진 이유도 있지만 귀차니즘에 빠진 것인지 들로 산으로 나가 무언가를 채취하는 것으로부터 멀어졌다. 그러다 보니 친구나 지인들에게는 물론이고 고마움을 느끼는 분들에게 직접 만든 선물을 하지 못했다. 외국 여행을 다녀오면서 간단한 소품이나 흔한 먹거리로 대처하곤 했다. 그리고 또 한 가지 새로운 습관이 생겼다. 최근 들어서는 마음을 전하고 싶을 때 스마트폰의 힘을 빌어서 간단한 선물을 보내는 습관이 생겼다. 지방에 사는 지인의 생일에는 작은 케익과 커피를, 한여름 더위 지쳐가며 열심히 일을 하는 친한 친구나 대학생 아들에게는 편의점 상품권을, 여러 차례 소소한 도움을 준 후배에게는 책을 보내줬다. 스마트폰 SNS 통신망을 이용해 간편하게 보내는 것이다. 이런 습관이 생긴 데는 나 또한 주변의 지인들로부터 동일한 방식으로 선물을 받는 일이 잦아진 것이 결정적인 계기가 됐다.

원고 작업을 하고 있을 때 스마트폰 화면에 '아메리카노 두 잔', '홍삼 젤리', '녹차 세트' 같은 선물이 날아들었다. 함께 일하는 잡지사의 동료, 글쓰기 수강생 제자, 가까운 후배가 보내준 선물이다. 금색 보자기로 곱게 싼 나름 받으면서도 부담이 가는 선물 세트가 아니다. 작지만 상대의 마음을 읽게 되는 소중한 선물들이다. 그럴 때마다 내가 지금 존재하는 이 순간이 마냥 행복하고 또 감사함을 느끼면서 마음속으로는 '이래서 세상은 아름다운 거다. 이래서 사람이 소중한 재산인 거다'라는 감동의 시를 쓰게 된다. 바야흐로 시대는 편리함과 속도전으로 치닫는 디지털시대이니 선물 문화 또한 변하고 있고 그것이 내 생활 속에도 터를 잡아가고 있는 것이다.

행복론을 강조하는 책이나 명사들이 한결같이 하는 말은 일상에서 우리가 얻을 수 있는 행복감은 인간관계에서 느끼는 감동이 가장 크다고 한다. 산다는 것은 가족과 친구, 지인은 물론이고 주변 사람들과 희로애락(喜怒哀樂)을 함께 하는 것이다. 내 가족 내 친구만으로는 세상사는 즐거움을 다 느낄 수 없는 게 우리네 삶이다. 이웃이든 동료든 모임을 함께 하는 사람이든 더 많은 사람들과 마음과 정을 주고받는 것은 당연한 일이고 선물도 주고받을수록 인간관계는 더욱 깊어지고 삶의 풍요로움은 더 커진다.

자동차, 화장품, 보험 등의 마케팅 분야에서 영업의 달인들이 하는 말에 귀를 기울이면 그들의 성공 테크닉은 단 한 줄이다.

"나는 먼저 제품을 팔지 않았다. 고객의 친구가 됐고 그들의 마음속으로 들어갔다. 그랬더니 제품은 저절로 팔렸고 나는 판매왕이 됐다. 물론 고객을 만날 때마다 그들이 필요로 하는 정보를 전달하거나 작은 선물을 건넸다."

요즘 같은 SNS시대에는 굳이 판매원이 제품의 성능과 가성비를 말하지 않아도 고객이 먼저 알고 있다. 국내 기업들이 만든 대부분의 상품들은 기본적으로 기술과 성능의 차이는 크지 않다. 그러니 그걸 애써 설명하기보다는 한 사람으로서의 고객의 마음을 끌어 잡아당겨야 한다. 상대가 큰 부담을 느끼지 않을 만한 선물을 주는 것은 매우 효과적인 결과를 낳는다. 누군가는 당뇨가 있는 고객에게 집 베란다에서 말린 시래기까지 선물했다고 한다. 상대에게는 섬유질 풍부한 시래기가 금보다도 더 소중하지 않았을까?

| 감정은 죽이고 감성은 살리며
이성을 잃지 말자

"이성이 뭘까요? 동성의 반댓말?"

말이 끝나자마자 다들 까르르 웃으면서 눈을 흘기거나 고개를 흔든다. 누군가 한마디 한다.

"선생님도 참 웃기신다. 우리가 초등학생도 아닌데. 이성은 인간을 다른 동물과 구별시켜 주는 인간만이 지닌 능력이죠."

이쯤 되면 나도 껄껄껄 웃는다. 같은 강의라도 즐겁게 해보기 위해 웃자고 한 말인데 순순하게 그대로 받아들이는 수강생을 보면서 나이가 40대 후반인데도 천생 문학소녀 같다는 생각이 든다.

"맞아요. 동물에게는 없지만 사람에게는 있는 개념적으로 사유하는 능력으로 우리 인간의 본질적 특성이죠. 그러니까 진실과 거짓을 인지하고 옳고 그름이나 선악을 구분하는 것이 이성입니다. 노년기에는 더 철저하게 이성을 잃지 말아야 좋겠습니다. 젊은 날에는 그게 참 힘들 때도 있었거든요. 특히 화가 나서 감정이 폭발할 때 그랬지요."

노년에 접어들어 조급해 하면서 유독 화도 더 잘 내는 사람들이 있다. 감정조절이 잘 안 되는 경우다. 이게 심하면 분노조절장애로 이어지며 가족은 물론이고 모르는 타인들과의 말싸움이 흔한 일이 되며 심지어는 폭행, 보복운전, 살인 등이 발생하기도 한다. 나이 들수록 배려와 이해심이 넓어져 자상하고 미소 짓는 노인이 되어야 하는 것은 두말할 나위도 없다. 누구나 아랫사람은 윗사람의 사랑과 포용을 원한다. 가정이나 조직에서는 이것이 소통을 위한 주춧돌이 되는데 자신의 감정조절이 안 된다면 일도 삶도 즐거움이 아닌 고통이 되기 십상이며 자신 스스로를 가두고 불행하게 만드는 원인이 된다.

감정조절의 문제가 나타나는 경우는 특별한 질병이 없는 한 대부분 스트레스 상황에 장기간 노출되거나 가슴속에 풀지 못한 응어리가 쌓여 있는 경우 또는 갑작스런 노화에 대한 불안심리가 커질 때다. 때문에 노년기 분노장애를 갖게 되는 사람들 중에는 자기 화를 삭이지 못하는 성격이 급한 사람들도 있지만 의외로 혼자서 살면서 외부 사람들과의 소통이 적은 사람들에게서 많이 나타나는 편이라고 한다. 오래전부터 노인3고(老人三苦) 중 하나로 거론돼 온 고독과 무관하지 않다는 얘기다. 소통이 단절되고 고독과 외로움이 쌓이고 쌓이면 우울증 증세로 나타난다. 이로 인해 순간적인 감정조절이 어려워지고 분노를 폭발시키고 난 후에는 '내가 왜 그랬을까' 하는 후회를 하게 된다.

감정은 누구나 갖고 있다. 다만 이것을 그대로 표출시키느냐 아니면 적당히 거르고 잠재우는 식의 조절을 통해 밖으로 드러내지 않느냐는 개개인의 성향이다. 슬픈 감정은 느끼는 그대로를 밖으로 쏟아낼 때 오히려 카타르시스를 통한 심적 안정을 찾을 수 있다. 한차례 울고 나면 머릿속 마음속이 개운해지는 현상이다. 애정 또한 감정 그대로 표현할 경우 단점이 될 수도 있지만 상대에 따라서는 그것이 열정과 솔직함으로 전달될 수도 있다. 화나 불만에 대한 감정표출은 다르다. 감정을 그대로 드러낼 경우 반드시 문제를 야기시킨다. 상대의 감정에 직접적으로 영향을 미치면서 다툼을 불러오고 다양한 양상으로 문제가 확대될 수 있는 불씨가 된다. 슬픔, 기쁨, 사랑은 맘껏 발산시키되 화는 가라앉히려는 노력이 필요한 이유다.

분노장애는 스스로 노년인생의 무게를 무겁게 만드는 일이다. 늙기도 설워라 했거늘 스스로 무거운 짐을 하나 더 얹을 필요는 없지 않은가? 노년의 고독과 외로움이야말로 누구의 책임이나 잘못도 아니다. 당사자가 덜어내고 풀어내야 할 삶의 또 하나의 짐이다.

전문가들은 노년인생에서 나타날 수 있는 분노조절장애로부터 멀어지기 위한 방법으로 산책, 대화, 정기적인 외부활동 등을 제안한다. 스스로 생활의 범위를 좁히지 말고 사람들과의 소통을 통해 웃고 즐기고 말하고 배려하라고 한다. 사고의 폭을 내 안에만 가두지 않고 자연과의 만남을 통해 막힌 가슴을 확 뚫어버리라고 한다.

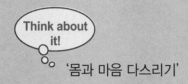

'몸과 마음 다스리기'

▎매일같이 산책을 하자

마음과 몸 둘 다를 동시에 지킬 수 있는 심신건강 지킴이 1순위다. 매일같이 시간을 정해놓고 30분에서 한 시간 정도 걷기다. 단, 사람들이 많이 오가는 곳을 피해 나무가 많은 산책로나 한적한 숲속을 걷는 것이 훨씬 좋다. 마음의 여유, 생각의 정리, 우리의 몸이 요구하는 기본적인 운동효과를 가져다준다. 자기관리를 잘하는 기업인이나 저명한 철학자, 작가, 예술가들이 선택한 자기관리법 중 하나가 아침 산책이다. 다만 고령자나 환자는 기온이 온도 차이가 심한 환절기 이른 아침이나 동절기 아침 산책은 피하는 게 좋다. 자칫 뇌질환이나 심근경색 관련 질병에 노출될 수 있다.

▎사람을 만나 대화를 즐겨라

노년기 삶에서 꼭 필요한 것이 소통이다. 1인 노인가구가 증가하면서 주변 사람들과의 교류나 사회활동의 부재는 대화의 단절을 가져온다. 외로움과 함께 고독을 한층한층 더 쌓아갈 뿐이다. 이웃은 물론이고 친구 지인들과의 지속적인 만남과 대화를 통해 나 혼자가 아닌 '다 함께'를 즐겨야 한다. 돈을 아끼고 쌓아두려고 하지 말고 친구들과 외식도 즐기고 영화도 보고 노인 무료입장이 가능한 박물관, 갤러리, 식물원 등도 찾아다니며 볼거리를 즐겨라.

▎취미생활을 유지해라

노년기 취미생활은 정기적인 외출을 통한 나들이이자 좋아하는 무언가를 함으로써 자존감을 얻게 된다. 가까운 지자체(주민지원센터)의 강좌에 등록하면 주 1, 2회 참여하게 되며 이곳에서 이웃들도 만나고 나만의 취미를 알차게 즐길 수 있다. 수강료도 저렴한데다 만 65세 어르신에겐 50% 할인혜택도 주어신다. 이뿐만이 아니다, 무료로 참여할 수 있는 교육이나 특별강좌도 많다.

❙ 눈치 보지 말고 참견도 하지 마

"학교는 정말로 저의 꿈을 현실로 만들어주었어요."

올해 스무 살인 청년은 유치원 다닐 때부터 조리사를 동경했다. 그림을 그리라고 하면 요리하는 모습을 주로 그렸을 정도다. 이 때문일까. 일찌감치 조리사로 꿈을 정한 후 중학교 때부터 대학 진학보다는 특성화고에 입학하여 조리사 교육을 받은 후 취업을 하기로 했다. 관광고등학교 관광조리과에 입학했다. 2학년이 끝날 때까지 한식, 양식, 중식조리사자격증을 다 취득하고 학교에서 진행하는 중소기업 특성화고 인력양성사업 산학맞춤반에 참여하여 교육을 이수했다. 이어서 그는 새로 문을 연 제주도 애월읍에 소재한 4성급 유명호텔의 조리사가 됐다. 조리사가 되겠다는 꿈은 꾸었지만 그것이 졸업 이전에 현실이 될 줄은 미처 예상 못했던 일이란다. 그에게 행운은 이어졌다. 회사는 선취업 후진학을 희망하는 직원들을 위해 일학습 병행제를 신청해서 한라대학교 관광경영학과에 입학했다.

1년 전 '중소기업 특성화고 인력양성사업' 사례집 제작에 참여하여 산학맞춤반 출신 졸업생 10여 명을 만나 인터뷰를 했다. 그들은 자신들이 좋아하는 전공 분야의 고등학교에 입학해 공부했고 졸업과 동시에 원했던 취업 현장에 나가 전문인력이 됐다. 대부분이 대학교 입학 또는 병역특례 혜택을 덤으로 얻었다. 이제 갓 스무 살이 된 이들이 공통적으로 한 말은 한 가지였다. 누가 뭐라 하든 말든 자신들이 원하는 꿈을 쫓았다는 것. 부모님들이 '그래도 대학은 가야 하는데'라면서 특성화고 입학을 걱정했단다. 결과는 그들의 손을 들어줬다. 취업과 동시에 대학도 진학했으니 꿈과 공부 두 마리 토끼를 한 번에 잡은 셈이다. 반대로 또래 친구들 다수는 인문계 고교에 진학하여 학교와 학원을 오가면서 머리 싸매고 공부하고 그들의 부모는 비싼 학원비 대느라 끙끙댔을 터이다.

부모들은 자식을 자신들의 기대치에 맞는 좋은 대학교에 보내려 하고 자식들은 인(IN)서울 대학교에 가기 위해 수시부터 정시까지 눈치작전을 벌였지만 원하는 대로 진학한 사람도 있을 터이고 실패하여 재수를 하거나 다른 학교를 갔을 수도 있는 일이다. 설령 대학에 입학했다고 할지라도 취업이 걱정된 나머지 다시 스펙을 쌓고 취업 경쟁에 돌입하는 게 현실이다. 인생의 주체인 당사자가 자기가 원하는 대로 가지 못하고 남들이 가는 길이라서, 부모님이 권하는 길이라서 원치 않는 고난의 길을 자처한다. 21세기 대한민국에서 발가벗고 보여주는 교육계의 참상이자 부모들의 자기 체면과 고집이 만들어내고 있는 불편한 진실이다.

1년 전 나 역시 고3 수험생 부모였다. 아들은 실력이 썩 좋지는 않았다. 내가 아이에게 해줘야 할 일은 '원하는 대학교가 아니라 자신의 끼와 적성을 잘 살릴 수 있는 학과에 목표를 두라'는 조언 뿐이었다. 대학에 입학하여 한 학기를 다니던 아들은 다시 한번 도전하겠다고 했다. 본인이 하겠다는 것인데 말릴 이유는 없다. 선택도 그 만족이나 낭패감도 순전히 당사자의 몫이다. 적어도 만 19세가 넘었다면 그가 불법이나 사회지탄 받을 길을 택하지 않는 한 말리지 말아야 한다. 잔소리도 필요없다. 아들의 인생이지 내 인생이 아니다.

자식의 인생길은 그가 주인공인 만큼 스스로 결정해야 한다. 부 모라는 이유만으로 자신의 체면을 좀 차리기 위해 소위 좋은 대학 갔다는 남의 집과 비교당하지 않으려고 또 대학지상주의 명문 지 상주의에서 벗어나지 못해서 자식이 스스로 선택하여 가야 할 길 을 가라 마라 할 자격이 없다. 그럼에도 불구하고 부모에게 이끌 려가는 아이들과 자기 맘대로 자식의 인생을 운전하려는 이들이 적지 않다.

내 삶의 주인공은 나다. 내가 가진 능력과 내가 쏟을 수 있는 열정으로 나의 인생을 살아가야 한다는 것은 누구도 부정할 수 없는 진리가 아닌가. 그럼에도 불구하고 체면을 앞세운 삶을 살 아가려 하고 나만의 기질이 아닌 정형화된 모델을 따라잡기 하 는 삶을 살아가려고 한다. 인생의 절반을 살았다면 다들 알 것이 다. 금수저로 태어나 잘 짜여진 사다리 틀을 밟고 올라간 사람들 이라고 해서 그들이 노년기에 진정으로 자신이 만족해 하는 행복 한 삶을 살고 있다고 장담할 수 없다는 것을. 자신이 만들지 않 고 그저 올라가기만 한 사다리였기에 추락하면 다시 사다리를 오를 수 없다는 것을.

부모 때문에 주변 사람들 때문에 또는 나 자신의 판단 착오로 내가 원하는 삶을 살지 못했다고 치자. 나이 오십이 넘은 당신이라면 지금 당장 인생의 시계바늘을 주시해야 한다. 오늘 당신의 인생이 오후 한 시라면 이제부터 나는 누군가의 인생이 아닌 내 인생을 살아야 한다는 것을 그냥 한번쯤이 아니라 아주 절실한 열망과 각오로 다짐해 봐야 한다. 그리고 인생 2막의 마스터플랜을 세워야 한다.

아직도 배우자, 자식, 주변 사람들 눈치를 볼 것인가? 당신이 간절히 원했던 일이나 당신이 그토록 해보고 싶었던 그 무엇을 향해 걸어가면 된다. 먼 훗날 '아이구 인생 헛살았어'가 아니라 '나의 노년기 인생은 정말 내가 살고 싶은 대로 멋지게 살았어'라는 말을 할 수 있어야 하지 않겠는가? 다만 한 가지 명심해야 할 것은 돈의 가치에 기준을 둔 노년기 인생은 절대 안 된다는 것. 그리고 또 하나가 있다. 배우자나 친구가 어떤 새로운 길을 택한다고 할지라도 내 기준과 내 생각과 다르다고 해서 '당신은 이 나이에 왜?'라고 말하지 마라. 대신 '아직 늦지 않았어. 당신이라면 할 수 있어'라고 응원을 해주자.

I 노년의 '양심'은 더 엄격해야 한다

'양심에 털 난 인간'. 우리는 종종 비양심적인 사람들을 일컬어 이렇게 표현하면서 비난의 화살을 쏘아대곤 한다. 차마 험한 욕을 퍼붓기는 싫어서 나름 언어 순화를 하는 셈이다.

양심! 이 두 글자를 사용함에 있어서 사람들은 누구라고 할 것 없이 큰 고민을 하지 않는다. 진실하지 못하고 비도덕적이고 그야말로 뻔뻔하다는 말이 나올 만큼 볼썽사나운 누군가의 언행에 대해 '대체 양심이란 게 있는 사람인가?', '양심은 어디에 버리고 다니는 거야', '양심이 있는 사람이라면 어떻게 이런 짓을 할 수 있어?', '난 너처럼 양심없이 살진 않았어' 등등.

신호등 옆에 사람들이 파란신호를 기다리고 있는데 횡단보도 위로 중년의 남자가 달리는 차를 곡예사처럼 아슬아슬하게 피해 가며 빠르게 걷고 있다. 승용차를 운전하면서 담배를 피우던 운전자가 창문을 열고 불씨가 남은 담배꽁초를 밖으로 내던진다. 골목길 한 옆에 지자체가 인정한 쓰레기봉투가 아닌 비닐봉지에 쓰레기가 가득 담긴 채 버려져 있다. 이런 광경을 지켜본 사람이라면 굳이 입으로 발설하지 않더라도 머릿속으로는 '양심'이라는 언어를 떠올리면서 '저건 아닌데'라며 고개를 흔들거나 눈살을 찌푸릴 것이다.

양심이란 사물의 가치를 변별하고 자기의 행위에 대하여 옳고 그름과 선과 악의 판단을 내리는 도덕적 의식을 말한다. 법으로 판단을 하는 것이 아닌 만큼 저마다의 가치기준과 도덕적 의식으로 양심적인가 아닌가의 잣대를 들이댈 수밖에 없다. 그러다 보니 양심을 말하는 것도 그리 쉬운 일은 아니다. 자칫하면 나만의 가치관이나 기준이 잣대가 되어 양심의 있고 없음을 논하게 되기 때문이다.

언젠가 등산로로 이어지는 외곽의 커피점에서 60대쯤 돼 보이는 두 여성이 하는 말을 나도 모르게 엿듣게 된 적이 있었다.

"어머, 세상에 어쩜 그렇게 여우같을 수가 있니. 그 여자 아주 불여우야. 지난번 산에서 내려왔을 때 회원들이 어차피 집으로 가기에는 애매한 시간이니까 시내 7080카페에 가서 차든 술이든 가볍게 하고 헤어지자고 합의를 봤거든. 그런데 그 여자가 회장님에게 뭐라고 했는 줄 아니. '어머! 저는 아직 한 번도 대낮에 술집에 가 본 적 없는데' 그러는 거 있지. 그러면서 쫄래쫄래 따라오더니 카페에 가서 술은 혼자 다 퍼마시더라. 그리고 아까 봤지? 그 여편네. 어떤 남자와 손잡고 걸어가는 거? 세상에 기가 막혀서."

"그래 맞아. 그 여자 화장한 거 보니까 장난 아니더라. 그냥 떡칠을 했더라. 나이가 예순다섯이라는데 아마 화장 벗겨내면 칠십은 넘게 보일 거야. 그리고 왜 매번 그 빨간바지를 입고 나온다니? 웃겨 정말."

시니어 등산모임의 회원인 듯한 그녀들은 새로 들어온 S에 대한 뒷담화에 여념이 없었다. 이혼을 했고 젊었을 때는 간호사였고 아들 둘이 다 결혼해서 혼자 사는데 별로 비싸지 않은 지은 지 20년도 넘은 아파트에 산다는 등등 한참 동안 서로 이야기를 주고받기를 반복했다. 그러다가 자신들의 얘기로 이어졌다.

"얘, 우리 준범이 큰 손자 있잖아. 이 녀석이 얼마나 기특한지. 글쎄 지난번 학교 갔다오다가 지하철 화장실에서 십만 원을 주웠다지 뭐니. 그날 마침 내가 김치 담갔길래 아들집에 갔었잖아. 며느리는 없고 우리 준범이만 있는 거야. 할머니 용돈하라고 나 삼만 원 주더라니까. 어머, 너무 기특한 거 있지?"

"정말? 자기네 손자 올해 대학 들어갔잖아. 아이구, 대견하네. 그 녀석. 할머니도 챙기고. 우리 손자들은 직장을 다녀도 그런 정이 없어. 그나저나 나 어쩌지? 우리 지난주 7080서 만난 그 사람. 날마다 카톡이 온다 글쎄. 차 한 잔 하자는데 물론 싫은 건 아니지만, 설마 겉만 번지르르하고 돈 없는 노인네는 아니겠지?"

"그날 말하는 거 보니까 사람 괜찮던데. 잰틀맨이더라. 혼자 살면서 누구 눈치 볼 것도 없잖아. 연애든 데이트든 할 수 있을 때 해. 더 나이 들면 누가 우릴 쳐다보겠니? 우리 영감탱이만 없다면 내가 대신 만나주겠다. 호호호."

육십 세 아니 칠십 세가 넘어서도 이성 친구 만나서 데이트하고 연애하는 것이 흉이 되는 시대가 아니다. 그야말로 젊게 건강하게 멋지게 사는 시니어가 주변 사람들로부터 부러움을 사는 롤모델로 통하는 시대다. 다만 한 가지 그 순간 내 머리를 띵하게 만든 건 다름 아닌 두 여성의 양심이었다. 공공장소에서 주운 돈으로 자기 용돈을 준 손자를 칭찬하는 어처구니없는 말을 하고 다른 사람의 데이트와 화장은 흉을 보더니 정작 자신들의 연애관에 대해서는 관대하기 이를 데 없다. 누가 말했던가? 이런 경우를 두고 내로남불(?)이라고. 내가 하면 로맨스이고 남이 하면 불륜이라는 식으로 남의 양심에 대한 잣대만 엄격하고 스스로에게는 고무줄을 들이대는 사람들이 적지 않다.

누군가에게 양심을 운운하며 지적을 할 입장이라면 그 이전에 나는 양심적인 사람이었는지에 대해 진지한 성찰이 필요하다. 또 나 스스로 양심이 있는 사람이라고 자신하기 이전에 주변 사람들로부터 '저 사람은 참 양심 바른 사람이지'라는 말을 듣고 있는지에 대해 고민해 볼 필요가 있다. 나이 들수록 남의 손가락질 받는 일은 만들지 말아야 한다. 그러기 위해서는 내 양심에 대한 잣대를 더 엄격하게 들이대야 하지 않겠는가.

세 번째 이야기

인생 즐기기

" 50대라고
열정과 야망이 사랑이 없을까?
60대라고
사회에서 완전히 은퇴한 나이가 아니다.
70대, 80대라고 해서
안방노인네가 아니다.
지금은 고령시대가 아니라 액티브 시니어들의 시대!
나답게, 건강하게, 미니멀라이프를 추구하고
앙가주망을 실천하면서
젊은이들과 소통하며 그들과 함께 뛰자.
올해도 내년도 버킷리스트를 만들고
신나게 멋지게 후회없이
'꼰대'가 아닌 '인싸'로 나답게 인생을 즐기는 거다. "

35번째

┃나답게 사는 거야

　몇 년 만에 흔한 말로 '빡빡이'로 머리를 밀었다. 보는 사람마다 한마디씩 건넸다.

　"왜? 무슨 일 있어? 왜 그랬어?"

　"두상이 동그래서 나름 괜찮네요. 나쁘지 않아요."

　"작가님은 지난번 스포츠형 짧은 머리가 더 잘 어울려요."

　"정말 깜짝 놀랐어요. 나이 들어 흉해요."

　"나도 그렇게 깎아보고 싶은데……."

　머리를 시원하게 밀고 다닌 게 어디 한두 번인가? 30대 후반부터 40대 중후반까지 내 머리카락은 2주 이상을 제대로 자라지 못했다. 처음 한두 번은 미용실에서 깎았지만 아예 이발기구를 구입했다. 충전만 시키면 욕실에서 거울 보면서 혼자서도 쉽게 돈 한 푼 안 들이고 머리를 해결할 수 있어서 편했다.

　한때는 앞머리가 눈을 덮고도 남을 만큼 머리를 기른 적도 있다. 30대 초반엔 더 길어져 꽁지머리를 하고 다니던 시절도 있었다. 어찌된 일인지 언제부터인가 머리카락이 길어지면 거추장스러웠다. 아침마다 샴푸 린스를 하면서 겨울에는 말리느라 시간이 가고 여름에는 땀이 유독 많은 체질이라서 이마와 목이 끈적이는 것을 참기 힘들었다. 결국 시원하게 자르니 여러모로 편하고 좋았다. 머리에 신경 쓸 일 없고 머리 관리에 시간을 쏟을 필요가 없다. 돈도 절약되니 일거다득(一擧多得)이다. 게다가 직장에서 머리카락 길이에 대해 잔소리 들어야 하는 직장인이 아니기에 나의 선택이 굳이 문제될 것은 없었다.

15년 전 아버지가 돌아가셨다. 그때는 체중이 절정에 달하던 시기였다. 검은 상복을 입고 있으니 누군가가 보기에는 마치 조폭 같은 인상이었나 보다. 결정적인 한 마디는 작은 누님이 전해준 말이었다. 상을 치르고 며칠 후 통화를 하는데 누님이 하는 말이 "얘. 너 이젠 머리 좀 길러. 매형 친구들이 그러더란다. '자네 처남 조폭이야?'라고." 사실 그 무렵 일본 동경 출장을 갔을 때 나리타 공항에서 삼십 분 동안 조사를 받기도 했다. 온통 검은 의상에 머리까지 밀었으니 뭔가 의심스러웠나 보다.

이쯤 되고 보니 남의 눈치 안 보는 스타일인 나도 심경의 변화가 일어났다. 이런 사연으로 인해 한동안 머리를 길렀다. 하지만 타고난 근성을 어떻게 버리겠는가. 다시 또 예전처럼 머리를 밀고 다녔다. 그러다 40대 후반 어느 겨울 머리를 깎은 날 감기 몸살을 심하게 앓고 난 이후로 한겨울에는 건강을 위해서 머리를 밀지 말아야겠다는 생각이 들었다. 그 후로는 어쩌다 한 번씩 봄여름이 되면 머리를 밀곤 한다. 특별히 이유랄 건 없다. 그냥 일상이 지루하다고 느끼거나 머리카락이 유독 신경이 쓰일 때다.

적지 않은 사람들이 타인의 시선을 지나치게 의식하는 경향이 있다. 의상이나 헤어스타일은 물론이고 직업이나 취향까지 '사람들이 어떻게 생각할까?'를 고민한다. 10대나 20대는 남의 눈치를 보지 않는다. 그들은 마냥 프리하다. 컴퓨터를 비롯한 IT기기와 함께 성장해온 30대와 40대들도 자기만의 색깔이 나름 확실하다. 직업, 패션, 결혼 등에서 정해진 것이란 없다. 각자의 선택과 개성이다. 이들에 비해 50대 이상의 장년층, 노년층은 무엇을 하든 무엇을 입든 남의 눈치에서 자유롭지 않다. 여기에는 과거 그들이 살아온 젊은 시절의 환경적 요인이 작용한다. 그 당시의 문화가 그랬다. 미니스커트를 입거나 가슴 파인 의상을 입으면 '야한 여자'(?)라는 꼬리표가 붙고 남성이 주로 하는 일에 도전하면 '특별한 여자', '벅찬 여자'가 됐다. 남성들 역시 패션이나 요리 분야의 직업을 택하면 '별난 놈' 취급하고 몸에 달라붙는 가죽옷을 입고 다니거나 머리를 밀면 '깡패', '조폭'이라는 선입견이 만연했던 시절이다.

시대는 달라졌다. 글로벌시대이고 21세기다. 변할 것은 변해야 한다. 사람 속에서 어우러져 사는 게 인생이다 보니 예의와 에티켓을 지키는 것은 반드시 필요하지만 일이나 일상까지 왜 남을 의식하면서 살아야 하는지에 대해서는 진지한 성찰이 필요하지 않을까.

몇 달 전이었다. 70, 80년대 한국의 지성 중 한 사람이자 지금까지 철학자이자 작가로서 활동해온 이어령 박사는 한 언론사와의 인터뷰에서 "타인은 내 생각만큼 나를 생각하지 않는다. 그런데도 남이 어떻게 볼까? 그 기준으로 자기 가치를 연기하고 사니 허망한 것이다."고 말했다.

유명학자의 말이라서가 아니라 실제로 누구나 공감할 만하다. 결코 틀린 말이 아니다. 타인의 시선을 기초로 나의 기준을 만들면서 그에 맞게 살아가려고 하는 사람들이 부지기수다. 가을에 나는 시 외곽으로 이사를 갔다. 그 무렵 어쩌다 연락이 되면 만나서 소주 한 잔 하는 친구가 말했다.

"작은 평수 헌 집을 사는 게 낫지. 왜 외곽으로 나가. 그것도 빌라는 가격이 계속 떨어지는데. 너 생각 잘 해봐."

도시인들의 보편적인 생각과 정서를 대변하는 말이라 딱히 반박할 여지가 없었다. 그때 내가 한 말은 이것뿐이었다.

"그냥 새 집에서 살래. 공기 좋고 산책 좋아하는 나하고는 잘 맞는 것 같아서."

요즘 시니어들이 흔히 하는 말은 그렇다. 전원생활 공기 좋고 삶의 여유는 있을지 몰라도 몸 아프면 골든타임 놓치지 않을 수 있는 도시에서 살아야 하고, 빌라나 다세대보다는 아파트로 이사를 가야 재테크가 되고 어느 계절이라 할 것 없이 아파트만큼 편리한 주거지가 어디 있겠냐는 것이다.

그들의 말에 이의를 제기하고 싶진 않다. 음식만이 아니라 주거형태도 각자의 취향이니까. 다만 내가 생각하는 주거공간은 재테크가 아닌 사는 동안 내가 행복한 자연과 여유가 공존하는 공간이어야 한다는 개념이다. 설령 돈이 넉넉해서 도심 속 이름 있는 아파트 단지를 갈 돈이 있다고 하더라도 나는 몇 십억을 깔고 자면서 살고 싶지 않기 때문이다.

오랜만에 만난 동창이 말했다. 언제 시간되면 필드 한번 나가 잖다. 샷을 날릴 때가 일상의 스트레스 날리고 가장 즐거운 시간 이란다. 그는 내가 나름 서울 주변의 신도시에 살고 강의도 나 가고 기자 활동을 하니 골프 정도는 즐길 거라고 생각했던 것 같 다. 사실 알고 보면 경제적으로 그렇게 여유있는 삶을 살지 않는 이들도 골프는 즐기니 그의 제안이 무리였던 것은 아니었다. 하 지만 그 다음 내가 한 말은 그런 친구의 기대감에 찬물을 끼얹는 그 자체였다.

"난 골프 쳐본 적이 없어. 나는 여행을 자주 다니는 편인 데……."

그러자 그는 또 말했다.

"야! 여태 뭐했냐? 골프도 안 배우고. 어휴, 정말……."

각자의 취향이 다르고 추구하는 목표가 다르다. 돈 냄새 풍기는 사회가 만들어 놓은 불편한 그 기준에 나를 맞추고 살 필요는 없 다. 게다가 나는 시골집 넓은 마당에서 흙 밟으며 살았던 사람이 라서 그런지 본래 아파트를 싫어한다. 억지로 꾸며놓은 초원 위 에서 샷을 날리고 그 사이로 전동카 타고 가는 것보다는 잡초가 제멋대로 자라서 오솔길마저 좁혀놓은 제방 위로 이어진 길을 걸 으며 성찰의 시간을 즐기는 게 좋다. 나는 나니까.

36번째

‖ '인싸'! 그거 매력 있다

"얼굴이 가부키 분장을 해놓은 것 같았다. 입술은 '붉은 루즈를 짓이겨 놓은 듯하고 눈썹은 연극배우의 그것만큼이나 진했다. 누군가는 이 모습에 '화장이 아니라 떡칠을 했다'고 곱지 않은 시선을 던질지 몰라도 나는 나이 듦에 대한 안쓰러움이 먼저 느껴졌다. 혹시 ○○언니도 저렇게 나이 들었을까? 싶기도 했다."

몇 년 전 한 수강생의 작품 속에 담긴 내용 중 일부다. 나이 든 여성들의 모습에 대한 단상이었다. 유년시절 먹고 살 만하던 자신의 집에서 부엌살림을 하다가 홀연히 떠난 ○○언니를 회상하면서 그녀도 나이 팔십이 가까워졌을 텐데 지금은 어디서 어떻게 살고 있는지 궁금하다고 했다.

사실 노인들의 1번지가 된 서울 종로 3가 전철역 인근의 골목과 탑골공원, 구 국일관 주변에 가면 화려한 치장이 지나쳐 다시한번 보게 되는 노인들이 없지 않다. 보는 이가 불편해 보일 만큼 주름살을 감추기 위해 진한 화장을 했다거나 마치 밤무대 연예인을 연상케 하는 반짝이가 달린 빨강, 노랑, 검정 원색의 옷을 입은 그들이 있다. 어쩌겠는가. 그것은 그들의 자유이거늘.

요즘은 어딜 가든 젊은이들 못지않게 세련된 패션 감각을 자랑하는 시니어들이 많다. 또 피부나 체력에서도 '저분 70대 맞아?'라는 말이 저절로 나올 만큼 액티브 시니어들이 부지기수다. 100세시대가 현실로 다가왔다는 것을 입증이라도 하는 듯 체력과 외모 관리를 잘 하면서, 그야말로 멋진 장년층, 노년층이 넘쳐난다. 자신의 외모를 잘 관리한다는 것은 아주 좋은 일이다. 이미 중년을 지나 장년이 된 나 또한 이런 분위기를 거부하기보다는 동조하는 바이다. 다만 바람이라면 패션이나 건강 못지않게 내면이나 대화 및 행동에서도 진정한 액티브 시니어의 면모가 자리했으면 하는 것이다. 젊은이들로부터 속칭 '꼰대'라는 말을 듣지는 말아야겠다는 생각이다.

노인인구의 증가와 함께 노년기 인생과 사회활동에 있어서 아웃사이더가 되지 말고, 인사이더가 되어야 한다는 말이 강조되고 있다. 얼굴과 옷만 젊어질 게 아니라, 적극적인 외부활동과 대인관계 유지를 하면서 나이, 직업, 성별에 연연해 하지 말고 활기찬 인생을 즐겨야 한다는 얘기다.

요즘 방송이나 인터넷에서도 자주 접하게 되는 언어 '인싸'가 있다. 젊은층은 물론이고 중장년층과 노년층에게도 일반적인 용어로 통용될 만큼 확산되고 있는 신조어 중 하나다. '인싸'란 영어 '인사이더(insider)'의 줄임말로 반대밀인 '아웃사이더'와는 다르게 무리에 잘 섞여 노는 사람들을 말한다. 각종 행사나 모임에 적극적으로 참여하면서 사람들과 잘 어울려 지내는 사람을 지칭한다.

과거에는 나이가 들면 자신은 물론이고 가족이나 주변에서도 '아웃사이더'라는 인식이 강했다. 소위 '뒷방 노인'이라는 식으로, 사회활동의 주체이기보다는 비활동적이고 지켜보는 사람이란 인식이 지배적이었다. 이제는 아니다. 액티브 시니어들이 늘면서, 사회활동에서도 중심축에 서는 '인싸가 되자', '인싸로 살자'는 말이 자주 등장한다. 인터넷에 들어가면 '인싸력 테스트' 같은 것도 나타난다. 대표적인 예가 신조어 테스트다. 신조어를 모르면 '아재'라고들 한다. 젊은층과 소통하려면 기본적으로 신조어를 어느 정도는 알아야 한다는 것이다.

"그냥 지금 이대로가 좋아. 내가 왜 인싸인지 뭔지가 돼야 해?"라고 반문하는 이들도 있다. 하지만 주변에서 또는 젊은층 지인들로부터 '인싸'라는 말을 들을 정도면, 노년 인생을 즐겁고 활기차게 자신이 원하는 인생을 펼치는 주인공이라는 뜻이다.

인싸의 특징을 살펴보면 이렇다. 무엇보다도 실생활에서 시대 변화의 뒷전에 밀려나 있지 않고 현재의 변화를 그대로 받아들이며 문명의 장점을 활용한다. IT기기 활용, 패션과 외모 관리, 취미생활, 공부에서 뒤로 숨지 않고 앞으로 나선다. 이런 일상에 자신감을 갖게 되면, 자신이 원하는 분야의 비즈니스도 개척할 수 있다. 일을 통한 만남이든 커뮤니티를 통한 관계든, 다양한 사람들과 사람들과의 소통이 활발해지고 그런 가운데 더 큰 결과물을 만들어내기도 하고 자신의 역할에서 만족도가 높아진다. 요즘 가장 인기를 끄는 동영상 제작이나 모델로 활동하는 이들, 이색적이면서 방문객이 많은 블로거를 운영하는 이들, 성별 연령에 상관없는 동호회 활동을 하는 이들, 자신의 장점이나 취미를 키워서 공부나 사업으로 이어가는 이들, 이런 시니어들이 '인싸' 소리를 듣는 사람들이다.

60대 이후에 사회 활동을 통해 젊은층에게 열띤 호응을 받는다면, 정말 즐거운 시니어 인생을 사는 것이다. 실제로 요즘 이런 시니어들이 많아지면서 노인은 고령화사회의 그늘이 아니라, 100세 시대의 희망이자, 긍정적이고 생산적인 새로운 이슈의 주인공이 되고 있다.

84세의 배우 이순재님, 전국 노래자랑에 스타로 등장한 77세의 '할담비' 지병수님, 64세의 신인 모델 김칠두님, 그야말로 글로벌 시니어스타로 이름을 날리는 박막례 할머니, 패션유튜버 겸 인플루언서 여용기님, 93세의 한국 최고령 모델 박양자님은 이제 10대들도 잘 아는 인기스타이자 공인의 위치에 서 있다. 이들은 우리 사회를 즐겁게 뒤흔들고 있는 '시니어 방송 활동의 주인공들이 되고 있다. 이 때문일까. SNS에서의 실버 크리에이터들의 활약은 더욱 왕성해지고 있다. 기업과 지자체가 만 50세 이상을 대상으로 유튜브 스타로 성장할 기회를 제공하는 참가자 모집에서 경쟁률이 21 대 1을 기록했다는 것도 창작자를 꿈꾸는 실버세대의 관심을 반증한다.

물론 시니어들이 '인싸'로 거듭나려면 여러모로 자기관리가 무척 중요하다. 체력, 시산, 열정, 이런 것들이 동시에 균형을 이뤄야만 뭔가 결과물도 나타난다. 인싸의 장점은 자기 만족도가 커져 즐거운 시니어 인생을 가꾼다는 것과 또 많은 이들로부터 인기와 사랑을 받는다는 것이지만 반대로 인기가 좋아지고 활동 폭이 넓어지면, 휴식시간이 부족하고 인맥관리도 해야 하는 만큼 체력과 시간에 문제가 된다는 게 단점으로 지적되기도 한다. 따라서 인싸가 되는 법은 물론이고 스트레스를 받거나 체력에 문제가 되지 않고 즐거운 인싸로 사는 법은 당사자 스스로가 풀어나가야 할 몫이다.

풍부한 삶의 경험과 연륜에서 우러나오는 노하우와 지혜, 그리고 여유는 노년기 시니어들만이 갖는 아주 소중한 보물이다. 인싸로 활발하게 사회활동을 하면서 이 소중한 것들을 세상에 풀어놓으면, 스스로 만족감은 물론이고 사회로의 건전하고 아름다운 환원도 될 수 있다. 인싸에 도전해 보고 싶다면 감행해라. 노년기에는 새로운 선택을 함에 있어서 머뭇거릴 시간을 길게 가져서는 안 된다.

'인싸'

▌ 나만의 무기가 필요하다

인싸가 되려면 남과는 차별화된 나만의 능력이나 장기가 확실하게 있어야 가능하다. 꼭 많은 팬들을 위해서가 아니더라도, 내가 잘 하고 내가 즐거운 게 우선이기 때문에, 한 가지 무기는 필수다.

▌ IT기기 활용 능력을 갖춰야 한다

어떤 활동이든 지금은 SNS가 그 기반이다. 컴퓨터와 스마트폰을 잘 활용하는 능력이 우선돼야만 인싸 활동도 효과적이고 홍보 효과도 거둘 수 있다. 가족들이 도와줄 수도 있지만, 내가 직접 하는 것과는 그 과정에서의 만족도와 진행 속도가 다르다.

▌ 나만의 시간 관리가 중요하다

하루에 몇 시간 동안, 또는 일주일에 며칠간 인싸로 활동할 것인지, 스스로 엄격한 시간분배가 필요하다. 인기가 좋다고 해서, 손짓하는 데가 많다고 해서 마냥 시간을 할애하다 보면, 스트레스 받고 체력에 무리가 따를 수밖에 없다.

▌ 돈에 목적을 두어서는 안 된다

인싸가 돼서 유명인이 되면 돈을 벌게 된다. 광고모델도 되고 행사에 초대도 받는다. 하지만 자신도 모르게 방향이 돈벌이에 치우치다 보면 초심으로부터 벗어나는 일이 될 수 있다. 시니어 인생의 외부활동은 건강과 즐거움을 찾는 게 우선이다. 자기 스스로의 욕심을 통제 못하면 문제가 된다. 무엇보다 중요한 것은 시니어 인생은 돈보다 건강이라는 것이다.

┃장수하고 싶다면 그들처럼

"아이구. 내가 빨리 죽어야 하는데. 자식들 고생 안 하게 하려면……."

우스갯소리로 노인들이 잘 하는 거짓말 중 하나란다. 통증이 심해 너무나 고통스러워서 몸부림치는 극한 상황의 환자가 아닌 이상 누구든 빨리 죽고 싶어 하는 사람은 없다. 무병장수(無病長壽)를 소망한다. '백세시대'라는 말이 피부에 와 닿는 시대이다 보니 건강하게 오래 살고 싶은 것은 모든 사람들이 바라는 바이다.

건강하게 오래 살려면 무엇이 필요할까? 돈은 아무리 많아도 장수에 도움이 안 된다는 것을 모르는 이가 없다. 한시적으로 수술이나 치료를 통해 수명을 연장시켜줄 지는 몰라도 돈이 장수를 위한 근본적인 해결사는 아니다. 내 나이는 오십대 중반을 지나 후반으로 가는 사람이다. 그러니 장수를 위해서는 이런 게 필요하다고 함부로 말할 수 있는 나이는 아니다. 그럼에도 불구하고 장수 얘기가 나오면 한마디씩 거든다.

"먼저 마음의 짐이 없어야 한다. 걱정과 스트레스가 장기간 몸

을 지배하면 없던 병도 나타나는 게 우리 몸이다. 두 번째는 나이
에 상관없이 꾸준히 몸과 머리를 움직이게 되는 어떤 관심사가 있
어야 한다. 그리고 세 번째는 대화를 나누고 음식을 나누며 일상
을 함께 할 수 있는 사람들이 있어야 한다."

이쯤 되면 어디선가 많이 듣던 얘기라고 하는 사람들이 있다.
그렇다. 인생 60도 살지 않은 내가 장수에 대한 무슨 노하우가 있
다고 새로운 무병장수설을 내놓겠는가? 시니어 방송에 참여하면
서 그들과 관련된 인터뷰를 하고 글을 쓰면서 나름 가장 단순하고
가장 쉽게 정리를 해본 장수론이다.

세계 곳곳에 일명 '블루존'이라고 하는 곳들이 있다. 암과 치매
발병률이 세계에서 가장 낮은 곳, 건강하게 오래 사는 사람들이
모여 있는 곳을 일컬어 '푸른지대', 즉 블루존이라는 이름이 생겨
났다. 이탈리아 사르데냐 섬, 일본의 오키나와, 파키스탄의 훈자,
에콰도르의 빌카밤바가 세계적으로 유명한 장수마을로 알려져 있
다. 이 중에서도 '오키나와' 하면 오래전부터 세계적인 장수마을
로 유명하다. 이곳 사람들이 장수하는 이유를 식습관으로 볼 때
는 전통적으로 소식하고 풍부한 해조류와 두부를 많이 먹기 때문
이며, 인간관계로 볼 때는 가족 간의 화목함은 물론이고, 지역 내
사람과 사람들의 밀접한 교류라고 한다.

장수촌들이 갖고 있는 공통점을 보면 도시가 아닌 자연으로 둘
러 싸여 공기 좋고 흙을 밟으며 생활하는 시골이라는 점이며, 지
형적으로는 험준한 산악지대보다는 기복이 완만한 낮은 산이나
언덕들로 이루어진 지형인 구릉이 형성된 지역이다. 다리에 무리

가 가지 않을 만큼 적당히 걸으면서 활동할 수 있는 지형인 것이고 이런 곳에서 야채나 과일 정도는 소일거리로 가꾸어 자급자족하며 마을사람들과 어우러져 소통을 즐기는 삶이 있다는 것이다.

현대인들은 중장년기를 거치면서 활기찬 삶을 보내기 위한 가장 필요한 건강관리 방법으로 운동을 강조하며 이를 추구한다. 주기적으로 등산을 하거나 자전거를 타고 헬스장이나 수영장 등에서 집중적으로 해야만 효과가 나타난다는 의견이 지배적이다. 정말 그럴까?

건강에 도움이 되는 대표적인 운동은 언제 어디서나 도구도 없이 누구나 할 수 있는 걷기다. 호주의 생체학자 캐빈 네토는 시속 4~6km 속도로 하루 30분 이상 걷는다면 그것만으로도 충분한 운동이 된다고 말한다. 미국 당뇨병 학회도 하루 30분간 걸으면 혈압을 11포인트 낮춘다고 했다. 이외에도 그간 십여 년 이상 각종 건강 관련 자료에는 주 3~4회 하루 20분 이상만 걸어도 심장 질환 발생 가능성을 30% 낮출 수 있다는 이론이 공공연하게 발표됐다. 쉬운 말로 헬스기구를 이용해 몸을 열심히 움직이는 운동을 하거나 장시간 걷기를 하면 멋진 근육이 생기고 다리 힘이 더 강해질 수는 있겠지만 그렇다고 그게 장수의 비결은 아니라는 얘기다.

내가 일하면서 가장 스트레스를 받을 때는 걷기 운동마저도 할 수 없을 때이다. 직업특성상 앉아서 컴퓨터 자판과 씨름을 하는 일이 많다 보니 어떤 시기에는 며칠 동안 잠 자고 먹고 원고 작업하는 날의 연속인 경우가 비일비재하다. 3분 정도만 걸어 나가면 산과 들이 있는데도 하루 30분을 걷지 못하는 상황이 발생하곤 한다. "에잇 거짓말, 삼십 분도 여유가 없다는 거야."라고 말할 수도 있겠지만 굳이 내 입장을 합리화시킨다면 "마감에 쫓기다보면 잠이 부족하고 자고 나면 마무리해야 할 원고가 쌓여 있기 때문에 아무 생각이 없다."는 말 뿐이다.

걷고 싶어도 밖으로 뛰어나가고 싶어도 원고작업의 노예가 된 듯한 상황일 때 스트레스가 쌓인다. 가능한 한 이런 날들이 많지 않도록 하려고 나름 시간 디자인에 노력을 기울인다. 건강하게 살면서 나도 행복하고 이웃과 후세들에게 모범이 되고 도움이 될 수 있는 노년을 보낸다면 이보다 더 좋은 일이 있겠는가? 블루존 같은 전원생활이 아닐지라도 건강한 생활습관과 식습관, 그리고 걷기와 소통만 잘 유지한다면 백세시대는 누구에게나 선물이 될 것이다. 단 이건 명심해야 할 것 같다. 당신의 노년기가 누군가를 미워하고 시기하고 돈벌이에만 눈이 어두운 일상이 된다면 장수는 아예 꿈도 꾸지 않는 게 좋으리라.

Ｉ'미니멀 라이프(minimal life)'가 좋다

무소유의 삶을 살다 간 법정 스님은 많이 갖고 있다는 것은 그만큼 많이 얽혀 있다는 뜻이라고 했고 아빌라의 성녀 테레사 수녀도 제일 걱정이 없을 때는 가진 것이 가장 적을 때라고 했다. 존경받는 종교인들만이 가질 수 있는 우리가 헤아릴 수 없는 보다 넓은 의미에서의 삶의 관점이다.

보통사람들도 욕심을 버리고 비우며 사는 삶은 아름답다. 비움으로써 욕심과 욕망, 그리고 교만함과 이기심으로부터 자유로워질 수 있기 때문이다. 그래서인지 나이가 들고 노년기에 접어들면 가장 먼저 내려놓기를 해야 한다고들 말한다. 물질과 사람에 대한 욕심을 내려놓고, 과거의 명예와 직함을 내려놓고, 자세를 낮추어 사는 것이 자신의 삶을 평온하게 해줌은 물론이고 아랫사람들에게도 존경받는 어른이 되는 지름길이라는 이유에서다.

시니어들을 대상으로 한 인문학과 글쓰기 강의를 하고 종종 특강을 하기도 하는 나 역시 강의 때마다 빼놓지 않고 전하는 말이 비우기와 내려놓기다. 하지만 말처럼 쉬운 일이 아니다 보니 다른 이들에게 이를 전파하는 나도 때로는 '지금 나는 비우는 삶을 살고 있는가?'에 대한 의문을 던지기도 하고 자성을 할 때가 많다.

많은 이들에게 공통분모로 통하는 식욕, 성욕, 물욕 이 세 가지 중 나이가 들면서 반드시 버리고 비워야하는 게 있다면 물욕이 아닐까 싶다. 혹자는 물욕이라고 해서 돈에 대한 욕심을 먼저 떠올릴 수도 있겠다. 부를 이루려는 욕심을 누가 감히 말릴 수 있겠는가. 적어도 정당한 방법으로 스스로 노력해서 돈을 모으는 것을. 우리가 자본주의 사회에서 살고 있다는 그것만으로도 변명은 충분하니까. 또 말린다고 해서 될 일도 아니고 나무라거나 흉을 볼 수는 없는 일이다. 그렇다면 너 나할 것 없이 노년기에 누구나 버리고 비워야할 물욕이란 어떤 것들일까?

국민소득 3만 불을 넘어선 우리의 현재는 온갖 물질로 넘쳐나는 과잉의 시대다. 집안을 들여다 보라. 굳이 누구라고 할 것도 없이 거실, 안방, 냉장고, 창고, 욕실, 공간공간마다 옷을 비롯한 의식주에 필요한 온갖 물건들로 넘쳐난다. 시간이 흐를수록 집안의 물건들은 버려지거나 사라지는 것들보다 새롭게 채워지는 것들이 더 많아진다. 어느 것 하나 무의미한 물건들이란 없지만 그렇다고 해서 그 물건들이 없으면 가정생활과 일상생활이 불가능한 것도 결코 아니다. 당장 없어도 사는데 지장이 없는 물건들이 한두 가지가 아니다. 옷이나 생활용품, 인테리어 가구는 그 대표적인 것들이나. 그럼에도 불구하고 우리의 물욕은 끝이 없다는 듯 새로운 것, 색다른 것을 향해 달려간다. 없어서가 아니라 더 좋은 것, 더 편리한 삶을 위해 소비한다. 문제는 공간은 한정돼 있고 넘치면 이로움이 아닌 불편함을 야기시킨다는 것이다.

'미니멀 라이프(minimal life)'라는 신조어이자 트렌드가 나타났다. 물질보다 시간여유, 경험과 체험을 중시하는 '가치의 변화'다. 이는 단순한 버림을 넘어 소중함을 채우는 과정이다. 라이프 트렌드를 연구하는 전문가들은 물질적인 것이 어느 정도 충족되면, 소비 흐름이 경험과 체험을 중시하는 트렌드로 변하게 된다고 한다. 1인당 국내총생산(GDP)이 2만 달러가 넘으면, 생활의 질에 가치를 두는 현상이 나타나는데, 이게 바로 미니멀 라이프의 핵심인 것이다. 우리 사회도 이젠 물질로 과시하는 경향이 점점 사라져가고 있는 시기여서, 앞으로 미니멀 라이프가 우리 사회의 자연스러운 흐름으로 확산될 것이라는 예측이 지배적이다. 굳이 실용주의 철학을 거론하지 않더라도 이 같은 트렌드는 대단히 환영할 만한 것이다. 우리의 삶은 이미 날마다 배출되는 쓰레기로 환경문제에 부딪히고 있는데다 불필요한 무언가를 덜어내지 못해 고민을 하는 게 현실이다.

이쯤에서 우리가 반드시 공감을 해야 할 것이 있다. 노년기일수록 오히려 덜어내는 삶, 미니멀 라이프가 우리의 삶을 더 즐겁게 해준다는 것이다. 이미 노년층 가구를 대상으로 소형아파트가 인기를 끌기 시작했다. 나름 미니멀 라이프를 실천한다는 사람들의 가정을 들여다보면 거실엔 소파 대신 티테이블이 있고 장식장이나 대형 TV는 찾아볼 수 없다. 냉장고는 소형이고 주방 살림살이는 심플하다. 옷장 속엔 정돈된 옷 외에 이 방 저 방 행거나 옷걸이에 옷이 널려 있지 않다. 하지만 시니어들일수록 이런 심플한 미니멀 라이프와는 여전히 거리가 멀다.

공직에서 은퇴한 후 남편과 둘이서 노년을 보내는 60대 중반의 지인인 S는 1년 전 넋두리처럼 말했다.

"아이구, 우리 집 양반은 뭘 그렇게 자꾸 갖고 들어와서 내가 미치겠어. 물론 들고 온 것을 보면 다 괜찮은 것들이야. 그런데 우리에게는 그게 없어도 사는 데 지장이 없거든. 이게 나에겐 스트레스가 되는 거야. 가뜩이나 나이 들면서 버릴 게 한두 가지가 아닌데 요즘도 자꾸 가져오니까. 내가 몇십 년 동안을 그냥 내버려뒀는데 이젠 못 참겠어. 그 양반 어디 여행이라도 가면 사람 불러서 죄다 버릴 작정이야."

얼마 전이었다. S는 얼굴에 기쁨을 감추지 못한 기색이 역력했다.

"어머, 글쎄 우리 남편이 달라졌어. 내가 지난 번 남해 여행을 갔다왔잖아. 그런데 내가 버리지 않는다고 잔소리한 물건들을 다 버렸더라구. 집이 너무 깔끔해졌어. 어머. 나 감동했다니까. 우리 신랑이 뒤늦게 철 드나 봐."

함께 있던 사람들이 다들 박수를 치며 웃었고 한마디씩 덕담을 했다. 남편의 재활용품 수집에 대한 불만을 여러 차례 했던 터라서 그녀의 간절한 바람을 모두가 공감하고 있었던 것이다.

흔히 '베이비부머세대'라고 하는 50대 중반 이후 시니어들 그리고 그 이전에 6.25와 보릿고개를 겪었던 기성세대들은 버리는 것보다는 모으는데 익숙한 삶을 산 세대다. 가난했던 시절을 경험한 세대다 보니 아끼고 모으고 돈을 저축하는 삶에 익숙하다. 오래된 물건이라도 버리는 것을 어렵게 생각한다. 또 먹거리든 생필품이든 여유 있게 채워놓고 사는 걸 좋아한다. 그들의 이런 시대적 문화적 특성에서 비롯된 생활습관을 일방적으로 나무라면서 무시할 수는 없다. 다만 이제는 현실을 직시하고 변화에 맞게 그 습관을 바꾸는 노력은 필요할 것 같다.

'넘치면 부족한 것보다 못하다'는 말이 있다. 여태 채우려는 삶만 살다가 미니멀 라이프를 실행하려면 나름 큰 용기와 결단이 필요하다. 분명한 것은 노년기의 삶이야말로 집도 적당한 평수로 줄이고, 가구나 전자제품도 줄이고, 활동은 가치 있는 몇 가지에 집중하고, 음식도 과식보다는 소식으로 양보다는 질을 추구하는 게 현명하다. 이게 바로 미니멀 라이프이고, 이를 실천하면 한결 풍요롭고 여유 있는 노년생활로 이어질 것이다.

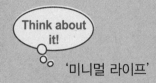

'미니멀 라이프'

┃ 첫째, 중복된 것은 피하자

모든 물건을 구입할 때, 내가 가지고 있는 것, 사용하고 있는 것으로 대체할 수 있는 것은 구입하지 않는다. 불필요하게 살림살이를 늘리지 말라.

┃ 둘째, 규칙적으로 정리하자

살다 보면 느는 게 살림살이다. 그런데 모든 물건이 사용하다 보면 싫증이 나고 낡아져서 굳이 소장할 가치가 없는 것들이 부지기수다. 일주일에 한 번, 한 달에 두 번 정해 놓고, 정리를 해서 버리거나 필요한 이들에게 주면 좋다.

┃ 셋째, 충동구매를 피하자

꼭 사고자 했던 것만 사는 습관을 길들이는 것이다. 어떤 물건이 싸다고 해서 사게 되면, 결국 집 어느 곳에서든지 공간만 차지하고 실용적이 되지 못한다, 결국 돈과 공간 낭비다.

┃ 넷째, 선물을 선물하자

우리는 선물을 자주 받게 되는데, 그중에는 나에게 필요하지 않은 선물도 많다. 아깝다고 여겨서 사용도 안 하면서 묵혀두지 말고, 지인이나 친구, 친척들 중 필요한 이들에게 다시 선물하는 것도 삶의 지혜다.

39번째

┃ 나만의 '앙가주망(engagement)'은 필수

인터뷰나 강의가 없는 주말은 주로 집에서 보낼 때가 많다. 원고를 쓰거나 낮잠을 자고 산책을 즐기는 정도다.

8월의 그날 토요일은 나갈 것인가 말 것인가에 대해 잠깐 고민을 했다. 한여름 더위가 기승을 부리는데 이상기온 현상으로 소낙비가 오다 말다 반복하기까지 하니 더더욱 그랬다. 모임 참석이나 약속이 아니었다. 한일 무역문제가 불거지면서 'NO아베' 시민집회가 열리는 날이었다. 이미 '앙가주망(engagement)'이라는 언어를 카톡 슬로건으로 내세우고 내심 누구든 더 불매운동에 동참해 주길 간절히 바라고 있었으니 결론은 나가야 하는 것이 나 자신에 대한 배신이 아니라는 쪽으로 기울어졌다.

두 시간 반 동안 촛불집회 현장을 찾아갔다. 비가 내릴 것을 감안해 모자를 눌러쓰고 반바지에 티셔츠 차림으로. 스티커와 플랜카드는 물론이고 음료와 커피를 무료로 나눠주는 자원봉사자들과 이미 바닥에 줄지어 앉아 있는 많은 시민들을 보는 순간 나오지 않고 집에 있었다면 나 스스로에 대한 실망이 더 컸을 것이라는 생각을 했다. 두 시간 반 동안 발언자들의 육성을 듣고 구호를 외치고 거리를 행진하고 나니 체력이 떨어져갔지만 나 자신과의 약속을 이행했다는 정신적 충만으로 보상받았다는 느낌이었다.

사회참여를 논의하는 토론에서 자주 거론되는 프랑스인들의 사회성은 오늘의 역동적인 프랑스 사회를 이끈 힘으로 대변된다. 프랑스에서는 오래전부터 지식인들의 사회 참여를 '앙가주망(engagement)'이라고 부른다. 내가 알고 있는 것에 대해 신념을 갖고 행동으로 보여주는 것이야말로 사회적 책임을 다하는 것이고 그것이 지성인으로서의 마땅한 일로 인정받아왔다.

시대는 달라졌다. 현대 국가들 중 다수가 자국의 국민이 삶을 영위하고 사회활동을 할 수 있는 데 필요한 기본적인 의무교육을 실시하고 있다. 매스컴은 온라인으로 확산돼 가고 있고 누구나 쉽게 뉴스와 사회 트렌드를 접한다. 대학을 졸업해야만 '지성인'이라는 소리를 듣던 시대가 아니다. '지성인'이라는 언어가 이제 유물처럼 돼버린 지 오래다. 우리 사회 또한 그렇다. 누구든 아는 만큼 자신의 의지와 신념으로 사회활동과 변혁을 위한 사회운동에 참여한다. 정치, 노동, 교육, 성평등 등등 다양한 분야에 목소리를 내는 다수를 차지하는 이들은 석·박사 고학력자나 정치인 또는 사회운동가들에 집중되기보다는 일반 대중들이다. 이쯤에서 우리는 대한민국의 앙가주망에 대해 진지하고 심도있게 생각해볼 필요가 있다.

집회에 참여했던 그날 저녁에 만난 한 지인이 말했다.

"혼자 갔어? 독립군이네. 대단해."

"당연히 혼자 갔지. 언제는 누가 가자고 해서 따라가는 사람 아니라는 것 알면서도 새삼 왜 그걸 물어봐? 내가 놉 얻어서 갈 사람이야?"

"어휴. 난 혼자서는 그런데 못 간다."

10여 년 전부터 시니어 관련 책을 쓰면서 다양한 계층의 사람들과 인터뷰를 자주 가졌다. 이 과정에서 느낀 것 중 하나는 우리나라 국민들 중에서도 특히 50대 이상의 시니어들에게 정말 아쉽다고 여기는 공통점을 발견했다. 그것은 혼자서는 여행도 식사도 문화공연도 즐기지 못하는 이들이 다수라는 사실이다. 시내 커피점에서 혼자 앉아서 커피를 마시고 극장에 가서 혼자 영화를 보고 해외여행을 혼자 떠나는 일이 낯설고 자신에게는 불가능하다고 여긴다. 친구, 지인, 배우자, 자녀들 누군가가 함께 가자고 손을 내밀어야 동참하는 식의 수동적인 활동에 길들여져 있다. 자신의 일상이나 삶과 직결되는 것 자체부터 혼자서는 실행에 엄두를 내지 못하다 보니 사회 참여는 더더욱 힘든 것이다. 자신의 목소리를 자신 있게 낼 수 있는 앙가주망은 더더욱 남의 일이 될 수밖에 없다.

'남이 장에 가니 나도 따라 간다'는 속담이 있다. 우리 사회는 고령화 사회다. 전체 인구를 연령 순서로 나열할 때 한 가운데 있게 되는 사람의 연령을 중위연령이라고 한다. 2031년 우리 사회의 중위연령은 50세가 된다. 50세 이상의 시니어가 사회 경제를 비롯한 전반적인 분야에 참여하고 또 이끌어가야 한다는 얘기나 다름없다. 그렇다면 각자 '나는 사회의 허리세대로서 또 어른으로서 무엇을 할 것인가'에 대해 진지한 고민과 결정이 필요하다. 뒤에서 남의 눈치 보면서 지켜보거나 누군가의 권유나 분위기에 휩싸여 움직일 것인가? 아니면 자신의 이념과 가치관, 그리고 사회의 공익을 진지하게 고민하면서 직접 소신을 갖고 행동에 나설 것인가?

정치는 개개인의 성향이 크게 좌우한다. 사회에 대한 시각과 참여는 정치와는 다른 시선으로 접근해야 한다. 무엇보다도 '내'가 아닌 '우리'라는 가치관에 기반을 두고 좋고 싫고의 개인적 취향과 관점이 아닌 옳고 그름, 선과 악의 정확한 잣대를 들이대야 한다. 미래는 다음세대인 우리의 자식과 손자들의 세상이다. 그들에게 어른으로서 어떤 시민의식을 남겨줄 것인지에 대해 깊은 자기성찰이 필요하다.

40번째

I 젊은이들과 함께 뛰자

서른 살의 열정과 패션 센스감각이 뛰어난 여성 CEO와 일흔 살의 남자 인턴사원. 혹자는 참 어울리지 않는 조합이라고 말할 수도 있겠다. 창업 1년 반 만에 직원 220명의 성공신화를 만든 젊은 여성으로서는 세상 무서운 게 없을 터이고 칠십 인생을 산 시니어로서는 세상 이해 안 될 일도 없고 타협이 안 될 만큼 두려워할 상대도 없을 것이다.

3년 전 국내에서 상영된 영화 '인턴'의 두 주인공에 대한 짧은 스케치다. 10여 년 넘게 매주 라디오방송 시니어 프로그램의 패널로 출연하여 인생을 즐겁게 사는 법에 대해 말하고 있는 나로서는 이 영화가 대박은 아닐지라도 20대부터 80대까지 우리 사회의 다양한 연령과 계층의 사람들이 관람하길 은근히 기대했다. 50대 이상의 시니어라면 한번쯤은 꼭 볼 만한 영화라고 방송에서 소개를 하기도 했다. 적어도 이 영화는 시니어들이 노년 인생을 살아가는 과정에서 일을 할 때 어떤 자세로 또 누구와 함께 해야 하는지를 정확하게 알려준다.

앤 해서웨이가 주연한 여주인공 줄스는 실존인물을 모델로 한 캐릭터로 '실리콘밸리의 신데렐라'로 불린 여성이었다. 패션센스를 갖춘 것은 기본이고 업무를 위해 사무실에서도 끊임없이 체력 관리를 하고 야근하는 직원들을 일일이 챙겨주고, 고객을 위해서라면 박스 포장까지 직접 하는 열정적인 30세 여성 CEO다. 수십 년 직장생활에서 쌓은 노하우와 나이만큼이나 다양하고 풍부한 인생 경험이 무기인 남자 주인공 벤은 70세에 젊은 줄스가 대표인 회사에 인턴으로 입사한다. 까탈스러운 줄스는 노인 인턴프로그램에 대한 거부감을 드러내며 벤에게 이렇다할 만한 일을 주지 않고 벤은 묵묵히 기다리던 상황에서 우연찮게 벤이 줄스의 운전기사를 하면서 두 사람은 가까워진다. 벤은 어른으로서 자신이 회사에서 할 일을 적극적으로 찾아서 챙기고 이런 그를 지켜보는 직원들로부터 인정받는 시니어 인턴이 된다. 물론 줄스도 벤의 진가를 알게 된다.

최근 들어 우리 사회에도 노인과 청년이 함께 하는 프로젝트들이 하나둘씩 생겨나고 있다. 하지만 시니어들은 일자리를 갈구하는 열정이 뜨거우면서도 선뜻 자신의 과거를 버리지 못해 임금 직책 역할 앞에서 포기하는 이들이 다수다. '내가 저 월급에 저런 대우 받으면서 어떻게 저런 애송이들과 일을 해'라는 입장이다. 자존심과 고정관념의 틀에서 벗어나지 못하기 때문이다. 젊은이들 또한 시니어들을 진소리 많고 어깨에 힘주고 싶어 하는 소위 '꼰대'라는 이름으로 치부하며 함께 조직생활을 하는 것을 달가워하지 않는 것도 현실이다. 그렇다고 일하고 싶은 열정을 버려야 할까?

시니어들을 향한 인생 2막 취업의 첫 번째 조언은 '눈높이를 낮추라'는 것이며, 두 번째는 '젊은 사람들과의 소통이 필수다'라는 것이다. 나이 들수록 어디를 가든 또래나 선배보다는 후배들이 절대 다수를 차지한다. 사회활동이든 직장생활이든 아랫사람들과의 소통에서 '나이'라는 고정관념에서 벗어나 적극적인 마인드와 수평적인 사고로 임해야 하는 것은 당연한 일이다. 특히 일터에서는 더더욱 그렇다. 자식이나 손자뻘 되는 상사의 지시는 물론이고 때로는 업무 결과에 따른 지적도 받을 수 있다. 언행에서는 그들과의 동료의식을 한껏 발휘하면서 손을 잡지 않으면 안 된다. 이게 힘들다면 아무리 건강하고 일에 대한 열정이 강하다 하더라도 취업은 기대하지 말아야 한다.

공직에서 은퇴한 60대 후반의 선배 중 한 사람은 후배의 회사에서 연봉제가 아닌 프리랜서형으로 일을 하고 있었다. 몇 달 전 하루는 그가 술을 마시면서 말했다.

"자기가 사장이라고 해서 제멋대로야. 아, 짜증이 나서 오늘은 나 일 못하겠다고 했어. 그랬더니 발등의 불 떨어진 사람처럼 나를 찾아와서 싹싹 빌더라고. 오해가 있었다나 어쨌다나. 어휴 정말 내가……."

입바른 소리 좀 하는 성격인 나로서는 가만히 있을 리가 없었다.

"형님도 참. 왜 화를 내셨어요. 잘못된 부분이 있으면 대화로 풀어야죠. 지금은 그 사장이 형님 없으면 당장 회사에 문제가 생기니까 미안하다고 했겠죠. 그런데 나중에 형님의 존재감이 약해지면 그때도 같은 태도를 보일까요? 아무리 사장이 후배라고 할지라도 형님도 나름 셀프 컨트롤을 잘 하셔야겠는 걸요."

그 일이 있은 후 한 달도 안 되어서 우연히 그 선배의 전화를 받았다. 어디 프리로 일할 곳 있으면 추천해달라고 했다. 우려가 현실이 되었다는 생각에 안타까움이 느껴졌다.

한번은 이제 입사한 지 4개월 밖에 안 된 친구로부터 전화를 받았다. 실버케어 비즈니스를 몇 년간 하다가 매출이 시원찮아서 사업을 접고 캐터링업체 조리부에 입사한 K는 처음엔 일이 힘들었는데 요즘 들어서는 종종 나이가 열 살이나 젊은 과장으로부터 "이걸 아직도 못하냐."라는 식의 지적을 당할 때 갈등이 생긴다고 했다. 그러면서도 나이가 쉰여섯인데 지금 직장을 그만두면 4대보험에 퇴직금까지 주는 회사를 다시 들어가기는 힘들 것 같아서 꾹 참고 버틴다는 푸념이었다. 이럴 때는 나도 그의 힘든 상황에 친구로서 동조해 주고 싶지만 그건 아니다 싶어 솔직하게 말했다.

"참고 일해야 하는 게 당연하지. 입장 바꿔놓고 생각해 봐라. 아마도 그 과장은 처음에는 네가 몰라서 저러겠지 하며 못해도 이해했던 거야. 이젠 4개월이 지났으니 잘못하면 나무라는 건 당연한 거야. 그래야만 너도 실수를 줄이고 그 분야 전문가로 거듭나겠지. 나이 어린 윗사람이라고 해서 지적을 고깝게 생각해서는 절대 안 된다. 조직 내에서 나이 운운하면 그때부터 꼰대 소리 듣고 왕따 당한다구. 알았지. 힘내라."

친구가 재직 중인 회사는 만 65세까지 일할 수 있는 곳이라고 했다. 때문에 나는 그에게 '말년에 복 터졌다'는 식으로 추켜세우면서 아주 좋은 직장이니 퇴직 때까지 '나 죽었소' 하고 일하라는 잔소리를 하곤 한다.

한 해 한 해 지날수록 어딜 가든 젊은 사람들과 만나는 일은 더욱더 늘어날 수밖에 없다. 회사의 조직생활은 두말할 나위 없이 젊은층과의 소통이 필수며 혼자 1인 창업을 한다손 치더라도 비즈니스는 사람을 만나는 일이니 젊은이들과 만나서 대화하고 입을 맞춰야 한다. 은둔자처럼 산속에서 자연인처럼 살겠다면 모르겠다. 그게 아니라면 손자 같은 20대 자식 같은 30대, 40대 젊은이들과 함께 뛰며 함께 웃는 것이 행복한 노년 인생이리라. 단 이것은 기억하자. 연륜만큼이나 긴 세월 동안 켜켜이 쌓인 업무 노하우나 지식을 나누는 것도 중요하지만 그보다 더 우선돼야 하는 것은 배려와 이해라는 것이다.

41^{번째}

❙그대! 장인(匠人)으로서의 꽃을 피워봐요

이 책 원고를 마감할 무렵 마치 사명처럼 이 원고는 꼭 써야겠다는 약속을 나 자신과 했다. 설령 시니어가 아닐지라도 독자들이 내가 전하는 이 이야기를 한번쯤은 꼭 읽었으면 좋겠다는 바람이 간절했다. 기회가 닿는 대로 아들이나 조카들에게도 직접 들려주고 싶은 그럴 만한 가치가 있다는 생각도 들었다. 평생 한길만 묵묵히 40년씩 걸어온 두 명의 시니어 장인(匠人)들에 대한 이야기다.

기자 생활 30년이다. 하물며 그간 각 분야의 명인들을 어디 한두 명 만났으랴. 다만 이들에게 내 마음을 빼앗긴 것은 나 또한 50대를 지나는 그들의 친구나 후배 같은 연령대의 동시대 사람으로서 그들의 삶에 공감과 감동이 더한데다 마침 두 사람을 이틀 간격을 두고 만난 것은 좀처럼 보기 드문 일이었기 때문이었다. 게다가 그들은 어제도 오늘도 같은 길을 걷고 있지만 내일도 마찬가지라고 했고 돈보다 더 소중하고 가치 있는 것은 바로 자신들이 지켜온 장인으로서 일에서 더 아름답고 멋진 꽃을 피우려고 한다는 것을 느꼈던 데 있다.

나는 '작가'라는 말을 듣기 이전에 '박 기자'라는 이름으로 먼저 사회활동을 시작했다. 신문사 막내 기자에서 출발해 잡지사 편집부 차장을 거쳐 프리랜서 취재기자의 길을 걸어왔다. 셀 수 없이 많은 신문, 잡지, 사보에 원고를 기고했지만 그중에서도 내게 '중소기업 전문기자'라는 꼬리표를 달아준 잡지 월간 '기업나라'는 내 삶과 떼려야 뗄 수 없는 그런 존재다. 매월 너댓 편의 취재 원고를 22년째 쓰고 있는 내 끈기에 격려라도 하듯 최근엔 선배 CEO로서 경영노하우를 전하는 'CEO 경영이야기'와 장인정신을 갖고 오직 한길 전문기술을 쌓아온 인물을 소개하는 '테크니컬 마에스트로(Technical Maestro)'를 맡겨줬다. 그 덕에 참으로 그 장인정신을 본받고 싶게 한두 장인을 만날 수 있었다.

이정기씨는 올해 57세인 귀금속공예 기능장이자 공예장이다. 그는 현재 몸담고 있는 귀금속세공 중소기업 ㈜와이스미스의 아래 직원들로부터 '소방수', '롤 모델', '디테일 완벽남' 등등의 수식어가 이름 뒤에 따라붙는 장인이다. 그의 엄지손가락 손톱은 유난히 길고 거칠다. 검지는 곧지 않고 세 번째 손가락을 향해 휘어져 있다. 그 손은 사십 년 세공 인생을 그대로 드러내는 상징 그 자체였다. 사람들은 그를 두고 '핸드메이드의 장인'이라고 부른다. 그저 일만 했을 뿐인데 어느새 세월이 그렇게 많이 흘러갔는지 모르겠다는 그는 자식 같은 20대 젊은이들이 신입사원으로 들어올 때면 열일곱 살 무교동 시절이 떠오르곤 한단다.

"가정 형편상 고등학교에 입학해 2주를 다니다가 그만두고 무교동에 있는 미금공방에 취업했죠. 처음엔 물건 가지고 여기저기 다녀오는 심부름부터 시작했고 첫 월급이 육천 원이었어요. 실수하면 선배들로부터 망치가 날아오는 건 예삿일이었죠. 한 달에 하루 쉬면서 일했습니다. 그렇게 힘들었는데도 저는 일이 재미있더라구요."

100% 수공으로 하던 시기였던데다 실력이 뛰어난 선배들이 여럿이어서 기술을 전수받는 데는 더없이 좋은 곳이었다. 금과 은을 망치질로 평탄 작업을 하고 손으로 휘어서 고객 손가락 사이즈에 맞춘 후 깎고 광을 내는 일련의 작업이 지루하기 보다는 늘 즐거웠고 갈수록 고난도 세공을 해보고 싶은 욕심을 갖게 했다. 그렇게 6년 반 동안 경험을 쌓은 후 1987년 서울지방기능경기대회에 나가 은메달을 따냈고 그 무렵 명동에 있는 업체에 스카웃 됐는데 월급을 받고 깜짝 놀랐다고 한다.

"15만 원 받던 저에게 60만 원을 주더군요. 정말 뿌듯했습니다. 일이 재미있다 보니 혼자 남아서 새벽까지 일하거나 휴일에도 나가서 일을 하곤 했죠. 가끔씩 까다로운 제품을 완성해서 선배들에게 인정받고 사장님으로부터 칭찬을 받곤 했어요."

노력한다고 늘 좋은 결과만 나오는 것은 아니다. 또 타고난 재주가 있다 해도 손끝에 쌓이는 장인의 솜씨는 저절로 생겨날 리가 없다. 경력을 쌓는 과정에서 슬럼프를 겪진 않았지만 그도 큰 실수를 한 적이 있다. 90년대 반지 일 세팅 과정에서 800만 원짜리 에메랄드를 깨먹은 적도 있었고 모난 고객을 만나서 자그마치 여덟 차례 재작업을 하기도 했단다. 그 후로도 오직 한길만 걸었고 주변에서 사업을 권유했지만 그는 오로지 기능장이자 공예장으로 경험을 쌓고 또 쌓았고 최근 10여 년간은 호주의 귀금속세공업체에 스카웃 돼 일하다가 1년 전 귀국했다. 40년 다져온 세공 기술의 내공을 후배들에게 전수하고 있는데 앞으로도 이십 년은 더 현장에서 일하며 글로벌 귀금속 명품 브랜드 하나는 반드시 만들어 놓는 게 귀금속공예 장인으로서 그의 남은 목표란다. 또래 친구나 다름없는 그의 공예장 인생을 알게 된 후 마침 이튿날 강의가 있었다. 원고를 쓰기도 전에 수강생들에게 이 얘기를 마치 내 친구의 성공스토리인 양 소개했다. 한편으로는 부럽기도 했고 다른 한편으로는 그의 내일에 기대감이 생겼다.

인천남동공단에서 중소기업을 경영하는 다이케스팅 전문가인 동양다이캐스팅(주)의 오경택 대표도 이정기 장인 못지않게 존경받을 만한 이력을 남겨온 기업인이다. 40년 넘게 개발전문가로 일한 시간 중 다이캐스팅으로만 33년 오직 한길을 달려왔다.

일반인들에게는 다소 낯선 용어인 다이캐스팅은(die casting)은 주조형상에 완전히 일치하도록 정확하게 기계 가공된 금형에 용융 금속을 주입하여 금형과 똑같은 주물을 얻는 정밀주조법으로 치수가 정확하므로 다듬질할 필요가 거의 없는 장점과 대량생산이 가능하다는 특징을 지닌 부품제조법이다. 국내 산업계에는 80년대 새롭게 등장해 지금까지 뿌리산업의 한 축을 책임져오고 있는 분야다. 가전이나 자동차업계는 이 제조법이 없으면 심각한 상황이 초래될 만큼 매우 중요하다. 오 대표는 손에 기름때 묻혀가며 직접 부품개발에 나서 다이캐스팅 부품 국산화를 선도해온 주인공이다. 다이캐스팅 제조과정에서 뿌옇게 솟아오르는 연기만큼이나 머리카락이 온통 하얗게 된 오경택 대표를 보노라면 마치 지난 세월 동안 다이캐스팅 기술 발전과 산업계 성장을 이끌어오느라 고민과 열정을 아끼지 않은 당당한 그의 훈장 같다는 생각이 든다.

그는 말했다. 그간 걸어온 기업인의 길을 뒤돌아보면 어떻게 여기까지 왔을까 싶을 때가 있다고. 본가 처가 부모님들까지 사업에 끌어들여 가내수공업처럼 시작했던 사업이었으니 오늘에 와서 자수성가의 롤모델이 되기까지는 줄곧 인내와 인내를 거듭하며 버티어야 하는 가시밭길의 시간의 연속이었다. 시쳇말로 지난 30여 년간 기업인들이 겪은 큰 평지풍파는 모조리 다 겪었다. 흔한 말로 '팔자 드세다'는 말이 저절로 나올 정도로 동양다이캐스팅을 끌고 온 지난 그의 과거는 굴곡이 많았다.

사업을 시작한 지 2년 지났을 무렵 당시 연간 매출에 달하는 2억 원 규모의 부도를 맞았고 내수시장에만 주력했던 IMF 당시에는 거래처들이 문을 닫으면서 그가 이끌던 회사도 20여 명 직원들에게 퇴직금을 정산한 후 일시적으로 회사 문을 닫았다. 1년 후 다시 공장을 돌리자 직원들이 하나같이 재입사했고 수출시장 개척과 함께 도약과 성장의 시기가 찾아온 것만 같았다. 그것도 잠시였다. KIKO 사태를 겪으면서 2009년 즈음에는 심각한 자금난에 부딪혔다. 위기상황을 여러 치례 겪으며 은행 빚이 누적되었던 만큼 눈 뜨고 일어나면 회사를 어떻게 할까 절박한 심정이었다. 가까스로 살아남아 재도약의 길을 걸을 수 있었지만 불행스러운 사건은 또 터졌다. 7년간 50여억 원이 투자된 개성공단 폐쇄는 그야말로 눈물을 쏟아야할 만큼 속상했다고 한다.

고난과 극복의 그 많은 시간이 국내 다이캐스팅 역사와 함께 흘러갔고 이제 오 대표는 150명의 직원들과 함께 연 매출 280억 원을 올리는 67세의 중소기업계 선배 CEO가 돼 있다. 요즘 그는 무던하게도 지켜온 다이캐스팅 기술과 기업을 2세 경영인에게 이어줄 준비를 하는 중이다. 그렇다고 지금 그 2세가 사무실 책상에 앉아 있냐 그것은 아니다. 현장에서 6년째 자재관리와 영업 등을 배우고 있는 중이다.

나이 50대, 60대로 어느 분야에서든 지금까지 한길만 걸어왔다면 경력 30년, 40년을 지닌 전문가로 후배들에게는 존경하는 선배의 반열에 올라와 있다. 하지만 이정기 장인과 오경택 대표에게는 여느 시니어들과는 사뭇 다른 구석이 있다. 노후 준비는 마쳤을 만큼 벌었으니 또 대접 받을 만한 입장이 됐으니 책상에 앉아 명령만 내리는 사람들이 아니라는 얘기다. 두 사람 모두 자식보다도 더 젊은 이 땅의 젊은이들과 현장에서 함께 일하면서 가르쳐주고 다독이며 내일을 위해 머리 맞대고 고민하는 인생의 선배이자 기능과 기술 분야 장인들이라는 점이다. 그리고 그들은 지금도 40년 전처럼 자신들의 일을 사랑하고 그 속에서 보람을 찾고 있다는 것이다. 그러니 어찌 그들을 이 시대 존경받아 마땅한 시니어라고 말하지 않을 수 있겠는가?

42번째

▎나 홀로 식탁에도 즐거움을 차리자

　요즘 우리 사회는 1인 가족의 증가로 혼자 식사하는 '나 홀로 식사족'이 급격히 늘어나고 있는 추세다. 우리나라 1인 가구는 2017년 기준 전체 가구의 28.5%를 차지한다. 이 중 가장 비중이 큰 연령대는 30세 이하로 전체 가구의 35.6%이고 다음이 65세 이상 노인가구로 24.1%다. 고령사회에 접어든 우리나라 노인 1인 가구는 앞으로 매년 3,5% 이상 늘어날 것으로 예상되고 있다.

　이쯤 되고 보니 젊은층 사이에서는 '혼밥족', '혼술족'이 유행어가 됐고 그들은 이미 혼자 먹는 것에 익숙해져가고 있다. 50대 이상 시니어들은 다르다. 그들 중 다수가 젊은이들처럼 혼작 먹는 식사에 익숙하지 않다. 시니어들의 정서는 홀로 식사하는 모습을 보거나 그것을 떠올리는 자체만으로도 왠지 어색하고 슬프기도 하고, 초라하다는 느낌 그 자체다. 그러니 본인 자신이 홀로 식사할 때두 그런 입장이 된다. 이 때문에 최근 들어 나 홀로 식탁 노년 증가가 사회 이슈로 대두되고 있는 상황이다. 실제로 외부 활동하다가 혼밥 하기 싫어서 식당에 들어가지 못하고 식사를 걸렸다고 하는 이들도 있고 혼자 있으니까 제때 안 챙겨 먹는 다는 이들도 많다. 또 집에서 혼자 먹는 식사도 대충 하거나 끼니를 거르는 경우가 많다. 그러다 보니 외식에 의존하는 이들이 부지기수다.

사실 남녀노소 누구랄 것 없이 우리 생활 속에서 절대 포기하지 못한다고 말하고 또 실제 포기해서는 안 되는 게 먹는 일이다. 방송에 먹방 프로그램들도 늘어난 것만 봐도 이 같은 욕구와 무관하지 않다. 그만큼 식생활은 인간의 가장 기본적인 조건 의식주 이세 가지 중 하나다. 문제는 시니어들의 나 홀로 식탁이 부실하다는 것이다.

노년기 나 홀로 식탁이 염려스러운 것은 건강과 밀접한 관계가 있기 때문이다. 실제로 나 홀로 식사가 삶의 질은 물론이고 건강에 악영향을 미친다. 혼자 사는 사람은 고립된 감정, 균형 잃은 식단, 각종 질병, 삶의 의욕 저하 등을 가져 올수 있다. 특히 함께 하는 식탁에 비해 홀로 하는 식탁은 행복이 덜하다는 것도 이미 알려진 사실이다. 그런가 하면 노인 1인 가구 생활자는 흡연, 알코올, 약물중독에 빠질 우려도 크고 비만 등 질병에 노출될 가능성이 높아진다고 한다. 교과서처럼 누구에게나 잘 알려진 사실이지만 음식을 제대로 먹을 때 골다공증, 당뇨병, 암, 심장질환 같은 질병을 예방할 수 있다. 하루 세 끼 균형 있는 식사만 잘 해도 보약을 먹을 필요가 없다고 하는 말이 그래서 나온다.

지금 우리 사회는 진짜 먹을 양식이 없어서 못 먹고 사는 이들은 드물다. 문제는 대충 챙겨먹거나 저마다 다른 이유로 식사를 규칙적으로 하지 않는다는 것이다. 딱히 누구랄 것도 없이 우리 주변을 둘러보면 혼자 생활하는 50대, 60대 시니어들이 여럿 된다. 그들의 얘기를 보면 안타까울 때가 많다. 특히 남성들이 그렇다. 배우자와 사별하거나 이혼하기 전에는 늘 아내에게 의존했다. 어느 날 혼자 살면서부터는 식사를 스스로 챙기지 못한다는 것이다. 어쩌면 안 하려고 한다고 봐야 할 것도 같다. 시니어 남성들 중에는 그야말로 라면 하나도 직접 끓여먹지 않았던 이들이 부지기수다. '부엌은 여자들의 공간이다'는 과거 우리나라 문화가 낳은 병폐다. 시대가 변했는데도 여전히 익숙하지 못하다.

60대 지인 한 사람은 아침은 거르고 점심은 회사에서 먹고 저녁은 동료들과 술자리로 때우거나 술 마시지 않는 날에 집 근처에서 사먹고 들어간다고 했다. 휴일에는 인스턴트 음식을 즐기거나 아예 외식으로 해결하기도 하는데 이런 일상이 5년이 넘었다고 한다. 돈은 돈대로 쓰면서 건강에는 도움이 전혀 안 되는 식생활이 된 것이다. 요즘은 일반 대중음식점에서 한 끼만 사먹어도 돈 만원 들어간다. 저녁까지 두 끼를 사먹거나 저녁에 술로 때우면 이 비용도 무시할 수가 없다. 주변에서 '그렇게 살면 돈 못 모은다', '저래서 남자는 혼자 살면 걱정이야'라는 염려와 걱정의 소리가 나오는 괜히 나오는 게 아니다.

나 홀로 식사의 문제는 비단 남자들만의 얘기는 아닌 듯싶다. 음식을 잘 할 줄 아는 여성들도 혼자 생활하게 되면 식사와 건강관리에 좀 소홀하게 된다. 배우자든 자녀든 누군가 같이 살게 되면 아무래도 음식을 더 하게 되는데 혼자이다 보니 쉬운 말로 대충대충 해결하려고 한다. '귀찮아서 뭘 하지 않으려고 하는 습관에 길들여진다'거나 '혼자 먹는 데 있는 거 그냥 먹고 만다'라고 하는 이들이 적지 않다. 또 다이어트에 민감한 시니어 여성들 중엔 '나는 한 끼 밖에 안 먹어' 하는 이들도 있다. 물론 나이가 들면 아무래도 이런저런 음식 재료 사다가 씻고 다듬고 해서 불 앞에서 조리하는 것이 번거롭게 여겨지는 것은 사실이다. 그렇다고 귀찮다고 해서 건강 관리에 소홀히 하면 그건 결국 나 자신의 손해로 돌아온다. 언제부터인가 '집밥'이라는 말이 새롭게 등장하고 있다. 역설적으로 그만큼 집에서 제대로 된 식사를 하지 못하는 사람들이 많다는 얘기다. 노년기일수록 식생활은 곧 건강의 바로미터가 된다. 아무래도 내가 먹고 싶은 것, 내 취향대로 즐길 수 있는 집밥이 주식생활 패턴이 돼야만 건강도 잘 유지될 것이다. 집밥을 즐겁게 잘 챙겨먹는 습관을 유지하며 활기차게 생활할 때 백세시대도 즐거워진다.

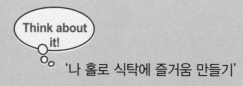

'나 홀로 식탁에 즐거움 만들기'

▌1일 3회 식사시간은 정확히 지키자

두말하면 잔소리 일만큼 식사관리 건강관리의 기본이다. 우리 신체는 매우 민감하다. 식사 시간 잘 챙기면 몸이 원하는 영양분을 제 때에 공급해 주는 일이기 때문에 이것만 잘 지켜도 영양제 먹지 않고서도 건강하고 활기찬 노년의 삶을 이어가는 일이 된다.

▌요리의 즐거움을 즐기자

요리를 즐기면 새로운 음식 다양하게 섭취할 수 있다. 혼자 생활해도 만드는 즐거움 먹는 만족감이 더 커진다. 노년기에는 아무래도 시간적 여유가 생기는 만큼 좋아하는 음식, 먹고 싶은 음식 직접 요리를 하는 게 좋은 방법이다.

▌음식은 적당량만 만들자

우리나라 시니어들 보면 음식을 적게 하는 것보다는 푸짐하게 많이 해야만 된다는 그런 마음이 지배적이다. 과거 대가족 생활권에서 살았기에 더 그렇다. 하지만 혼자일 때는 한 번 아니면 두 번 먹을 양만 준비하는 습관 갖는 게 좋다. 아무리 맛있는 음식도 반복해서 먹으면 질리기 마련이다.

▌외식은 자제하고 입에서 당기는 음식을 즐기자

집밥이 건강에도 좋고 생활비 다이어트에도 큰 도움이 된다. 다만 외부활동을 하다가 식사시간이 되었을 때 외식이 불가피하다면 식사시간이라도 잘 지키는 게 좋다. 또 이왕 먹는 거 자신이 먹고 싶은 것 입에서 당기는 것을 먹으면 좋다.

43번째

┃ 최고의 스승은 "감사합니다"

"너 지금 안 아프니까 다행이라고 생각하지? 그래서 감사하다고 생각하지? 그러니까 인간아, 누구에게나 늘 감사해 하면서 살아."

농담도 잘 하지만 그 농담 속에는 나름 진실과 애정을 담고 말하는 지인이 있다. 그와 대화를 하다 보면 입버릇처럼 이 말을 내게 자주 한다. 웃으면서 지나가는 말처럼 흘리지만 한편으로는 그럴 만한 이유가 있지 않을까 하는 생각을 했다. 내가 그에게 보여준 언행이 때로는 '나는 매사에 나답게 내 능력으로 자신 있게 산다'라는 식이 아니었을까. 겸손함이 부족한 나를 꾸짖는 건 아닌지.

스물일곱 살 꽃다운 나이에, 골육종으로 세상을 떠나야 했던, '홀리 부처'라는 호주의 여성이 있다. 그녀는 죽음을 앞둔 자신의 처지를 글로 담담하게 정리했는데, 그 글이 입소문을 타고, 페이스북에서만 7만 건 이상 공유돼 화제가 됐다. 홀리 부처가 전한 글의 핵심은 이랬다.

"사랑하는 사람에게 기회가 생길 때마다 사랑한다고 이야기하자. 사소한 문제로 짜증을 내고, 그로 인해 다른 사람에게까지 부정적인 영향을 미치지 않게 하자. 그리고 모든 일에 감사하라."

그녀는 체중이 조금 늘었다고 해서 다이어트를 심각하게 고민하지 말고 머리를 잘랐는데 조금 마음에 안든다고 짜증내지 말라는 것이다. 그것은 그렇게 중요한 일이 아니니까 문제 삼지 말고 현재의 상황 자체와 자신을 사랑하고 감사해 하라고 전했다. 살아 있다는 것만으로도 사랑하는 사람들을 볼 수 있다는 그것만으로도 감사한 일이라는 얘기다. 우리는 눈을 감는 그 순간 무(無)의 세계로 들어가기 때문이다. 죽음 앞에서 전하는 그녀의 메시지는 우리가 살아 있다는 그 자체의 소중함을 일깨워준다.

우리가 수시로 감사하는 마음을 가지고, 또 일상생활에서 감사하다는 표현을 많이 할수록 정신건강에 좋고 그로 인해 신체건강도 좋아진다. 국내 한 대학병원 연구팀이 밝힌 연구결과에 의하면, 감사하는 마음을 갖고 살면 행복해진다고 한다. 감사하는 마음을 가지면 우리의 뇌가 변하고 삶도 달라질 수 있다. 연구팀은 두 가지 상반된 감정을 느꼈을 때의 심박 수와 뇌의 변화를 측정해 봤는데 감사할 때의 심박 수 평균은 차츰 감소하는 반면, 원망하면 스트레스를 받을 때처럼 증가했다. 심박 수가 달라지는 건, 상황에 따라 우리 뇌도 계속 변하기 때문이다. 우리 뇌의 여러 부위에 걸쳐 있는 '보상회로'는 즐거움을 관장하는데, 감사하는 마음을 가지면 보상회로가 뇌의 많은 부위에 연결돼서 즐거움을 더 잘 느끼게 된다는 게 MRI 영상으로 확인됐다고 한다.

실제로 우리는 누가 나에게 '감사하다'고 말하면 마음이 행복해지지 않는가? 설령 감사하는 마음을 갖는 것만으로도 건강에 좋은 효과가 있다는 의학적 효과가 사실이 아닐지라도 우리가 매사에 감사하는 마음을 갖고 살아야 하는 건 지극히 당연한 일이다. 늘 내편이 되어 주고 나를 사랑하는 부모님, 형제들, 자식, 친구, 이웃만이 아니라 일상에서의 모르는 사람들과의 아주 사소한 일이어도 좋다. 거리에서나 대중교통 안에서 우연하게 선의를 베푼 이들, 낯선 곳에서 친절하게 길을 알려주는 이들, 따뜻한 차 한 잔을 건네주는 이들, 유통업체 고객관리팀으로부터 생일에 축하 메시지를 받은 것, 회사 동료가 나의 택배를 대신 받아준 것 등등 정말 감사해야 할 대상은 무궁무진하다.

내가 감사하는 마음을 갖고 또 누군가에게 '감사합니다'라고 말하는 것도 좋지만, 나로 인해 다른 누군가가 감사하는 마음을 가질 수 있게 해주는 것도 좋다. 작은 것일지라도 내가 먼저 배려하고, 양보하고, 선물하고, 칭찬하고, 도와줄 때 생기게 된다.

지인 중에 '감사합니다'로 사는 해피우먼이 있다. 60대 후반의 L은 감사의 기쁨을 퍼트리는 주인공이다. 만나면 늘 하는 말이 "며칠 전 나는 정말 감사하고 또 감사했다."는 이런 얘기들이다. 막상 들어보면, 정말 사소한 일들인데도 L 스스로 감사하고 감동하는 것이다.

"손녀가 감기에 걸려서 걱정했는데 병원도 가지 않고 약 먹고 바로 나아서 너무 감사했어요."

"바로 앞집에 누가 새로 이사를 왔는데, 엘리베이터에서 마주쳤을 때 먼저 인사를 해줘서 감사해요. 새로운 이웃이 생겨서 좋아요."

"예전에 친정어머님이 자주 하신 말씀이 '나 먹을 것 먼저 챙기면 남 못 준다'고 했는데 살아보니 그게 명언이더라구요. 그래서 어머님 가르침에 늘 감사해 합니다."

처음에는 참 별일도 아닌 것 가지고 감사해 한다는 생각을 했었다. 하지만 가만히 생각해 보니 자녀들이 아프지 않고 잘 자라는 것, 좋은 이웃을 만나는 것, 남에게 먼저 베푸는 것, 이게 정말 우리의 삶에 행복을 가져다주는 것들이고 그래서 감사하는 마음을 가져야 할 것들이라는 걸 느끼게 됐다.

감사와 행복, 이건 어디 큰 것에서, 또 거창한 일에서 찾을 게 아니고, 아주 가까이서, 내 삶속에서, 수시로 발견하고 또 기억할 수 있는 것들이다. 감사와 행복의 바이러스는 확산되면 확산될수록 좋은 바이러스가 아닌가. 하지만 종종 시니어들의 일상적인 모습을 보면, 지금 눈앞의 현실에서 감사함보다는 불안함이나 불만을 갖는 이들이 적지 않다. 이를테면 자녀들은 다 성장해서 취직했고 남편이 곧 정년퇴직을 하게 되는데 걱정을 한다. 이제는 돈이 들어오기보다는 나가는 일이 많아 걱정이란다. 애들 결혼비용도 걱정이고. 갈수록 여기저기 아픈 데만 늘어난다는 식이다.

감사함을 표현할 줄 모르는 이들도 많은데 주로 이런 사람들이다. 대중교통 안에서 자주 목격하게 된다. 젊은이가 자리를 양보하면 '고맙습니다', '감사합니다' 이 말 한마디만 하면 얼마나 좋겠는가. 나도 좋고 상대도 좋고. 그런데 마치 당연하다는 것처럼 앉으면서 아무 말을 하지 않는다. 표현할 줄 모르는 또는 표현하는 자체를 마치 유난떠는 일처럼 여기는 이런 마인드나 습관은 좀 변해야 하지 않을까 싶다.

감사하는 마음은 긍정의 마인드에서부터 시작된다. 누군가를, 또 어떤 현실을 탓하고 원망하기보다 늘 감사하는 마음을 가지려고 애쓰면 우리의 뇌가 변하고 삶도 달라질 것이다. 그러니 '감사합니다'라는 말은 우리가 하루에도 수십 번씩 사용해도 지나침이 없는 말이다.

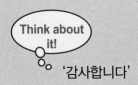

'감사합니다'

▎작은 것일수록 소중히 여기자

감사하는 마음을 자주 갖고, 그로 인해 뇌로부터 행복을 선물 받으려면, 수시로 감사하는 마음을 가져야겠다. 밥을 먹을 때는 농부의 노고에 대해 감사하고, 대중교통을 이용할 때는 운전하는 기사 분들에게 감사하고, 음식을 먹을 때는 만들어준 사람에게 감사하는 것, 이런 것들이 소소한 감사마인드의 실천이다.

▎가까운 이들에게 더 자주 감사하는 마음을 갖자

가족이나 친구 또는 가까운 지인들에게는 너무 편하게 생각하고 또는 당연하다는 생각 때문인지 감사하다는 생각을 덜하게 되고, 또 표현도 자주 하지 않는다. 오히려 가족일수록 가까운 사이일수록 감사의 표현, 감사하는 마음을 더 자주 가져야 한다.

▎감사 바이러스를 전파하자

시니어는 사회의 어른이다. 말 한마디로도 아랫사람들에게 감사의 바이러스를 전파시킬 수 있다. 그것은 칭찬을 자주 하고, 또 가까운 후배들에게는 진정한 멘토로서 조언을 해주면서, 상대를 배려하는 그런 입장이 되는 거다. 이를테면 행복전도사가 될 수 있다.

┃버킷리스트를 부탁해

통크(tonk)족이 대세다. 'two only no kids'의 약칭인 이 신조어는 자식들에게 부양받기를 거부하고 부부끼리 독립적으로 생활하는 노인세대를 말한다.

이미 70대 80대 중에도 이런 의식을 지니고 살아온 부부들이 많긴 하지만 아직도 적지 않은 부모나 자식이 서로 의지하며 도움을 주고받고자 출가한 자녀들과 함께 살거나 서로 가까이에 거주하는 식이다. 자식들은 부보에게 자녀 양육이나 경제적 부담을 덜고자 하고 부모는 그래도 자식인데 하면서 손자녀 돌봄을 책임지며 자식들과 가까이서 소통하고 마음의 위안을 찾으려고 한다.

21세기 들어서 기성세대 부모들이 달라졌다. 능력만 된다면 자식 눈치 보지 않고 온전하게 따로 사는 게 마음이 편하다는 시니어들이다. 자식과 손자녀에 대한 애정은 많지만 노년 인생을 자식들 뒷바라지나 손자녀 돌보느라 허리 굽어지는 삶은 살지 않겠다는 입장인 셈이다. 더욱이 요즘은 자신들이 아쉬운 상황이 아닌 이상 부모와 함께 살려고 하거나 근처에 사는 것조차도 기피하는 게 젊은 세대들의 심리 트렌드인데다 적잖은 부모들이 애물단지(?)처럼 여기는 미혼자녀들 또한 독립을 원하기 때문에 저절로 통크족이 될 수밖에 없는 게 현실이다. 이쯤 되고 보니 60대 초중반이 되면 충분한 시간과 자유가 주어진다. 그렇다면 무엇을 하면서 노년을 보낼 것인가? 이것이 관건이다.

지인 중 남매 둘 다 결혼시키고 최근 은퇴한 한 부부는 이런 계획에 서로 합의를 했다고 한다. 남편은 봄부터 가을까지는 승용차로 한 시간 남짓 거리에서 농사를 짓고 계신 노부모님들과 함께 거주하면서 주말부부 생활을 하고 아내는 자신이 원했던 여가를 즐기며 역사와 문화에 대한 공부를 하여 지역 문화해설사가 되기로 했단다. 남편은 부모님과 함께 살며 전원생활 즐기기, 아내는 취미생활과 인생 2막 직업 준비를 각자의 노년기 할 일 중 최우선으로 삼은 것이다.

그간 직장생활에 얽매이다 보니 부모님께 효도를 다 못했다고 생각하기에 이제라도 보살펴드리겠다는 남자와 자식들 육아와 학교교육에 집중하느라 자신의 삶이 없었기에 본격적으로 자기만의 시간을 찾겠다는 여성 이 두 사람의 계획을 듣고 나는 박수를 쳐주고 싶을 만큼 멋지다는 생각을 했다

자주 가는 주점에서 종종 만나는 또래 친구가 있다. 몇 달 전 대화를 나누다가 우연히 지금 가장 하고 싶은 일이 뭐냐고 물었더니 서슴치 않고 연애란다. 상처한 지 10년이 넘게 흘렀지만 아들 둘 고등학교, 대학교 보내며 키우느라 정작 자신이 원하는 것은 무엇인지도 모르고 정신없이 살아온 그였다. 아들들이 이제 20대

중 후반으로 다 컸으니 자신의 삶을 살고 싶다고 했다. 그의 나이 쉰일곱이니 더 늦기 전에 새로운 누군가를 사랑하고 싶다는 말이 마치 내 일처럼 가슴에 와 닿았다. 2030 청춘들에게는 연애와 사랑이 누구나 다 하는 보편적인 일상이겠지만 50대 이후에는 다르다. 누군가에게는 죽기 전에 꼭 해야 할 일, 하지 않으면 후회되는 일이 될 수도 있다.

버킷리스트! 이것은 나이가 들수록 더 간절해지는 각자의 희망사항이자 도전리스트다. 버킷리스트는 사람들마다 꼭 하고 싶은 일, 이루고 싶은 소원일 수는 있지만 그것이 꼭 100점짜리가 아니어도 좋다. 중간에 멈출 수도 있고 결과가 꼭 성공적이지 않아도 좋다. 도전하는 그 자체만으로 후회 없는 멋진 일이다.

2년 전 직접 조사한 버킷리스트 리서치에서 이색적인 답변을 접했다. 50대 후반의 한 여성은 첫눈에 반할 만큼 멋진 사람과 뜨거운 연애를 해보고 싶다고 했고 70대의 한 여성도 아직도 마음속에서 타오르는 정열을 쏟아 부을 수 있는 그 누구와 마지막 사랑을 하고 싶단다. 그들은 둘 다 기혼자이고 배우자와 특별한 문제없이 사는 여성들이다. 그들이 기혼자이기 때문에 가슴속에 지닌 이런 진심을 질타하거나 흉한 것으로 바라볼 수는 없는 일이다. 어디까지나 개인의 바람이고 그들만의 버킷리스트니까.

지난 10년 동안 글쓰기 교육을 하면서 처음 강의를 들으러 온 수강생들에게 가장 많이 듣는 말이 있었다.

"제가 잘 할 수 있을지 걱정이에요. 잘 부탁드립니다."

그들은 말했다. 학창시절부터 글 쓰는 것을 좋아해서 한때는 상장도 받곤 했는데 살다 보니 어느새 50이 넘어 작가의 꿈을 잊고 산 지 오래 되었단다. 소설을 써도 몇 권 쓸 만큼 사연 많은 인생을 살았는데 이제 시간적 여유가 좀 생기니 글을 써보고 싶단다. 자서전 한 권이라도 남기고 싶어서. 어떤 이유에서 글을 쓰고 싶고 또 배우러 왔든지 글쓰기 교실을 찾아온 것은 그들에게 있어서 장년기 또는 노년기에 자신이 꼭 하고 싶은 일 중 하나인 버킷리스트를 실천하기 위해 온 것임에 틀림이 없다. 상대가 조금은 차갑게 받아들일지도 모르지만 나의 대답은 한 가지다.

"혼자서도 글 잘 쓰시면 여기 오실 필요 없지요. 배우려고 오셨잖아요. 그럼 결석하지 마시고 열심히 쓰면 됩니다. 글쓰기 교실에 온 것만으로도 이미 버킷리스트 중 한 가지를 실천하는 일이잖아요."

더 늦기 전에 이제라도 그냥 지나지 말고 꼭 해야 할 만큼 소중한 것이기에 도전 그 자체만으로도 아름답고 현명한 선택이다. 다만 우리는 그 항목에 대한 경제적, 시간적 가치를 따져 묻지 않을 수 없다. 예를 들면 이런 것이다. 국내외 그리고 남녀노소를 막론하고 대다수의 사람들이 버킷리스트 중 하나로 여행을 꼽는다. 새로운 볼거리, 먹을거리, 그리고 자유와 휴식이 따르는 여행을 원하는 것은 당연한 일이다. 하지만 실행 방법에서는 좀 더 알차고 현명한 쪽을 택해야 한다. 어쩌다 한두 번은 저비용을 이용해 단기간에 스트레스를 날리고 현실로 돌아오는 버킷리스트도 나쁘지 않지만 이런 여행이 지속적으로 반복되는 것은 시간과 체력만 낭비하는 일이 될 수도 있다. 물론 버킷리스트를 도전으로 옮기는 사람들은 버킷리스트 자체를 만들지도 않고 그냥저냥 시간을 떠나보내는 사람들보다는 훨씬 후회 없는 삶을 사는 것일 터이다.

▎버킷리스트도 갱신이 필요하다

'버킷리스트는 한번만 작성하면 된다. 죽기 전에 꼭 하고 싶은 일이니까'

만일 당신이 이렇게 생각하고 있다면 'NO'라고 말하지 않을 수 없다. 살아 있는 동안 간절히 하고 싶은 게 어디 한두 가지겠는 가? 또 사는 동안 상황에 따라서 나이에 따라서 우리의 생각은 얼 마나 자주 바뀌는지를 이미 경험하지 않았던가? 게다가 이미 오 래 전 정해놓았던 버킷리스트가 예상했던 것과는 다르게 의외로 빨리 이루어진 적도 있지 않는가?

지인 중 Y가 말했다.

"사실 10년 전 제가 50세였을 때 저의 열 가지 버킷리스트는 이 런 거였어요. 유럽여행 한번 꼭 가보기, 두 딸이 성인이 되었을 때 멋진 드레스를 함께 입고 사진 촬영하기, 유년시절 살았던 고 향으로 귀촌하기, 일주일에 한 번씩 누구든지 어떤 방법으로든지 힘든 사람 도와주기, 보육원에 가서 한 달간 아이들 돌봐주기, 여 고시절 단짝 친구 두 명과 함께 제주도 여행가기, 공인중개사 자격증 취득하기, 친정엄마와 1년 동안 살아보기, 남편과 데이트하던 남산에 올라가 타워에서 근사한 식사하기, 결혼 50주년 때 금혼식 올리기. 그런데 벌써 저는 이 중 네 가지를 이루었어요. 나의 잘못으로 한 가지는 영영 이룰 수 없게 됐구요. 그래서 여섯 가지를 새로 준비하려구요."

Y는 얼마 전 직장생활 3년차인 딸과 함께 9박 11일 스페인과 프랑스 여행을 다녀왔고 친구들과의 제주도 여행은 이미 3년 전에 갔다 왔다. 남편과의 우아한 남산 타워 식사데이트도 5년 전 생일 때 이미 이루었고, 두 딸과 핑크색 드레스를 입고 사진 촬영하는 일은 의외로 쉽게 이루어졌다. 2년 전부터 일주일에 한 번 독거노인들의 도시락 배달 봉사단체에 나가 활동하고 있으니 남 도와주기도 실행중이다. 그녀는 세상이 빠르게 변하고 있고 경제적인 여건이 좋아진 만큼 실행으로 옮기는데 시간이 걸릴 것만 같았던 일들이 비교적 쉽게 이루어졌다고 했다. 게다가 중년시절까지만 해도 외부활동을 못하게 하고 근사한 분위기 잡는 것은 영 질색을 하던 무뚝뚝한 남편이 나이가 들면서 이제는 자상하고 부드러운 남자가 됐다고 한다. Y는 귀촌하기, 보육원 봉사활동, 공인중개사 자격증 취득하기는 아직 실행으로 옮기지 못했고 금혼식은 아직 나이가 되지 않아서 앞으로 꼭 해야 할 일이란다. 다만 가슴을 치고 후회하는 한 가지는 앞으로도 영원히 할 수 없게 된 친정엄마와 1년 동안 살아보기란다. 이미 세상을 떠났기 때문이다.

사물인터넷과 인공지능이 우리의 현실 속으로 들어와 영역을 넓혀나가고 있고 국민 소득은 3만 불 시대를 넘어섰다. 마음만 먹

으면 가까운 아시아 지역의 다른 나라 여행은 제주도를 가는 것만
큼이나 쉽게 할 수 있는 일이다. 첨단 과학과 기술 발전의 주도로
급변하는 우리 환경은 버킷리스트의 트렌드도 바꿔놓고 있다. 더
이색적이고 다양한 것들에 대한 소망을 갖게 하고, Y의 말처럼
기대 이상으로 빠르게 이루어지는 일들도 있다. 그러니 10년 전
은 물론이고 불과 2~3년 전에 세워놓은 버킷리스트를 수정하거나
새로운 리스트를 찾아야 하는 일이 불가피해진 셈이다.

버킷리스트를 작성하는 데 있어서 정해진 법칙이란 없다. 자기
자신을 위해 스스로 정하는 일종의 '소망 프로젝트'인 만큼 테마
도 작성법도 각자의 자유다. '기회가 되면 하면 되는 거지'라는 어
떤 이의 말처럼 굳이 그런 거 정해놓고 살지 않고 기회를 만들거
나 주어졌을 때 적극적으로 임하면 된다. 다만 우리가 버킷리스
트를 정하고 그것을 계획한 대로 실행으로 옮기고자 하는 것은 늘
마음속에는 있지만 행하지 못해서 훗날 "나는 그거 얼마든지 할
수 있었는데 왜 그냥 지나왔는지 몰라."라고 후회하는 일은 없어
야 하기 때문이다.

다람쥐 쳇바퀴 돌듯이 늘 바쁜 일상으로 이어지는 삶속에서 우
리가 잊고 사는 것, 놓치고 지나치는 것들이 적지 않다. 버킷리스
트 역시 생각 속에만 머물면 그것은 마치 장롱 속에 애지중지 아
껴두고 입지 않았던 옷이 너무 시간이 지나 색이 변해 입을 수 없
게 되는 것처럼 시나브로 우리 기억속의 서편으로 사라져 가는 것
과도 같은 일이 될 수 있는 것이다. 흔히 성공하는 사람들이 말하
기를 메모하는 습관이 매우 유용했다고 한다. 버킷리스트를 작성

하는 것 또한 자신과의 약속을 지키도록 하는 징표이자 그 무엇과
도 바꿀 수 없는 훌륭한 메모장이 될 것이다.

그렇다면 지금 당장 펜을 움직여보자. 올해의 버킷리스트는 무
엇으로 작성할까? 10년간, 20년간 실행으로 옮길 버킷리스는 어
떤 것들일까?

네 번째 이야기

4070 시니어들 지금 그들은?

66 노년 인생을 미리 생각하는 40대

코앞에 두고 긴장감 속에서 고민하는 준비하는 50대

한참 걷고 또 멋지게 펼쳐가는 60대와 70대 시니어들.

그들은 서로 다른 시대를 넘어온 세대이지만

누구나 세월을 비켜갈 수는 없기에

인생 2막 노년기의 자기 무대를

저마다의 색깔로 준비하고 각각의 다른 향기로 만든다.

그들이 생각하는

인생 2막과 노년 인생 준비는 어떤 것일까? 99

40대부터 70대까지 각 세대별 지인 8인에게 원고를 부탁했다. 저
자로서 나의 제안과 생각만이 전부가 아니기에 그들의 얘기도 독
자들에게 들려주는 것은 매우 의미 있는 일이라고 생각했다.

❙ 나의 가오는?

40대, 사진작가 김아린

'소설가의 각오'.

오래전 지인으로부터 추천받은 소설가 마루야마 겐지의 1968년 에서 91년까지의 산문을 모아놓은 책이다. 내용은 대략 20대부터 40대까지의 문학과 삶을 존경스럽지만 깐깐한 선배가 옆에서 이 야기하듯 말해 준다.

방황과 불만의 연속이었던 10대 시절의 모습과 소설을 쓰게 되 었던 이유와 북알프스 깊은 산속에서 긴 시간을 쉼 없이 치열하게 장편소설을 마치는 이야기로 글쓰기의 노력보다는 편집자에게 상 냥함과 친절함을 파는 작가들이 판을 치는 세태비판 글들을 볼 수 있다. 한편으로는 작가의 마초적 성격, 타 작가의 비하, 젠더감수 성의 부재 등 예민한 주제를 작가만의 시선으로 보여 준다.

겐지는 종교적이거나 일본의 무사가 떠오를 정도의 구도적 삶 속에서 창작 작업을 한다. 작가는 독자에게 끝없이 강한 어조로 제목 그대로 각오를 하고 살아가야만 하는 인생을 말한다. 아마 도 겐지는 글을 쓰고, 읽으면서 인생을 열고, 정리하며 다시 앞으로 달린 듯하다. 40을 바라본 겐지는 이렇게 글과 함께 각오를 다졌다.

나는 마흔일곱이다. 겐지는 지금의 나보다 10살이나 적은 나이에 각오를 다졌다. 물론 그 책의 전후에 많은 작품을 발표했고, 현재도 일본 깊은 산속에서 치열하게 집필중이다. 아마도 이 책을 처음 접했을 때가 겐지와 내가 나이가 비슷했으리라. 강렬한 제목으로 인해 술술 읽어 나갈 수 있었지만 특별한 감흥보다는 독특하고 자기만의 고집 센 인생을 사는구나 싶은 여운이 남는다. 모든 책을 만날 때마다 기대하지는 않지만 특별하고 강렬한 문장이나, 삶에서 어떤 해결책이 될 만한 부분을 기대한다. 심지어는 인문과학서적에서조차 자기계발서에만 있음직한 문장을 만나서 만족해 하는 나를 보기도 한다. 하지만 겐지의 글은 지나치리만큼 인생에서의 목표와 결단, 주체적인 삶을 이야기한다. 한마디로 끝없는 각오와 긴장의 연속이다. 물론 적지 않은 부분에서 내 가슴을 울리거나, 잠시 읽기를 멈춰 나를 돌아보는 순간도 있다.

"그래도 나는 계속 써 나갔다. 시간이란 모름지기 훔치는 것이란 누군가의 말이 그때만큼 절실한 적이 없었다. 그러나 더욱 중요한 것은 목적이 있을 때와 없을 때의 충실감에 크나큰 차이가 있음을 안 것이다."

나에게 와 닿는 문장이었다. 하지만 많은 인생들이 언어로, 글로써 보여주지 못했을 뿐 시간과 목적성에 대해 생각하지 않을 수 있겠는가? 어떤 인생이든 글로 언어로 표현을 못할 뿐 치열하게 살지 않았을까? 어떤 삶에 무겁고, 가벼움이 있고, 진지하기만 하고, 단지 우습기만한 삶이 있을까? 여하튼 '소설가의 각오'는 대가의 인생이라고 해서 꼭 대단하지만은 않구나 라는 결론으로 끝을 맺은 유일한 책이었다. 한마디로 '당신만 크게 잘난 건 아니잖소'였다. 물론 감히 내가 문장력이나 다른 문학적 기술을 말할 수는 없다. 단지 '이야기'만이다.

나는 용기를 얻었다. 어쩌면 내 나이를 아라비아 숫자 47이 아니라 '마흔일곱'이라고 한글로 표기한 것은 바로 지금이 처음일 것이다. 아니, 처음이다. 선배 부탁에 작은 내 인생을 생각하며 문자로 쓰고 읽는다. 차라리 표기라고 해야 예의라고 할 수 있겠다. 게다가 오래전 읽었던 '소설가의 각오'에 용기를 얻어서 말이다.

나는 문자로 보여지는 것보다 이미지로 보여주는 게 익숙하고 정확하다. 겐지는 글이 익숙하고 표현의 모든 것을 글로 했다. 나는 그의 삶을 글로 받아들이고 (물론 훌륭한 번역자의 중재가 있었기에) 느낀다. 하지만 글이라는 문자가 내게 다가오는 동시에 내겐 내 인생의 영상들이 앞서 간다. 겐지의 사랑스러운 반려견의 이야기에 나는 올해 초 죽은 내 은색 반려견을 본다.

나는 대가의 픽업 자동차 이야기 글에 내가 꿈꾸는 자동차의 베이비 블루를 떠올린다. 겐지가 살았던 겨울 숲속 묘사에 동해 묵호항의 해질 무렵이 떠올랐다. 대가는 여러 인생에서 힘들고, 난처하고, 더럽고, 불쾌한 기억을 글로 써내려갔고. 아름다움과 폭죽 같은 기쁨, 생명의 위대함을 또한 글로 풀어내었다. 내가 접하는 겐지의 인생은 글이다. 겐지의 생은 글이라는 언어로 이루어져 보여진다. 에세이의 형태든 소설이라는 장르이건 글로 모두에게 읽혀진다. 그 다음에 떠오르는 게 영상이고 이미지이다.

나는 지금껏 내 삶을 글과 문장으로 보여준 적이 없다. 오래전 학교 수업에서나 미래의 꿈을 몇 단어로 끄적였고, 그 끄적임 역시 그냥 의미 없는 자음모음의 배열이었다. 앞으로도 그럴 가능성은 없다.

나는 소설가가 아니다. 사진으로 보여주는 사진가다. 내게는 '각오'란 단어가 불편하다. 차라리 '가오'라면 내 40대의 인생을 표현하기는 좋겠다(일본어에서 나온 단어를 사용할 수밖에 없음을 이해 바란다). '가오'는 사전에서 영어 폼(form)을 속되게 이르는 말이란다. '가오 잡다'는 허세를 부린다거나 없는데 조금 있는 척하다 라는 의미로 사용되고는 한다.

마흔일곱 살!

적어도 30대 중반의 겐지만큼은 살았다. 그렇게 살았다고 말해야 한다. 허세라도 좋다.

남은 인생이 길다. '가오'라도 있어야지 남은 시간 악착같이 '각오'를 할 수 있지 않을까.

나는 '나의 가오'가 있다.

47번째

┃ 오늘도 내일도 그 다음날도 어제처럼
내 길을 갈 뿐

40대, 취재기자 임숙경

"너는 작년이나 올해나 달라진 게 없구나."

몇 해 전 연말연시 인사를 한답시고 전화를 걸어온 친구가 내게 한 말이다. 당시 대학에서 강의를 하던 친구는 그 해 자기가 몇 편의 논문을 쓰고, 어떤 프로젝트를 진행했는지 숨도 안 쉬고 줄줄이 늘어놓았다. 사십 대 중반을 넘기며 한창 성장가도를 달리던 친구는 성취의 기쁨에 취해 있었다. 거기까지면 좋았을 텐데…….

나의 성취를 묻는 친구의 막막한 질문을 받아들고 나는 한동안 답을 찾지 못했다. 결국 옹색하게 내뱉은 말은 늘 하던 일을 했다는 거였고 초라한 이 말이 약간의 조소와 우월감 섞인 답변으로 돌아왔다고 느낀 것은 나의 자격지심과 옹졸함 탓인 게 분명하다. 그러니 이어진 친구의 짱짱한 새해 계획이 내 귀에 제대로 들어왔을 리 없고, 내 미래계획 따위를 밀할 엄두는 더더욱 내지 못했다. 사실을 말하자면, 딱히 계획이 있었던 것도 아니지만.

이젠 마흔아홉. 혹 그 친구로부터 전화가 온다면 나는 찬찬히 내가 올해 한 일들과 가까운 미래에 내가 하고 싶은 일들을 들려줄 수 있을 것도 같다. 물론 그때와 별반 달라지지는 않았다. 40~50명 정도의 기업인, 전문가, 사회운동가를 만나 인터뷰를 하고 기사를 써서 월간지와 사보 등에 기고를 했고, 매달 월간지 객원편집자로 마감작업에 참여했다. 정기적인 기고와 드문드문 들어오는 청탁기사를 쓰기 위해 매일 5시간 이상 노트북 앞에 동그랗게 등을 말고 앉아 있었을 것이다.

23년째 한 달도 쉬지 않고 해온 일이다. 이것이 내가 이룬 성취라고 느낀 것은 비교적 최근의 일이다. 늘 하던 일이라고, 그것이 어떤 업적이나 지위의 상승으로 돌아오지 않는다고 해서 성취가 아닌 것은 아니다. 지난 달 쓴 글보다 더 나은 글을 쓰기 위해 머리를 쥐어뜯고, 그럼에도 늘 부족하게 느껴지는 나의 필력과 통찰력을 결핍으로 달고 살아온 탓에, 내일도 또 노트북 앞에 길게 앉아 있을 수밖에 없는 것이다.

그런 내게 철학자 김형석 선생의 "인생의 핵심은 성실성"이라는 말은 답답한 숨통을 틔워주는 산소 같은 일침이었다. 올해 100세가 된 선생은 지금도 여전히 매일 일기를 쓰고 글쓰기 훈련을 한다. 가히 놀라운 성실함이다. 노년은 서서히 소멸해 가는 과정이라는 통념을 깨는 선생의 하루하루는 업적과 실적에 짓눌리지 않고 '일을 한다'는 본연의 즐거움을 오래 누리고 사는 삶이 얼마나 가치 있는지를 보여준다.

그리하여 나는 감히 나의 노년의 모습도 지금과 크게 다르지 않기를 소망한다. 어제보다 더 좋은 글이 다가오기를, 다른 것으로 대체할 수 없는 정확한 단어를 찾아내 핵심을 찌르는 문장을 쓸 수 있기를, 인생의 현자들을 만나 그들이 들려주는 이야기 속에서 한 줌의 통찰이라도 끌어올릴 수 있기를 소망한다. 노년이 되어서도 초롱초롱한 눈빛으로 세상의 변화를 가감 없이 받아들이고, 그것을 그대로 전할 수 있기를 소망한다. "성실이 쌓이면 자연스럽게 혁신으로 가게 된다."는 한 기업인의 이야기가 내게도 해당되기를 소망한다. 무언가를 이루기 위해서 하는 일이 아니니 굳이 혁신으로 갈 필요가 없긴 하지만 말이다.

이것이 젊은 날부터 성장을 위해 뭔가를 하지 않는 나를 조금은 답답한 눈으로 바라보는 친구에게 뒤늦게 들려줄 수 있는 나의 지극히 사소한 미래의 계획이다. 늘 뭔가를 촘촘히 계획하고 도전을 즐겨하는 그 친구라면 노년이 되어서 일이 들어오지 않으면 어떻게 할 거냐고 반문할 게 분명하다. 그럼 또 어떤가. 일이 없다고 두 손 놓고 늙음을 받아들일 텐가. 다른 직업을 찾자고 자격증이라도 딸 텐가. 여가를 즐기자고 딱히 즐기지도 않는 취미생활을 할 텐가. 어떻게 억지로 인생을 그리나. 억지로 해서 되는 게 있던가.

글을 쓰지 않으면 책을 읽으면 된다. 읽지 않은 책은 언제나 매혹이다. 그리고 성공한 기업가나 위대한 인물이 아니어도 우리 주변에 현자는 넘쳐난다. 그러니 꼭 돈을 벌기 위해서만 글을 쓸 필요는 없다.

노년은 죽음으로 서서히 소멸해 가는 과정이 아니라 삶의 절정일 수 있다. 그 절정이 하루하루를 성실함으로 채워가는 사람에게도 주어질 수 있다는 것을 쉰을 한 해 앞둔 지금에 와서 깨닫게 된 건 나이가 주는 소중한 선물이리라. 그러니 나이가 드는 것도 참으로 즐거운 일이다.

48번째

❙지금은 '할 걸'을 하나씩 줄여보는 시간

50대. 출판편집인 안용찬

"가장 완벽한 계획이 뭔지 알아? 무계획이야."

영화 '기생충'에서 기택(송강호)이 중얼거렸다. 그랬다. 나 역시. 그저 그렇게 물 흘러가듯이 내 삶을 지나가는 시간들을 무심코 바라보면서 살았다. 아무리 몸부림쳐 가며 무언가를 이루고자 해도 세상은 내 뜻대로 움직이지 않으니까. 그나마 내가 지금 맡은 일이라도 '충실'하려고 했다. 그마저도 내 마음과 다르면 딴 마음을 먹곤 했다. 적당히 하자~ 적당히 하자~. '대충대충'은 아닐 것이야~. 스스로에게 합리화를 시도했다.

'시간'은 흘렀다. 이제 나의 40대는 과거일 뿐이다. 그 과거에 후회도 묻혀 있다는 걸, 이제야 조금 깨닫는다. 좀 더 세상 구경을 할 걸, 좀 더 공부할 걸, 좀 더 친절할 걸…… 할 걸, 할 걸, 할 걸. 시간이 흐를수록 할 걸이 계속 늘어났다. 나 스스로에게 '너 왜 그랬어. 그때 했어야 하지 않았니?' 하는 후회의 연속이었다.

'후회'는 늘상 '뒤'에서 공격했다. 30대에는 20대의 후회가 따라왔고, 20대에는 10대의 후회가 쫓아왔다. 계획을 세웠으면 '할 걸'

이 줄었을까? 이건 정말이지 아니지 싶다. 계획만 세우고 안 했을 테니까. '계획'보다 다른 그 무엇이 필요하지 않았을까? 바로 '목표'다. 내가 무엇을 원하는지 분명히 알았다면, 무계획적으로 보일 수 있어도 목표를 향해 계속 움직였을 듯하다. 아마도 그랬지 싶다. 아마도.

50대에 이른 지금은 목표가 분명한가. 나는 '아니요'라고 답변할 것이다. 그때나 지금이나 크게 달라진 건 없으니까. 단지 좀 더 재미나게 살고 싶을 뿐이다. 재미나게 사는 게 무엇이냐고? 그건 아직 모르겠다. 나는 그저 '할 걸'을 하나씩 줄여보려고 애쓰는 중이다. 그러다 보면 정말 내가 원하는 것이 무엇인지가 선명해지면서 그것이 목표가 되지 않을까 싶다. 60이 되기 전에는 반드시 '할 걸'이 '할 것'이 될 거다.

49번째

┃인생 2막은 노마지지(老馬之智)처럼

50대, 왕영옥

'너무 빨리 달리면 영혼을 놓칠 수 있다'는 인디언 격언이 있다. 말을 타고 달리다 자신의 영혼이 잘 따라오는지를 돌아보기 위해 멈추어 선 인디언은 자신의 영혼이 곁에 왔다 싶으면 그때야 다시 달린다고 한다.

10년 전, 마흔일곱 살 가을이었다. 앞만 보고 정신없이 달리던 길을 멈추어 섰다. 그때 나는 제법 성공적으로 운영하던 학원 업무로 열정적인 삶 속에 몰입되어 있었다. 문득 나이 쉰이 얼마 남지 않았다고 느끼기 시작하면서 정작 중요한 것을 잃어버리고 있는 것은 아닌가 하는 조바심이 들기 시작했다. 더 나이를 먹기 전에 삶의 의미를 놓치지 않고 가족이나 나를 위해 꼭 해야 할 것이 있을 것 같았다. 때를 놓치면 아무리 돈과 시간이 많아도 하지 못하는 어떤 것들이 있을 것이라는 불안감이 무의식 속에서 자꾸 나를 돌아다보게 하고 주위를 살펴보게 했다.

'백수가 과로사 한다'는 말처럼 십 년을 다시 또 좌충우돌 정신없이 달려왔다. 특별한 취미나 특기가 없던 나는 일 이외에 무엇을 잘 하는지, 어떤 것을 좋아하는지 전혀 연습이 되어 있지 않았다. 그동안 부족했던 운동을 비롯해 배우고 싶었던 것들을 이것저것 기회가 되면 다 해보았다. 어쩌면 허겁지겁 허기를 채웠다는 표현이 맞을지도 모르겠다. 건강을 위해 요가, 탁구, 스포츠댄스, 골프, 수영, 등산 등을 짧게는 반년에서 길게는 다섯 해 정도하고 나서야 수영이나 요가가 나와 가장 잘 맞는 운동이라는 것을 알게 되었다.

노래를 잘못 하니 악기라도 다룰 줄 알아야 할 것 같아 기타를 새로 장만하고 배우러 다녔다. 젊은 시절에 부러워했던 멋진 연주를 하던 친구들의 모습을 떠올리며 어깨에 멘 기타가 나름 뿌듯하게 느껴졌다. 하지만 음악적 기본소질이 없는데다 큰아들 결혼식을 앞두고 준비하는 일정과 겹쳐 몇 번 빠지고 나니 진도를 쫓아갈 수가 없었다. 한 분기가 끝나면서 포기하고 우쿨렐레로 방향을 바꾸었다. 훨씬 쉽게 할 수 있다. 노래는 여전히 잘 못해도 우쿨렐레 연주와 함께 악보를 따라 부르다 보면 행복한 흥이 절로 난다.

외국어 하나쯤 해야 한다는 생각에 중국어도 몇 년 배웠다. 그 계기로 글쓰기와 인연이 되어 지역신문 창간 및 발행일을 함께 해보기도 했다. 엄두를 못 내었던 여행도 시간의 사치로 여겼던 영화감상도 틈나는 대로 접했다. 하고 싶은 것도 많았고 그래서 직접 해 본 것이 많았다. 이것저것 두루두루 체험해보고서야 내 몸에 맞는 노년의 옷이 무엇인지를 찾았다. 수영과 우쿨렐레 그리고 글쓰기만 남기고 가지치기를 하였다. 건강과 감성을 위한 노후 보험으로 생각하고 오랫동안 함께 할 요량이다.

일에 몰입하고 있을 때보다 더 바쁜 일상이었지만 나를 채우며 나를 찾게 되고 가족에게 집중할 수 있는 시간이었다. 경제적 수입이나 일에 대한 만족과 보람은 없지만 건강하게 하고 싶은 것들을 맘껏 누릴 수 있었던 것은 포상휴가를 받은 그런 기분이었다고나 할까. 그동안 잘 살아온 결과로 여겨졌고 힘들 것 같던 갱년기도 무리없이 않고 잘 보낼 수 있었다. 바빠서 잘 돌보지 못해 늘 미안했던 두 아들도 결혼했다. 부모 역할의 마지막 마무리라도 잘할 수 있어 다행이다.

두 번의 결혼식을 치르면서 나도 함께 성숙해진 느낌이다. 아쉬운 것은 늘 곁에서 울타리가 되어 주실 줄 알았던 양가 부모님 네 분이 노환으로 병원에 입원하거나 정기적으로 외래진료를 받아야 하는 상황이 된 것이다. 내가 일정 조정을 하면 시간을 낼 수 있고 당신들을 모시고 동행할 수 있는 게 그나마 다행인지도 모른다. 그동안 우리를 돌보아 주던 분들이 이제 돌봄을 받아야 하는 때가 된 것이다. 시대적으로 굴곡 많았던 환경 속에서 가난한 살림에 자식들 키우느라 고생도 무척 많으셨다. 이젠 자식들도 자리잡고 부모님을 돌아다볼 여유가 생겼지만 정작 부모님은 우리를 마냥 기다려 주실 것 같지 않다.

농사짓는 집의 직업을 가진 며느리는 주중에는 일하느라 주말엔 바쁜 농사일을 거드느라 겨울을 빼놓고는 일 년 내내 바쁘다. 멈춤이 없었다면 물감으로는 도저히 표현할 수 없는 산뜻한 연두색의 봄날이나 눈물이 나도록 아름다운 가을날을, 아직도 느끼지 못했을지도 모른다.

올해는 남편도 37년 다니던 직장에서 명퇴했다. 환갑이 되었어도 호적은 두 해나 늦어 몇 년은 더 다닐 수 있었으나, 자식들 지원사격까지 동원해서 일을 그만두라는 재촉을 계속했었다. 내가 쉬면서 누렸던 소중한 경험과 감정들을 그 사람이 느끼게 해주고 싶었다. 가슴 떨릴 때 여행도 다녀야지 다리 떨리기 시작하면 가고 싶어도 못 간다. 갱년기 시작으로 무릎 관절 치료를 오랫동안 받을 때 좌절감을 느끼면서도 한편으로는 하고 싶었던 것들을 열정적으로 실컷 해두었던 게 다행이었다고 위로가 되면서 나이 드는 것이 받아들여지게 되었다. 이런저런 설득을 했다. 오로지 자신을 위한 시간이나 경험을 위한 지출이 필요하다는 것과 노후를 준비하기 위한 마음의 여유를 가져야 한다는 게 내 주장이다.

요즈음 우리 부부는 노년을 '선배 시민'으로 살아가자는 이야기를 많이 한다. 선배 시민은 후배 시민들과 소통하며 공동체를 돌보고 변화를 만드는 'Know인'이라고 할 수 있다. 늙은이로서 노인은 비참하다. 늙은이라 불린다는 건 돌봄의 대상이고 '늘 그런 이'로써 체념 속에 사는 삶이다. 나이를 먹어도 여전히 일정한 경제력을 갖추고 있고 건강하게 자신의 삶을 꾸리는 노인이 되어 자식이나 사회에 의존하지 않는 삶을 사는 성공한 노년으로 살아가자는 게 그이 생각이었다.

'절(저를) 묻는 이'를 젊은이라고 한다. 이제 겨우 나를 알 것 같고 여전히 길을 찾고 있는 나는 늙은 젊은이라는 생각이 든다. 이 순간 멋쩍은 미소를 지어본다. 지금까지는 나와 가족을 위해 열심히 살아왔다. 이제는 자식들의 지식을 쫓아갈 수 없다. 하지만 지혜와 경험은 나눌 수 있다. 늙은이로 불리는 돌봄의 대상이라는 생각이나 성공한 노인의 삶에 머물지 말고 내 공간에서 나답게 공동체에 경험과 지혜를 나누는 선배 시민으로 살아가고자 한다. 노마지지(老馬之智)처럼.

I 행복의 조건

64세 작가 이양순

'인생은 육십부터'라는 말이 있다. 지금은 평균수명이 길어져서 백세를 향하고 있다. 연세대 김형석 명예교수가 백세의 연세가 믿어지지 않을 정도로 바른 자세로 서서 강의하는 모습을 TV를 통해서 봤다. 한 세기를 살아온 역사의 산증인이다. 백세의 노인 이 무엇을 할 수 있을까 하는 의구심은 기우에 불과했다. 그의 철학은 돈을 사랑하는 것보다 일을 사랑한다고 말했다. 행복의 조건을 소유에 두지 않고 행위에 둔 노학자다운 생각이다.

행복의 조건은 사람마다 다르다. 어떤 사람은 돈을, 어떤 사람은 명예를, 어떤 사람은 권력을, 또는 건강을, 개인의 가치관이나 성향에 따라 목적이 다르다.

사회복지를 강의하는 교육현장에서 강사가 수강생들을 상대로 자신이 행복하다고 느낀 열 가지의 조건을 교육수강생들에게 질문했다. 대부분 서너 가지까지만 대답을 하고 더이상은 없다고 말했다. 가장 평범한 삶이 행복이라는 것을 깨닫지 못했기 때문에 열 가지의 행복을 찾지 못했을 수도 있다. 헤아릴 수 없을 만큼 많은 행복조건을 가지고 있으면서도 깨닫지 못함이다. 두 눈으로 볼 수 있는 것에 감사하고 입으로 말할 수 있는 것과 스스로 걸을 수 있는 것에 행복하다고 말하자 모두들 어리둥절한 표정으로 나를 바라봤다.

요양원에서 근무한 사회복지사나 요양보호사라면 시설에서 생활하는 대상자들을 보고 많이 느꼈을 것이다. 고령의 나이에 기본적으로 몇 가지의 노인질환은 자연스레 대상자들을 따라다닌다. 잃어버린 과거 속에서 배회하는 사람, 뇌졸중의 후유증으로, 반신마비로 혹은 전신마비로 혼자서는 움직이지 못하고 기저귀를 착용해야 하는 사람, 가족들과의 불화를 견디지 못하고 혼자 생활 할 수 없어서 스스로 요양시설을 택한 사람, 휘청거리는 그들의 삶속에 행복이라는 단어는 사라지고 가슴속에 품은 분노를 불꽃처럼 쏟아내는 사람들도 있다.

언젠가 팔십 초반의 대상자가 휠체어를 타면서 혼잣말처럼 말했다.

"나 혼자서 걸을 수만 있다면 내 재산 다 줘도 아깝지 않겠다."

젊음을 앗아간 세월은 그녀에게 찾아온 불청객 질병과 싸워야 했다. 그녀의 소망은 두 발로 걸어서 자기가 가고 싶은 곳을 마음대로 가는 것이 소원이었다. 걸을 수만 있다면 더할 나위 없는 행복한 삶이란 걸 건강을 잃은 후에 절실히 깨달았다. 돈은 생활 하는데 필요한 도구의 역할만 할 뿐 건강이라는 신정 소중한 조건을 충족시켜주지 못했다. 우리는 자유롭게 마음껏 활동하면서도 건강의 고마움을 느끼지 못하고 살았다. 매순간이 행복하지만 자기 욕심에 함몰되어 더 많은 것을 취하려는 욕망에 흔들리는 삶을 살고 있다.

할아버지 한 분이 은행 VIP 창구 앞에 혼자 정물처럼 앉아 있다. 혼자서는 거동이 불편해 보이는 허름한 차림을 한 노인의 모습은 행복해 보이지 않았다. 외로움이 묻어났다. 구십 세 정도 된 거액의 예금 가입자였다. 그는 돈을 손수 관리할 만큼 총명한 기억력을 지니고 있었다. 돈을 모을 줄만 알았지 써본 적이 거의 없는 듯했다. 어렵게 살아온 과거가 그를 샤일록으로 만들었는지도 모른다.

"좀 쓰고 살아도 될 텐데 그렇지 못한 것 같아 보이네요."

"죽도록 일해서 아낄 줄만 알았지, 움켜쥐고만 있다가 써보지도 못하고 자녀들에게 분쟁거리만 만들어 놓고 가신 분들이 많아요. 안타까운 현실이죠."

안면이 있는 창구직원이 자조 섞인 소리로 말했다. 돈 때문에 유산상속을 두고 자식들 사이에 갈등의 요인이 되어 소송으로까지 간 불행한 사람들을 봤다. 사람은 목적이 있는 삶을 원한다. 돈을 목적으로 살아온 사람은 목적은 달성했을지라도 가치 있는 행복한 삶으로 연결되지는 못했다. 돈은 분쟁의 원인이 되기도 하고 갈등의 씨앗이 되기도 한다.

노후에는 즐기는 삶이 아름답다. 욕심주머니를 줄이면 마음이 가볍다. 내려놓을 줄 알아야 한다. 가족과 소통하는 긍정적인 사고가 행복지수를 올려준다. 나는 오늘도 스스로 체면을 걸었다. '행복한 삶의 주인공은 바로 나다' 건강한 몸이 있어 스스로 혼자 다닐 수 있다. 삶의 여백을 행복이라는 붓으로 채색해서 오늘도 아름답고 행복한 하루를 보낸다. 지금이 가장 행복한 시간이다.

김형석 교수는 일에 목적을 두면 돈은 부수적으로 따라온다고 했다. "100세까지 살아보니 행복했습니다." 노 철학자는 진정 행복한 삶을 산 사람이다.

I '국밥집 아줌마'를 준비하는 시간

60대, 정인자

내 나이 60을 코앞에 두고 있던 59세 가을이었다. 생애 첫 건강 검진을 동네의원에서 받았다. 대장내시경을 하던 중 종양이 발견 돼 조직검사를 했는데 대장암 같다며 대학병원으로 가길 권했다. 결국 암 진단이 내려졌다. 올 것이 왔다고 생각했다. 그간 나를 위해 한 게 아무것도 없으니 당연한 일이었다. 울고 불며 가족들 까지 불안하게 만들고 싶지 않았다. 타고난 천성이 절망과는 거 리가 먼 유전자를 지닌 터라 부정보다는 긍정을 택했다. 어차피 다가온 질병을 피할 수 없다면 최선을 다하자는 생각뿐이었다.

나는 자기최면을 걸면서 치료에 임했다. 대장암초기 진단에 수 술을 했고 수술 후 1, 2기로 판정돼서 항암치료가 시작됐다. 강한 항암제 투여를 보름에 한 번씩 6회 실시했고 그리고 나서 약한 항 암제를 한 달에 한 번씩 3회 예정되었다. 지난 겨울부터 올 봄까 지 치료를 받고 경과가 좋아져서 예정보다 일찍 약한 항암 치료를 2회나 줄이고 항암치료는 모두 끝이 났다.

모든 항암치료 종료 후 처음으로 복부 CT 촬영을 했다. 그 결과를 들으려고 담당교수님 방 앞에 앉아 내 차례를 기다리는데 암 진단 때보다 더 많이 긴장이 됐다. 짧은 시간 동안 입이 바짝바짝 마르고 머릿속에선 별의별 생각이 다 들었다. 그 순간은 늘 자신만만하고 낙천적이던 내가 아니었다. 게으름 피지 말고 열심히 운동 할 걸, 귀찮아하지 말고 야채반찬 많이 만들어 먹을 걸……. 항암치료 끝난 지 얼마나 됐다고 벌써 해이해져 있는 나를 향한 후회가 밀려왔다. 드디어 담당교수님이 입이 열렸다.

"암 수치도 정상이고 괜찮아요."

이 말에 "휴우" 하고 안도의 한숨을 내쉬었다. 완치 판정까지는 긴 시간이 남아 있지만 이만한 게 감사할 뿐이다. 항암치료 하는 동안 많은 사람들의 가슴 아픈 사연에 눈물짓기도 하고 희망이라는 끈을 놓지 않으려는 그들의 노력에 나도 용기를 얻었다. 그 시간 동안 과거, 현재, 미래로 먼 여행을 다녀왔다. 봄에 잘못 뿌려 놓은 씨앗으로 많은 대가를 치르며 그 무더운 여름을 고스란히 온몸으로 품으며 살았다. 이제는 가진 건 없지만 행복한 나의 가을 속에서 살아가고 있다.

좋아하는 노래가 있다. "걱정 말아요 그대"라는 대중가요 가사 중에 "지나간 것은 지나간 대로 그런 의미가 있죠."라는 대목이 생각난다. 과거는 그런 의미로 남겨 두고 미래를 위해 난 지금에 충실할 것이다. 과거로 인해 지금의 내가 있고 지금의 나로 인해 미래의 내가 있으니까.

암과 만나 소리 없는 전쟁을 치른 시간이 어느새 3년이나 흘러 갔다. 내일 모레면 63세가 된다. '이순(耳順)'은 논어 위정 편에서 공자가 예순 살부터 생각하는 것이 원만하여 어떤 일을 들으면 곧 이해가 된다고 한 데서 나온 말이라고 한다. 예순이라는 나이는 거저먹는 게 아니다. 더 젊었을 때 암이라는 소릴 들었으면 청천 벽력같이 들렸겠지만 난 남들보다 일찍 결혼해서 어린나이에 엄마가 되고 벌써 손주가 넷이다. 거기다 큰 손녀는 고등학교 2학년이다. 암이라는 진단에 겁이 나긴 했지만 인생의 삼분의 이를 살았으니 이 정도면 됐다는 마음도 있었다. 예순이란 나이가 나를 내려놓게 만든 것이다.

무더위가 기승을 부리던 2년 전 여름 글쓰기 지도 강사님이 인문학 강의를 새롭게 연다고 해서 찾아갔다. 강의 중 '시니어의 삶, 10년 후 나는 무엇을 하고 있을까'라는 주제발표 시간이 있었다. 그렇잖아도 앞으로 남은 인생 2막을 어떻게 준비해야 할까 고민을 하던 터였다. 예전부터 막연히 꿈꿔왔던 국밥집 아줌마에 대한 얘기를 했다. 40대 때 작은 함바식당 아줌마를 하면서 더운 여름날 땀범벅이 된 채로 일하는 사람들이 안타까워 얼음 띄운 수박화채 한 대야 만들어 나누어 주면 고마워하던 그들 모습에서 밥집 아줌마에 대한 자부심이 생겼었다. 살아 보니 혼자만의 삶을 살아온 게 아니라 알게 모르게 다른 이들에게 신세 진 일들이 많았다. 그걸 갚는다기보다는 그 고마움을 대신해 봉사하는 삶을 살고 싶었다. 그래서 건강이 허락한다면 조그만 국밥집을 열기로 결심했다. 나도 먹고 남도 먹이고 없는 사람이 오면 즐겁게 대접하는 그런 밥집.

아프고 나서 달라진 게 있다면 작심삼일이 작심칠일쯤으로 변한 것이다. 아마 아프지 않았다면 지금처럼 모든 게 절실하게 다가오지는 않았을지도 모른다. 이 절실함이 그래도 세상은 살아볼 만하다고 그래서 하루하루를 알차게 보내야지 적어도 작심칠일은 가야지 하면서 나를 일으켜 세운다. 이 마음 변치 말고 쭉 간다면 몇 년 후 국밥집 아줌마인 내 꿈이 실현될 것이다. 흰머리에 뚱뚱한 소박하지만 알찬 국밥집 아줌마를 상상해 본다.

암이라는 진단은 나이 예순에 날아든 비보였지만 다행히도 항암치료가 잘 끝났고 이것은 하늘이 내게 한 번의 기회를 다시 준 것이라고 생각한다. 앞으로 남은 노년기는 건강을 챙기며 열심히 살라는 그런 뜻이리라. 그래서일까. 글쓰기에 입문한 지 얼마되지 않았지만 마음잡고 습작을 반복하다 보니 흥미를 넘어 열정이 다시 피어난다. 지도 강사는 숨은 글재주가 있다고 과찬까지 보태준다. 그게 사실이든 아니든 내가 무언가에 집중하고 있다는 것 하나만으로도 나의 오늘은 의미 있는 시간이라고 스스로 위로한다.

내일을 위한 의미 있는 오늘을 살다 보면 뒤늦게 정한 나의 버킷리스트 '국밥집 아줌마'가 곧 현실이 되지 않을까?

공부와 취미생활이 즐거운 지금 이 시간 "행복합니다"

70대, 대학생 이경희

내 나이 올해 70세다. 65세 되던 해 봄에 어린이집 보육교사 일을 그만두고 쉬면서 손녀를 돌보는 가운데 아침 일찍 동네 뒷산을 오르면서 앞으로 남은 제 2의 인생을 어떻게 살아가야 할 것인가를 깊이 생각하게 되었다.

일을 그만두고 쉬게 되면서 경제적으로는 부족하여 여유롭지 못하지만 시간적으로 그리고 육체적으로는 어느 정도 여유를 즐길 수 있는 시간이 조금이나마 나에게 주어졌다. 일을 쉰다고는 했지만 작은 아들네 손녀를 돌봐주는 상황이었기에 내게 주어진 여가활동의 시간이 그리 많지는 않았다.

66세가 되어서야 손녀를 어린이집에 보내면서부터 오전 시간만큼은 오롯이 나의 여가활동 시간으로 사용할 수 있게 되었다. 황금같이 귀하게 주어진 시간을 가장 효율적으로 사용할 수 있는 방법으로 무엇이 있을까 찾게 되었고 내게 가장 알맞은 취미 생활은 무엇이 있을까를 고민하게 되었다.

그동안 노년을 보람 있게 살기 위한 경제적인 준비를 위해 무던

히도 애를 쓰고 노력했건만 어느 순간 허무하리만치 수포로 돌아갔다. 나이도 점점 많아져 앞으로 얼마를 더 살아갈 수 있을는지 건강도 예측 불가능한 그야말로 먹구름이 드리워진 초가을 장마 날씨와도 같은 상황이 되었다.

경제적인 부문은 내게 있어서 여유롭지 못하기 때문에 심사숙고해서 따져보고 또 따져봐야만 했다. 돈을 가장 적게 들이고 할 수 있어야 했다. 그나마 외출할 때는 무료전철을 이용하고 걷기를 조금 더 하는 방법을 택하면 돈을 더 절약할 수 있는 용이한 방법이다. 시간적인 부문도 마찬가지로 생각을 많이 해야 했다. 하루라는 시간을 모두 나에게 맞추어 쓸 수 있는 것이 아니기 때문이다.

중요한 건 나이를 생각하지 않을 수 없었다. 이젠 무릎관절을 아껴야 하는 상황이기 때문에 등산도 자제해야 하는 상황이다. 나이가 많아지면서 점점 기력도 약해질 터인데 얼마나 꾸준히 할 수 있을는지를 생각해서 해야 하는 문제였다. 그렇다면 늙어가면서 집안에서도 꾸준히 즐길 수 있는 방법도 모색해 봐야 하는 문제이기도 했다. 시력이 따라주지 않으니 바느질도 오랫동안 할 수 없는 노릇이다.

아직은 시간적으로 하루 24시간을 나에게 모두 쓸 수 있는 것도 아니다. 곰곰이 생각 끝에 순간 초등학교 시절 글짓기 수업하던 때가 생각났다. 글을 써보고 싶은 생각이 뇌리를 스쳤다. 한번 시도해 보기로 마음을 먹고 글을 써보기 시작했다. 처음엔 일기도 써 보고 끄적이기를 조금씩 해 보았으나 도무지 맞춤법과 띄어쓰기를 할 수가 없었다.

학교를 다닌 적이 언제인가 싶다. 초등학교를 졸업하고 상급학교는 꿈도 꾸지 못한 채 눈물을 삼키며 어린나이에 취업전선에 뛰어들면서부터 그렇게 내 인생은 숨가쁘게 살아왔지 않았던가.

오십이 다 되어서 고등학교 졸업장이 절실하게 필요했다. 그 당시 시장에서 장사를 하고 있었기 때문에 환경적으로 공부하기가 어렵기는 했지만 장사를 하면서, 살림도 해가며 책을 사다가 고학으로 중학교, 고등학교 검정고시를 거쳐, 고등학교 졸업 자격증을 취득할 수 있었다. 사실 제대로 된 공부를 체계적으로 하지는 못했다. 그렇다고 평소에 책을 많이 읽은 것도 아니다. 글을 쓴다는 것이야말로 정말 암담했다. "어찌할꼬." 하고 있던 차에 희망의 빛이 찾아들었다.

때마침 우연히 이웃 동네 주민지원센터에서 주민자치프로그램으로 글쓰기가 있다는 것을 알게 되었다. 노인 우대로 수강료도 절반이었다. 수강료도 저렴하고 내가 하고 싶었던 것이기도 하였다. 시간도 일주일에 하루 오전 시간만 내면 되고 나머지는 내가 틈틈이 짬을 내서 조용히 집에서 글을 쓰면 되는 것이었다.

수강신청을 하고 매주 목요일마다 2시간 하는 수업에 꾸준히 나가 공부를 하면서 글을 쓰기 시작했다. 한 단어 한 단어를 쓸 때마다 일일이 사전을 찾아가며 처음엔 원고지에 쓰다가 컴맹이던 내가 컴퓨터를 열고 독수리 타법으로 한 자 한 자 글자를 써내려갔다. 일을 그만두면서 그동안 꿈꾸어왔던, 내 인생의 2막은 글쓰기를 시작하면서부터 열리게 되었다. 따라서 여가활동과 취미생

활은 시작되었다. 매일 매일 즐거운 마음으로 한 줄 쓰기부터 시
작으로 꾸준히 한 자 한 자 써내려간 결과 내가 살아온 인생의 발
자국과 내가 만난 아름다운 세상을, 때로는 유화를, 어느 때는 수
채화를 그리듯 글로 써 내려갔다. 글쓰기교실에서는 해마다 가을
이 되면 공동 집필로 수필집을 낼 수 있는 기회도 주어졌다. 부족
한 대로 수필집을 펴낼 수 있었다는 것은 노년에 찾은 내 인생의
새로운 기쁨이었다. 올 초에는 월간잡지사에 보낸 내 글이 『샘터』
2월호에 실리는 기쁨도 맛볼 수 있었다.

그 밖에도 써서 쌓아놓은 글들이 한 편 두 편 늘어나고 있다. 글
을 쓸 때마다 부족한 부분이 너무나도 많다는 것을 느끼고 있었
다. 글을 좀 더 잘 쓰고 싶다는 마음이 굴뚝같았다. 아무래도 전
문적인 공부를 해야겠다는 꿈이 생겨나기 시작했다. 바로 그때
내 마음을 알아주는 지원군이 생겼다. 그는 바로 큰아들이다. 외
국에 나가 있는 큰아들을 통해서 방송통신대학교를 소개받았다.
등록금이 저렴하고 엄마가 공부하기 딱 맞는 학교라는 이야기와
함께 추천을 했다. 과연 내가 대학공부를 해낼 수 있을까, 두려움
반 기대 반의 마음으로 2018년 68세라는 나이로 방송통신대학교
국어국문학과의 문을 두드리게 되었다.

꿈같은 일이 내게 펼쳐지게 된 것이다. 글쓰기로 시작한 취미생
활이 대학공부로까지 확대되었으며, 교양을 쌓고 품위 있는 삶을
살아갈 수 있는 좋은 기회도 안겨 주었다. 그리하여 국어국문학
과 공부는 나에게 더없는 즐거움이고 기쁨이 되었다. 어린 시절
어려운 환경으로 인하여 공부를 못한 것이 평생 한으로 남아 있

었는데 이젠 취미가 되다니, 때로는 꿈인가 생시인가 싶으리만치 믿겨지지 않을 때도 많았다. 너무도 좋아서 방송강의를 듣고 또 듣고를 반복했다. 주방에서 일을 하면서도 듣고, 밥을 먹을 때, 화장실 가서도, 양치질하면서도 방송강의와 친구가 되었다. 교과서도 틈만 나면 들여다보았다. 열심히 공부하다 보니 1학년 1학기는 성적우수 장학금을 받는 기쁨도 누릴 수 있었다.

1학년 2학기는 만만치 않았다. "아이고 이걸 어쩌나." 영어과목이 나를 옥죄는 거였다. 영어라고는 겨우 ABC 정도 알파벳만 아는 수준이었는데 어찌한담, 어쨌든 해내야만 하겠기에 최선을 다했다. 방송강의를 듣고 또 듣고를 반복하며 문장과 단어에 토를 달아가며 써서 들고 다니면서 외우고 또 외웠다. 여섯 과목 중 영어에 투자하는 시간이 절반은 되다시피 많았다. 영어 점수가 나오는 순간 나는 "야호!" 하며 좋아서 펄쩍펄쩍 뛰었다. 어려웠던 영어를 결국 해낸 것이다. 영어와 함께 여섯 과목 모두 통과를 하고나니 할 수 있다는 용기가 더욱더 용솟음쳤다. 2학년 1학기도 즐겁게 공부한 결과 성적우수 장학금과 장학증서를 받는 기쁨을 또다시 맛볼 수 있게 되었다.

아직도 컴퓨터가 익숙하지 않아 무척 어렵고 힘들기는 하다. 사실 과제물을 작성하려면 여러 날 밤을 새워야 할 정도로 정말 느리고 답답하다. 하지만 글을 쓰고 공부하는 즐거움과 기쁨에 비하면 이 정도는 아무것도 아니다. 귀한 선물로 받게 된 나의 여가생활의 취미생활은 수필가를 향하여 나아가는 더 큰 꿈을 꿀 수 있게 했다. 자서전도 써보고 싶고, 단독 수필집도 내고 싶다. 방송통신대학을 졸업하고 나면 1학년 2학기 때 나를 그토록 눈코 뜰 새 없이 바쁘게 했던 영어공부도 하고 싶다. 요즘은 TV에서도 그렇고 그밖에 여러 곳에서 무료강의를 많이 하고 있으니 경제적 인 염려는 하지 않아도 될 것 같다. 건강이 허락하는 한 글쓰기와 공부하는 취미활동은 계속해서 해나갈 것이다. 최소한의 비용으 로 인생 2막을 열고 최대의 효과를 보며, 교양을 쌓고, 품위 있게 즐기고, 누리며, 기뻐하고, 행복해 할 수 있는 지금 이 귀한 시간 이 있음에 나는 감사하다.

❙ 백세시대! 인생의 속도도 늦춰졌다

70대, 류인록

인생의 속도는 나이에 비례하여 달리고 있다고 한다. 30대에는 30km로 달리고, 40대에는 40km, 50대는 50km, 60대는 60km로 달리다가 70대에는 70km로 달리지만 이때부터는 브레이크를 밟아도 듣지 않는다고 한다.

1947년 태어났으니 올해 나이 일흔셋이다. 1950년에 6.25사변이 일어난 해 내 나이가 네 살 때였는데 그때 생각이 난다. 어렸을 적 기억이 난다는 것은 그만큼 놀라운 일이었기에 잊혀지지 않았기 때문일 것이다. 지금도 비행기가 동네 앞 신작로를 지나는 탱크를 폭파하던 날 동네 사람들은 이곳저곳으로 숨었고 나는 아버지 등에 업혀 큰 아버지가 일하던 뒷골 논가에 있었던 구렁텅이에 숨었던 기억이 생생하다.

초등학교에 들어갔을 때는 여덟 살 그러니까 1954년이니까 휴전된 다음 해였었다. 외국의 원조품으로 옥수수가루와 우유가루를 배급받았던 기억들이 생생하다. 그렇게 어려웠던 우리나라가 세계 경제력 13위에 올랐으며 이제는 다른 어려운 나라에 원조를 하는 나라로 성장한 것을 생각하면 참으로 대단한 일이다.

우리는 지금 정부로부터 많은 혜택을 받는 노인세대다. 만 65세 부터는 지하철을 무료로 탈 수 있는가 하면 고궁이나 병원에서도 많은 혜택을 받는다. 이른바 복지국가에서 살고 있다. 보릿고개를 넘어 전쟁을 겪었고 돈이 없어 초등학교를 다니지 못한 사람들까지도 있었던 암울한 시절을 지내온 우리들이다. 월남 파병, 서독 광부, 간호사, 중동 건설현장의 곳곳에서 외화 벌이에 헌신한 사람들이다.

나는 1975년 4월에 중동 건설현장으로 갈 때 처음 비행기를 탔다. 그때는 대한항공이 사우디까지의 직항로가 없어 일본 오사카, 그리고 대만을 거쳐 태국에서 네덜란드 KLM항공기를 갈아탈 때였다. 대한항공 기내애서 내릴 적에 승무원들이 우리들에게 하던 인사말이 기억난다.

"아저씨들 우리들은 이곳에서 다시 서울로 돌아갑니다. 부디 건강한 몸으로 돈 많이 벌어오세요."

이 말은 지금까지도 종종 내 귓전에 아른거린다. 수많은 사람들이 중동의 열사의 나라에서 고생을 하였고 나는 중동 취업을 5차례 8년 2개월을 해냈다.

결혼한 지 5개월 만에 사우디아라비아로 갔다. 처음 중동생활을 갈 때 열사의 나라라고 겁을 먹고 가지 않은 사람도 있었지만 나 스스로 굳게 마음가짐을 하면서 '1군 하사관학교 교육도 받았는데 견뎌낼 수 있지'라는 마음가짐으로 도전했다. '지독한 놈' 이란 말을 듣기도 했다.

요즘 청년들이 일자리가 없다고 하는 말들을 많이 듣는다. 일자리가 없는 청년들에게는 청년수당을 준다는 소리도 들린다. 노인세대로서 그들에게 무엇을 해줘야 할지 고민스럽다. 일단 젊은 세대들에게 피해 끼치지 않고 모범적인 모습을 보여주면서 건강하게 주어진 삶을 살아가는 데 집중하고 사회를 위해 조금이라도 할 수 있는 게 있다면 찾아보도록 노력할 생각이다. 지금은 5년째 마을 주민자치위원으로서 지역사회를 위해 조금이나마 힘을 보태는 중이다.

62세 때 처음으로 컴퓨터를 배웠다. 그 세월이 어느덧 십 년이란 세월이 흐르고 요즘은 글 쓰는 자판기 다루기를 떠나 동영상 편집도 배우고 작품도 만들어 카페에 올리기도 하고 남들이 만들어 올린 작품도 감상할 줄 알게 되면서부터 시간을 무료하지 않게 보내고 있다. 각 지방마다 실버들이 참여할 수 있는 다양한 프로그램들이 넘쳐난다. 각기 나름대로 적성에 맞는 것을 찾아 즐기고 살아야 한다.

젊었을 시절 돈 때문에 못했던 공부도 하고 살기 바빠서 하지 못했던 여행도 해야겠다. 누군가 그렇게 말한다. 여행은 가슴이 떨릴 때 해야지 다리가 떨릴 때는 이미 늦었으니 하루라도 빨리 서두르라고 한다. 어찌 꼭 해외여행이라야만 하는가? 내 형편 되는 대로 하면 된다. 지난 가을 말로만 들었던 단양 팔경, 그리고 고수동굴도 구경 다녀오고 멀리 백담사로 단풍놀이도 다녀오는 길에 박인환 문학관도 들러 시에 대한 많은 것들을 배우고 왔다. 수도권 근교에도 관광 명소들이 수도 없이 많다.

요즘 나는 6개월 전 스마트폰에 깔았던 만보기 앱을 이용해 만보걷기를 꾸준히 한다. 시간의 지루함이란 없다. 어제만 해도 오전에는 '실버노인대학'의 강의를 듣고 오후에는 부천시 시 소리 '낭송회'에 초청받아 지인들의 시 '낭송'을 관람하고 뒤풀이 행사에도 참여해 즐거운 하루를 보냈다. 요즘 내가 나가는 '에세이 강의실'에는 83세의 어르신이 새로 들어왔으며, 컴퓨터 '스위시 맥스반'에는 최고령자가 88세다.

전에는 60대는 해마다 늙고, 70대는 달마다 늙고, 80대는 날마다 늙고, 90대는 시간마다 늙는다고 했다. 이제는 평균수명이 늘어나고 나서 이 말도 또한 10년을 미루어 70대부터 해마다 늙고, 80대는 달마다 늙고, 90대는 날마다 늙는다고 한단다. 요즘에는 보건소에서 사전 연명거부등록을 받고 있다. 정신이 있을 때 해놓아야 한다는 판단이 들어 나도 신청을 해놓았다.

인생 칠십이면 덤으로 살아가는 것으로 생각하고 모든 일에 긍정적으로 감사하는 마음이다. 살아가는 동안 젊은이들에게 피해 끼치지 않도록 부단히 노력하며 오늘도 감사히 살았고 내일도 즐겁게 살아보련다.

에 필 로 그

내가 나에게 부여한 미션을 실행해 가는 시간들

겨울이 조금씩 얼굴을 내밀기 시작하던 11월 초 교외로 이사를 왔다. 짐을 풀기 무섭게 해야 할 급선무는 이 책 원고를 마감하는 것이었다.

서재에서 며칠간 작업을 했다. 창문을 열면 손에 잡힐 듯 지척에 소나무 숲의 작은 산이 왕릉의 울타리처럼 나타나고, 그 아래로 어느 집안의 선산인 듯 계단식으로 이어진 묘소가 보인다. 햇살이 곱게 내려앉는 그곳은 마냥 평화롭기만 하다.

남쪽을 향해 누워 있는 유골과 그 영혼들은 남겨 놓은 재산이 많았거나 자손들이 번성했으리라. 환경과 비용, 그리고 관리의 애로점으로 인해 매장 묘가 급격히 줄어드는 시대다. 누군가는 그들을 보면서 부러움의 눈길을 남길 수도 있고 아니면 죽어서 양지 바른 땅에 묻힌들 무슨 소용 있냐며 혀를 찰지도 모른다.

epilogue

하루에도 열두 번씩 그들과 마주하게 된다. 내 가슴속의 상념들이 하나로 좁혀지면서 층층이 쌓여간다. 그것은 서러움도, 부러움도, 또 두려움도 아니다. 생에 대한 자각이다. 이 책의 첫 번째 이야기처럼 아무리 잘난 영웅도 언젠가는 한줌의 흙으로 돌아간다는 것을 다시 떠올리게 된다.

내 삶의 마지막이 30년 후 아니 그 이후 언제가 될지는 모른다. 다만 이 책은 물론이고 다음에 또 쓰게 될 책들을 통해 지식이나 경험, 그리고 세상 사람들의 다양한 이야기들이 동시대의 사람들 또 다음 세대들에게 공유되면서 삶의 의미와 진정한 가치를 찾아가는 것은 살아 있는 동안 내가 나에게 부여한 가장 가치 있는 미션이리라.

고양시 외딴 마을에서 박창수